Lizzie Holmes und die Kristiana-Affäre

Der Autor Sven Elvestad war ein norwegischer Journalist, Schriftsteller und Übersetzer. Er wurde durch seine erstklassigen Kriminalromane bekannt. Seine Geschichten und Romane wurden in siebzehn Sprachen übersetzt.

In der Buchreihe „Historical Diamond" werden die Juwelen bedeutender klassischer Autoren in einer qualitativ hochwertigen, aber preiswerten Buchausgabe in ungekürzter Fassung neu herausgegeben. Das Themenspektrum umfasst spannende Romane, u. a. historische Romane, Krimis, Fiktion, Abenteuer und Entdeckungsreisen.

HISTORICAL DIAMOND

Sven Elvestad

Lizzy Holmes und die Kristiana-Affäre

Kriminalroman

Herausgeber
Klaus-Dieter Sedlacek

Band 12

Bibliografische Information Der Deutschen Bibliothek:
Die Deutsche Bibliothek verzeichnet diese Publikation
in der Deutschen Nationalbibliografie; detaillierte
bibliografische Daten sind im Internet über
http://dnb.ddb.de
abrufbar.

Herstellung und Verlag: BoD – Books on Demand, Norderstedt.
ISBN: 9783752888416

I.

Zuletzt hatte ich Lizzie im November 1914 in London gesehen. Allem Anschein nach ging es ihr gut, jedoch verrieten ihr stark ergrautes Haar und die vielen Falten in ihrem Gesicht, Zeichen des herannahenden Alters, die zu verbergen sie nicht für nötig hielt, ein an Leiden reiches Leben.

Als ich sie sah, fuhr sie im Hydepark allein in einem offenen Privatauto. Ihr charakteristisches Gesicht, vor allem ihre eigenartigen Augen bewirkten, daß ich sie sofort wiedererkannte. Ich blieb im Gedränge stehen und sah ihrem Auto nach, das langsam durch die herbstlichen Bäume dahinfuhr. Ich dachte: Ein Privatauto? Dann muß sie doch wieder auf einen grünen Zweig gekommen sein. – Ich wußte nämlich, daß Lizzie Holmes, die während der Schwurgerichtsverhandlung jener denkwürdigen Septembertage des Jahres 1902 in Norwegen alle Gemüter erregte, Zeiten durchgemacht hatte, wo sie dem größten Elend preisgegeben war. Dann wiederum ging das Gerücht, daß sie in Badeorten und Kasinos hier und da in Europa gesehen worden sei. Aber selbst wenn sie »obenauf« war, so führte sie doch nie, trotz ihrer Schönheit, die schnellverblaßte, ein anderes Dasein, als das einer Schattenexistenz. Sie hatte ein sonderbares Aussehen, als trüge sie in Demut unausgesetzt eine große Sorge mit sich herum. So war es in Wirklichkeit auch.

An dies alles dachte ich, als ich sie an jenem Novembertage vor einigen Jahren in London im Auto sah. Langsam fuhr das Auto zum Fußgängerweg hinüber, wo es haltmachte. Ein junger Mann, kaum in den Zwanzigern, trat an das Auto und ergriff die Hand, die Lizzie ihm entgegenstreckte. Der junge Herr, der sehr elegant, fast zu auffällig gekleidet war, lächelte sie freundlich an, die Art und Weise dieser Begegnung erinnerten mich an eine Begegnung zwischen Mutter und Sohn. Als das Auto weiterfuhr, blieb der junge Mann stehen und sah lange der Dame nach, während seine Begleiter, junge Lebemänner Londons, auf ihn warteten.

Diese Begegnung interessierte mich sehr, da in dem Gesicht des jungen Mannes etwas war, das mir bekannt schien, eine gewisse Ähnlichkeit Da ich nun gerade in jener Zeit mit Leuten verkehrte, die das Londoner Leben zur Genüge kannten, so versuchte ich, Auskunft über Lizzie zu erhalten. Ich erfuhr denn auch, daß Lizzie sich nach einigen äußerst seltsamen Erlebnissen mit ihrer Familie ausgesöhnt hatte. Der junge Mann, den ich gesehen hatte, war ihr Sohn.

Heute, ein Jahr nach ihrer Begegnung, erfahre ich, daß Lizzie in London gestorben ist. Die Todesanzeige war von ihrem Mann und ihrem Sohn unterzeichnet. Diese Anzeige lese ich gerade jetzt, wo ich mich damit befasse, die Notizen, die ich über ihr merkwürdiges Leben aufgezeichnet habe, zu ordnen. Diese Aufzeichnungen sind im Grunde nichts anderes als die Geschichte eines Lebens, ein erschütternder Kampf eines edlen Menschen gegen Unglück und Vernichtung; darum habe ich mich entschlossen, meine Bearbeitung der Aufzeichnungen zu veröffentlichen.

Das Material hierzu habe ich zum Teil in Kristiania, zum Teil in London und Ostende beschafft.

Der wichtigste Teil dieser Geschichte befaßt sich mit dem Aufenthalt Lizzies in Kristiania. Hier wohnte sie im Jahre 1901 mit ihrem Mann, dem bekannten Polarforscher Cyrus Holmes, der gerade im Begriff war, den Plan jener Forschungsreise nach dem Osten Grönlands vorzubereiten und für die Ausrüstung zu sorgen, deren erfreuliche Resultate seinen Namen weltberühmt machten.

Viele werden sich noch der Angelegenheit erinnern, die sich am Ende des Jahres 1901 an Cyrus Holmes' Namen knüpfte, eine Affäre, die in dem sensationellen Auftreten im Schwurgericht am 24. Oktober desselben Jahres kulminierte.

Diejenigen, die sich der angedeuteten Sache nicht zu erinnern vermögen, brauchen nur in einem Zeitungsjahrgang jener Zeit nachzuschlagen. Dort werden sie die richtigen Namen der Personen finden, die in dieser Geschichte die Hauptrolle spielen. Nach der Schwurgerichtsverhandlung geriet die Sache in Vergessenheit, und da gerade der Krach nach den goldenen Tagen der Börsenspekulation alle Gemüter in Aufregung brachte und das Interesse in Anspruch nahm, war Lizzie Holmes' Angelegenheit bald vergessen. Auffällig war jedoch, daß die Presse schon bald darauf nichts mehr von der Sache erwähnte; es ist anzunehmen, daß das Gerücht auf Wahrheit beruht, wonach große Anstrengungen gemacht worden sind, um die Sache zu vertuschen.

Inzwischen – den neugierigen und unbarmherzigen Augen des Publikums verborgen – entwickelten sich die Ereignisse weiter. Als Verbrecherroman begann die

Sache, eine Zeitlang konnte man sie wohl als Posse bezeichnen, ging dann über in die charakteristische Art der Sensationsdramen, war lange Zeit vorzugsweise Tragödie und endete schließlich in harmonischer Versöhnung.

Von dem Mann, der zuerst in den Verbrecherroman eingriff, der dann das seinige dazu beitrug, die Posse in ein Sensationsdrama zu verwandeln und schließlich der Entwicklung der Tragödie mit Aufmerksamkeit folgte, um durch Scharfsinn und Energie die Versöhnung vorzubereiten, habe ich das wichtigste Material zu diesen Aufzeichnungen erhalten. Dieser Mann ist Asbjörn Krag. Die Geschichte beginnt mit seinem Auftreten. Zu diesem Zweck muß ich mir jenen Septemberabend des Jahres 1901 ins Gedächtnis zurückrufen, an dem der in Geschäftskreisen Kristianias bekannte Generalkonsul Spade ein Fest gab, das später durch zwei Umstände berühmt geworden ist, nämlich: durch die Rede, die dem Wirt zu Ehren gehalten wurde, und durch den Diebstahl, der abends um elf Uhr erfolgte. Der erste Umstand ist mehr humoristischer Art, der zweite leitet den Verbrecherroman und das Sensationsdrama ein.

Der Generalkonsul Spade gehörte zu jenen Geschäftsleuten, die mit erstaunlicher Schnelligkeit bis in die vordersten Reihen vorgedrungen waren. Zu jener Zeit war es selbst dem Ärmsten möglich, durch Unterschrift eines Wechsels zu großem Vermögen zu gelangen.

Niemand wußte eigentlich, woher er stammte, im geheimen aber sprach man davon, daß seine Vergangenheit nicht ganz einwandfrei sei. Man vergißt das aber leicht, wenn man das Gold flimmern sieht; seines Mäzenatentums wegen lag ihm alles zu Füßen. Spade war ein äußerst liebenswürdiger Mensch, der gern Gäste bei sich sah und weniger Eingebildetheit besaß, wie Parvenüs sonst zu haben pflegen. Er besaß einen hellen Kopf und glänzende Anlagen, die ihn zu einem routinierten Geschäftsmann und Menschenkenner machten.

Die kleinen Schwächen, die er besaß, verbarg er ganz und gar nicht. Er liebte Titel, und zwar nicht nur deswegen, weil ein wohlklingender Titel ihm bei seinen Geschäften und Spekulationen von großem Wert war, sondern auch, weil er für Pomp und Pracht war. Aus diesem Grunde hatte er sich von der Regierung Costa Ricas den Generalkonsultitel für fünfzehntausend Kronen erkauft. Daß er gleichzeitig den Orden dieses Landes erhielt, spricht nur für seinen ausgeprägten Geschäftssinn.

Es war ein Zeichen seiner Prahlsucht, daß er es liebte, sich mit Diamanten und Edelsteinen zu schmücken. Wenn er im Glanze des elektrischen Lichtes am festlich gedeckten Tisch saß, strahlend vor Freude, Herr des Hauses und Millionär, dann glänzte sein Vorhemd von Edelsteinen wie der Abhang eines schneebedeckten Berges im Mondenschein.

Er glaubte, daß die Entfaltung all dieser Pracht die Leute seine Vergangenheit vergessen ließe, deren Unbedeutendheit und Fragwürdigkeit nur wenig mit seiner jetzigen Stellung übereinstimmte. Indem er mit bedeutenden Männern verkehrte, suchte er außerdem noch den Glanz zu erhöhen. So war es ihm denn auch gelungen, mit dem Dichter Pedersen in freundschaftlichen Verkehr zu treten, dem Dichter, dessen beißender Witz von allen gefürchtet war, und dessen aristokratische Allüren so bekannt und zugleich anerkannt waren, daß man wohl annehmen konnte, daß er nicht unter zehntausend Kronen auf eine Freundschaft mit Spade eingegangen sei. Außerdem hatte der Generalkonsul von kunstverständiger Seite durch Aufstellung einer Büste des Dichters Wergeland im Schriftstellerverein Anerkennung gefunden.

Am heutigen Tage jedoch, dem 7. September 1901, war sein Traum, die Kirche mit seiner Person zu verknüpfen, in Erfüllung gegangen.

Er hatte ein Wort darüber fallen lasten, daß er nicht abgeneigt sei, eine Kapelle in irgendeinem Stadtteil erbauen zu lassen; er wünsche jedoch, die Bausumme einem hohen Würdenträger persönlich bei einem von ihm veranstalteten Fest zu übergeben.

Aus diesem Grunde finden wir am 7. September 1901 den Herrn Generalkonsul noch strahlender als sonst an der vollbesetzten Tafel in seiner neuen Villa. Ihm zur Linken sitzt der Dichter Pedersen, zur Rechten Bischof Areadrey.

Seine Hochehrwürden lenkt gerade unter allgemeiner Sensation die Aufmerksamkeit der Gesellschaft durch Anschlagen an sein Glas auf sich.

Der Generalkonsul bebt vor Erwartung dieses wichtigen Augenblicks seines Lebens.

Gerade in diesem Augenblick zeigen sich die ersten Spuren des Verbrechens an anderer Stelle in Spades Villa.

II.

Bevor wir näher auf die Entwicklung des Sensationsdramas eingehen, müssen wir die Rede Seiner Hochehrwürden über uns ergehen lassen.

Der Herr Superintendent war der Ansicht, daß große Vermögen und große Unternehmungen sehr viel zur Hebung von Kultur, Wissenschaft und Religion beitragen könnten. Es stände zwar geschrieben, daß man die Schätze dieser Welt nicht sammeln solle; da aber diese Schätze einen notwendigen Bestandteil der von der Religion vorgeschriebenen sozialen Ordnung ausmachten, sei es nötig, daß große Vermögen in Händen einzelner lägen, um Initiative und Arbeitsfreudigkeit anzuregen, wodurch das Glück der Menschheit aufrechterhalten würde. Mit diesen Tatsachen müßte man sich abfinden und es sei besser, darüber nachzudenken, in welcher Weise diese großen Summen allen zum Segen gereichen könnten.

Nun wandte sich der Superintendent mit gewinnendem Lächeln an den Gastgeber, seinen Tischnachbar, der mit halb geschlossenen Lidern und strahlender, erwartungsvoller Miene zu erraten schien, was nun folgen würde.

»Ich bin davon überzeugt,« fuhr der Superintendent fort, »daß unser verehrter Gastgeber das rechte Gefühl dafür hat, daß mit dem Besitz eines großen Vermögens auch gewisse Verpflichtungen verbunden sind. Man weiß, daß er sich um Kunst und Literatur große Verdienste erworben hat. (Bei diesen Worten verdeckte der Dichter Pedersen sein Gesicht mit dem Weinglas.) Wie mir bekannt, verläßt kein Bittender des Herrn Generalkonsuls Haus, ohne daß ihm Hilfe wurde, obgleich der Herr Generalkonsul wegen seiner vielen Reisen und geschäftlichen Unternehmungen nur selten anzutreffen ist. Nun ist mir zu Ohren gekommen, daß unser Gönner beabsichtigt, durch ein ansehnliches Geschenk diejenigen zu unterstützen, die sich die Verbreitung der ewigen Wahrheiten zur Aufgabe gemacht haben. Dies alles trägt dazu bei, den Herrn Generalkonsul Spade für einen Repräsentanten des Reichtums und des Kaufmannsstandes anzusehen, dem wir mit größter Anerkennung unsere Huldigungen darbringen. Ich erlaube mir, ein Hoch auf unseren Gastgeber auszubringen.«

Der diplomatische Superintendent hatte sich zwar außerordentlich vorsichtig ausgedrückt. Für Spade war es jedoch ein bedeutungsvoller Augenblick, als er mit dem Superintendenten anstieß. Sein ganzer Körper bebte vor Erregung; seine Augen, seine Backen, seine Hände zitterten, Kragen und Vorhemd zitterten mit und ließen dabei alle Diamanten funkeln. Der Superintendent klopfte ihm beruhigend auf die Schulter.

Da antwortete Spade mit bewegter Stimme:

»Hochehrwürden! Meine Herren! (Es war eine Herrengesellschaft.) Ich bin ein Mann, der bar bezahlt.«

Bei diesem Ausspruch räusperte sich der Dichter Pedersen vernehmlich und blickte den Generalkonsul entsetzt an. Das Zeichen dieses Mißvergnügens war darauf zurückzuführen, daß der Dichter schon vor zwei Tagen, als man wußte, daß der Superintendent das Wort ergreifen würde, Herrn Spades Antwort zurechtgelegt hatte. Dieser spontane Ausbruch stand aber nicht im Konzept.

Der Generalkonsul, der jedoch selbständig genug war und nicht fürchtete, einen Schnitzer zu machen, bemerkte wohl des Dichters Unzufriedenheit. Er errötete, wiederholte jedoch mit erhobener Stimme:

»Ich sage nochmals, ich bin ein Mann, der bar bezahlt. Habe ich etwas versprochen, dann werde ich es auch halten.«

Dann begann er die Rede herzuleiern, die er nach dem Manuskript des Dichters auswendig gelernt hatte. Er dankte für das von der Geistlichkeit erwiesene Entgegenkommen. Die große Bedeutung der Religion erkannte er an und versprach sein möglichstes zu tun, damit die Geistlichkeit unter den günstigsten Bedingungen arbeiten könnte.

Hier ließ er das Manuskript, Manuskript sein und fuhr fort:

»Wissen Sie, so bin ich gar nicht, daß ich etwas gebe, das erst nach zehn Jahren oder gar nach meinem Ableben Wert hat. Ich bin immer für Barzahlung. Reden Sie nicht dazwischen, Hochehrwürden. Fünfzigtausend Kronen habe ich der Kirche versprochen und damit zahle ich fünfzigtausend Kronen bar. Einen Augenblick, Hochehrwürden.«

»Evensen!« rief er laut.

Evensen, ein alter, graubärtiger Mann in Livree, war sein Faktotum. Geheimnisvoll lächelnd trat er zu ihm; man konnte ihm deutlich anmerken, daß er wußte, was nun wohl geschehen würde. Der Generalkonsul wurde immer eifriger, glühender und nervöser. Ein großer Coup sollte ihm jetzt gelingen. Der Wein hatte seine Wirkung an ihm getan; er war ein kräftiger Mensch, der die Freuden des Lebens genoß, wo sie sich ihm boten. – Er lebte ja fortwährend unter dem Druck der

Spannungen, die seine Riesenspekulationen mit sich brachten, und griff daher zu Betäubungsmitteln.

Nachdem Evensen zu ihm getreten war, zog Spade sein Schlüsselbund aus der Tasche, suchte den Schlüssel zum Geldschrank hervor, wies auf die ihm gegenüberliegende Tür und sagte: »Hol' die Kassette; du weißt, wo sie steht.«

Mit dem rasselnden Schlüsselbund in der Hand schritt Evensen stolz davon. Der Generalkonsul nickte mit vielsagenden Blicken seinen Gästen zu, um anzudeuten, daß Außerordentliches bevorstände.

Wir verlassen nun den strahlenden Generalkonsul und den betroffen dreinblickenden Geistlichen und folgen dem alten Evensen.

Im großen Speisesaal waren drei Türen. In der Mitte der einen Längswand befand sich eine breite Flügeltür, die geöffnet war, so daß man durch eine Reihe festlich erleuchteter Räume sah. Ferner befand sich eine Tür an der rechten Seitenwand, durch welche man in den Anrichteraum gelangte, und schließlich noch eine Tür an der schmalen Wand links. Nach dieser Tür lenkte Evensen seine Schritte. Als die Tür geöffnet wurde – sie war verschlossen gewesen – bemerkten die Zunächstsitzenden im fast dunklen Raum einen Schreibtisch, Telephon und Bücherregale. Es stand fest, dies mußte das Arbeitszimmer des Herrn Generalkonsuls sein.

Nachdem Evensen ins Zimmer hineingegangen war und die Tür hinter sich geschlossen hatte, lenkte ein kalter Luftzug seine Aufmerksamkeit auf sich; nun entdeckte Evensen auch, daß ein Fenster geöffnet war.

Indem er das Fenster schloß, murmelte er: »Sonderbar! Der Konsul muß selbst hier gewesen sein und es geöffnet haben.«

Während er noch nach dem Schlüssel im Schlüsselbund sucht, womit er den großen Schrank in der Ecke öffnen will, fällt sein Blick durchs Fenster auf Kristiania, die Stadt, die nun in der Abendbeleuchtung daliegt, von feinem Nebel umgeben, aus dem tausend Lichter hervorleuchten. Von diesem Fenster aus hat man eine weite Fernsicht, weil die Villa des Generalkonsuls auf einer kleinen Bergkuppe liegt.

Endlich hat Evensen den richtigen Schlüssel gefunden. Nach Einstellung des Schlosses öffnet er die gewaltigen Türen des Geldschrankes, die sich langsam in ihren Angeln drehen. Aus einem der Fächer zieht er eine kleine Mahagonikassette hervor, die er mit beiden Händen hochhebt und auf den Tisch neben dem Schrank stellt. Seine Anstrengungen lassen darauf schließen, daß die kleine Kassette sehr schwer sein muß. Darauf schließt das alte Faktotum wiederum den Schrank mit peinlicher Sorgfalt.

Mit der Kassette im Arm begibt er sich dann wieder zur Gesellschaft in den Speisesaal zurück.

Schon bei seinem Eintritt geht ein erwartungsvolles Gemurmel von Mund zu Mund. Beim Anblick der Kassette ahnt man, was kommen wird. Nur der Dichter Pedersen, der derartige theatralische Auftritte haßt, starrt geistesabwesend vor sich nieder auf seinen Teller.

Zwischen Seiner Hochehrwürden und dem Herrn Generalkonsul setzte Evensen die Kassette auf den Tisch. Um zu markieren, wie schwer die kleine Kassette gewesen sei, atmete Evensen unnötigerweise erleichtert auf. Der Superintendent, der Sinn für Humor hat, amüsierte sich unzweifelhaft über dieses Arrangement des Parvenüs.

Wie man sich sonst durch Anschlagen an ein Glas Gehör erbittet, so klopfte nun der Herr Generalkonsul mit seinen diamantenbesetzten Fingern an die Mahagonikassette, um der Gesellschaft Schweigen aufzuerlegen. Danach nahm er seine Rede wieder auf.

»Ich werde beweisen, daß ich ein Mann bin, der bar bezahlt,« sagte er. »Fünfzigtausend habe ich gestiftet, und mit zweifelhaften Papieren aufzuwarten, ist nicht meine Art und Weise. In dieser Mahagonikassette, die ich hiermit Seiner Hochehrwürden überreiche, liegen fünfzigtausend Kronen in Gold.«

Ein lautes Gemurmel erhob sich am Tisch, alle beugten sich vor, während der Generalkonsul die Kassette öffnete. Die Gesellschaft war ziemlich gemischt, ein Umstand, der auf die Verhältnisse und Herrn Spades Bekanntenkreis zurückzuführen war; es waren einige Gäste darunter, denen diese Summe märchenhaft vorkam.

Mit gespanntem Gesichtsausdruck saß der Superintendent dabei, als der Generalkonsul die Kassette öffnete.

Als er jedoch den Deckel zurückschlug, wurde sein Gesicht starr vor Schreck. Ein furchtbares und drohendes Schweigen trat ein.

Das Geld war nicht mehr da.

III.

Wohl war die Gesellschaft auf eine Überraschung vorbereitet gewesen; daß die Überraschung aber solche Formen annehmen würde, daran hatte wohl niemand der Anwesenden gedacht.

Unwillkürlich richteten sich die Augen auf den Generalkonsul Spade. Man legte sich weit über den Tisch. Einige standen von ihren Plätzen auf und begaben sich zum Gastgeber; selbst der sonst so phlegmatische Dichter Pedersen unterließ es nicht, in die geöffnete Kassette hineinzusehen. Mit satanischem Lächeln sagte er:

»Was darin liegt, ist jedenfalls ebenso schwer wie Gold.«

Von dem Antlitz des Geistlichen war jedoch jede Regung, die auf Liebenswürdigkeit und Wohlwollen deuten konnte, verschwunden. Er witterte den herannahenden Skandal und fürchtete, daß diese Festlichkeit, die er gern als unschuldigen Scherz angesehen hätte, ihm ernste Unannehmlichkeiten bereiten könnte; ihm schien, er höre schon die ersten Töne des interessanten Stadtgespräches. Sein Blick verfinsterte sich und er sah nach der Tür wie jemand, der vor allem sich den Rückzug decken will.

Währenddessen stand die Kassette, die diese ganze Bewegung verursacht hatte, offen vor dem Generalkonsul.

Nach Aussage des Konsuls hätte die Kassette fünfzigtausend Kronen enthalten sollen. Es lag aber keine einzige Goldmünze darin, dagegen aber ein Klumpen Blei, dessen Gewicht ungefähr dem Gewicht von zweitausendfünfhundert Zwanzigkronenstücken entsprach.

In seiner Verwirrung suchte Spade den Bleiklumpen aus der Kassette zu heben; er war jedoch so schwer, daß Evensen, dem der Schreck gewaltig in die Glieder gefahren war, beim Heben behilflich sein mußte. Der Klumpen schien erst kürzlich gegossen zu sein, denn er glänzte sehr.

Der Generalkonsul faßte nach seiner Stirn, auf der große Schweißtropfen hervortraten.

Ein boshafter Gast hatte ziemlich hörbar eine Bemerkung fallen lassen, die der Generalkonsul möglicherweise gehört haben mochte. Er erblaßte jedenfalls plötzlich und sah verwirrt bald den einen, bald den andern an, während er Seine Hochehrwürden am Aufstehen hinderte, indem er ihn am Rockkragen festhielt.

Der Superintendent war nämlich im Begriff, seine werte Person in Sicherheit zu bringen.

Die Bemerkung, die das boshafte Mitglied der Gesellschaft hatte fallen lassen, war jedoch für das zweifelhafte Ansehen, das Spade genoß, so charakteristisch, daß wir sie hier zitieren müssen.

Die Bemerkung lautete: »Die sind wahrhaftig im letzten Augenblick gerettet worden.«

Damit hatte der boshafte Gast andeuten wollen, daß die ganze Sache von Spade selbst nur zu dem Zweck fingiert worden sei, um die versprochenen fünfzigtausend Kronen nicht auszahlen zu müssen; zum Teil aus Reklamesucht, um sich selbst, sein Haus und seinen Umgangskreis in aller Leute Mund zu bringen.

Möglicherweise hatte der Superintendent dieselben Gedanken gehabt. Seine Miene nahm mehr und mehr den Anstrich gekränkter Würde an. Gut, ließ es sich nicht umgehen, daß einige der Anwesenden sich solche Gedanken darüber machten – unter anderen ganz ungeniert der Dichter Pedersen, der offensichtlich in seine Serviette hineinpustete – der Generalkonsul hatte Geistesgegenwart genug, auf diese Verdächtigungen die einzig passende Antwort zu geben.

Blaß vor Erregung rief er: »Feder und Tinte, Evensen! Ich bin bestohlen worden, meine Herren!«

Sein Faktotum brachte das Gewünschte herbei.

Der Generalkonsul entnahm seiner Tasche sein Scheckbuch, füllte die Rubriken aus und übergab sie dem Superintendenten mit den Worten: »Der Diebstahl geht nur mich persönlich an und nicht den Zweck, den ich zu fördern wünsche. Meinem Versprechen gemäß übergebe ich hiermit fünfzigtausend Kronen für den Kirchenbau.«

Der Superintendent nahm die Anweisung an. – Ein schmerzlich verzogenes Lächeln breitete sich über sein Antlitz. Die Überreichung des Geschenkes hatte eine Form angenommen, die er nicht in Betracht gezogen hatte und die förmlich nach einem Skandal schrie.

Indem er sich von seinem Sitze erhob und sich sehr formell, jedoch höflich vor dem Generalkonsul verneigte, sagte er: »Gleich morgen werde ich dem Bankkomitee die Anweisung überreichen; vorläufig spreche ich Ihnen den herzlichsten Dank der Interessenten aus.«

Der Superintendent ließ seinen Blick auf der Mahagonikassette ruhen.

»Sie werden indessen durch das heutige Ereignis in Zukunft so in Anspruch genommen sein, daß Ihnen jeglicher gesellschaftliche Verkehr erschwert sein wird. Sollte dieser unvorhergesehene Verlust Sie besonders schmerzlich berühren, werden wir Sie selbstverständlich nie zwingen, Ihre Verpflichtungen in bezug auf das Geschenk innezuhalten. Das Schicksal des Kirchenbaues ist in keiner Weise von Ihrer Gabe abhängig.«

»Herr Superintendent! Aber Herr Superintendent!« rief Spade. »Ihre Worte machen mich wirklich tieftraurig. Sie dürfen doch in keiner Weise die Annahme des Geldes verweigern. Ich sage Ihnen doch nur die volle Wahrheit. Lieber ist mir der Verlust weiterer fünfzigtausend Kronen, als mich den Verdächtigungen auszusetzen, die schon hier in meinem Hause boshaften Ausdruck gefunden haben. Ich wiederhole meine dringende Bitte: Nehmen Sie das Geld an, Herr Superintendent, und breiten Sie, soweit es möglich ist, den Schleier des Vergessens über all das Unangenehme des heutigen Abends. Wie schon gesagt, bin ich in ganz rätselhafter Weise um eine große Summe bestohlen worden.«

In Generalkonsul Spades Darstellung der ganzen Sachlage lag so viel überzeugende Kraft, daß der Superintendent sich der Einsicht nicht mehr verschließen durfte, daß alles auf Wahrheit beruhe. Sein Mitgefühl trug über sein Beleidigtsein den Sieg davon, ja er verstieg sich beim Abschied sogar so weit, daß er dem Generalkonsul freundschaftlichst die Schulter klopfte, indem er sagte:

»Zum Ergreifen des Verbrechers wünsche ich Ihnen recht viel Glück, wo jedoch die Polizei ins Haus hineinkommt, muß ich mich notwendigerweise zurückziehen. Ich werde mich nach dem Verlauf der Sache erkundigen.«

Nachdem sich der Superintendent zurückgezogen hatte, löste sich die Gesellschaft auf; alles wollte fort. Wie ein geschlagener Mann stand der Generalkonsul da und verabschiedete sich von den einzelnen Gästen in ganz mechanischer, geistesabwesender Weise, als sein alter Diener ihn am Ärmel zupfte.

»Herr Generalkonsul,« sagte Evensen, »die Herrschaften wollen gehen.«

»Dann laß sie zum Teufel gehen. Rufe die Polizei herbei!«

»Ich habe schon an die Polizeiwache telephoniert, Herr Generalkonsul!«

»So, das ist schon geschehen? Na, das ist gut. Wann können die Kriminalbeamten hier sein?«

»In wenigen Minuten, Herr Generalkonsul; aber keiner der Gäste darf das Haus verlassen.«

»Wer hat das gesagt?«

»Die Polizei verlangt es. Ich habe schon die Türen verschlossen und Wachtposten aufgestellt.«

»Du großer Gott! Und der Superintendent?«

»Der ist leider entkommen, Herr Generalkonsul.«

»Gott sei Dank!«

»Ich habe die ausdrückliche Erlaubnis erwirkt, den Superintendenten gehen zu lassen.«

»Das war gut gemacht, Evensen. Wie unangenehm wäre es gewesen, wenn der Superintendent wegen Diebstahlverdachts zurückgehalten wäre.«

Den Gästen wurde nun eröffnet, daß sie vorläufig beim Generalkonsul hinter Schloß und Riegel seien, was natürlich große Bestürzung hervorrief.

Von draußen drang das Geräusch eines vorfahrenden Wagens herein. Der zuerst erschienene Beamte gab seine Karte ab. Auf der Karte stand:

Asbjörn Krag.

IV.

Als der Generalkonsul die Erbitterung gewahr wurde, die sich der Gäste, besonders der weniger angesehenen, bemächtigt hatte, fiel ihm kein geeigneteres Mittel zur Beruhigung der Gemüter ein, als eine Rede zu halten.

»Nicht ich habe verlangt, daß das Haus abgesperrt wird,« begann er seine Rede, »sondern es geschieht auf telephonischen Befehl der Kriminalpolizei. Der Verdacht des Diebstahls ist selbstverständlich gegen niemand der Anwesenden gerichtet, die Polizeibeamten wünschen jedoch systematisches Vorgehen. So liegt die Sache augenblicklich. Ich bitte, meine Herren, bedienen Sie sich. Evensen, mehr Champagner!«

Evensen hatte dafür gesorgt, daß Flaschen bereitstanden; als die ersten Pfropfen knallten, begaben sich einige der Gäste an den Tisch, worauf auch die übrigen dem Beispiel folgten.

Mit einigen scherzhaften Worten suchte der Dichter Pedersen die etwas peinliche Situation zu retten. Während der ganzen Zeit hatte er seelenruhig und ohne sich um das geringste zu kümmern, an der Tafel Platz behalten. Mit kurzen, treffenden Bemerkungen charakterisierte er den modernen norwegischen Geschäftsmann, den Typ des Börsenspekulanten. Die Zeit des vornehmen aristokratischen Großkaufmanns sei dahin. »Der heutige Geschäftsmann luchst uns nicht nur in regelrechten Geschäften unser Geld ab, sogar bei rein gesellschaftlichem Beisammensein muß man sich auf den donnernden Befehl: Hände hoch! gefaßt machen. Meine Herren, lassen Sie uns die Hände heben; aber, bitte, mit den Gläsern. Prosit!«

Dieser Scherz fand bei dem weitaus größten Teil der Anwesenden freundliche Aufnahme, besonders, da es sich herausstellte, daß der soeben angelangte Detektiv ein liebenswürdiger, bescheidener Mensch war. Er stellte sich als Asbjörn Krag vor und bedauerte aufrichtig die durch ihn herbeigeführte Störung des Festes.

Der Detektiv befaßte sich sofort mit der Untersuchung der Kassette, des Tresors, des Büros und des Schlüsselbundes des Generalkonsuls; auch den Bleiklumpen betrachtete er genau.

Als er erfuhr, daß die gestohlene Summe ausschließlich aus Goldmünzen bestand, glitt ein vielsagendes Lächeln über sein Gesicht.

»Dann habe ich nichts dagegen, daß die Gäste das Haus verlassen, wenn sie es wünschen,« sagte er.

Sonderbarerweise nahm er jedoch Aufstellung im Vestibül, wo er mit großer Liebenswürdigkeit sich von jedem einzelnen verabschiedete, als sei er der Gastgeber und müßte nun jeden seiner Gäste zur Tür geleiten.

Dies erregte die Aufmerksamkeit der Herren und wurde Gesprächsstoff, während sie gruppenweise den Drammensweg entlang nach Hause gingen.

Sie waren alle der Ansicht, daß Asbjörn Krag die ganze Sachlage nicht erfaßt habe. Sie meinten, daß der Detektiv auf den Ärger der Gäste viel zu viel Gewicht gelegt hätte, was er durch übertriebene Höflichkeit wieder gutzumachen glaubte. – Die Art und Weise sei aber erst recht Veranlassung zur Verstimmung. Er hätte leichter über die ganze Angelegenheit hinweggehen müssen, meinte einer der Herren. Nein, den Polizeibeamten fehlten die elementarsten Grundbegriffe des Umgangs mit Menschen. Es sei aber auch gar nicht anders zu erwarten; das Korps rekrutiere sich ja aus den untersten Volksschichten.

Krag hatte jedoch die günstige Gelegenheit benutzt, um die Gäste genau beobachten zu können. Jedem gab

er freundliche und entschuldigende Worte mit auf den Weg. Daß seine Augen sie dabei untersuchten, wobei nicht eine Falte ihrer Kleidung seinem scharfen Blick entging, das ahnte niemand von ihnen.

Was hatte Asbjörn denn so eifrig an ihnen zu suchen? Es stand fest, daß sich kein Gast mit einem Gewicht von zweitausendfünfhundert Goldstücken ungesehen entfernen konnte.

Als Asbjörn Krag im Büro des Generalkonsuls mit diesem und dem alten Faktotum Evensen zusammentraf, war alle Liebenswürdigkeit von ihm gewichen.

»Dies ist der dritte rätselhafte Diebstahl in diesem Bezirk innerhalb verhältnismäßig kurzer Zeit,« sagte er. »Hier handelt es sich aber um die größte Summe. Wann haben Sie das Geld in Gold eingewechselt?«

»Gestern, in der Bank von Norwegen. Ich war selbst dort; Evensen war bei mir.«

Evensen nickte stumm.

»Ich trug die Kassette. Ich kann Ihnen sagen, sie war schwer!«

»Es war ein unglücklicher Einfall von mir,« begann der Generalkonsul, indem sich die Schweißtropfen von der Stirn wischte. »Ich wollte mit dem Golde renommieren, anstatt einfach einen Scheck auszustellen.«

»Wurde das Geld während der Geschäftszeit der Bank gewechselt?«

»Ja, selbstverständlich! Wie gewöhnlich waren viele Leute zugegen. Die meisten sahen ja auch, wie ich mit dem Gelde fortging. Das hat natürlich den Dieb in Versuchung geführt.«

»Waren Sie noch sonstwo mit all dem Gold?« fragte Krag in strengem Ton. »Zum Beispiel in der Bodega?«

Der Generalkonsul zuckte zusammen.

»Nein, wie werd' ich wohl! Wie kommen Sie darauf? Mit der Kassette! Im übrigen bin ich nie ängstlich, viel Geld mit mir herumzutragen,« fügte er wichtig hinzu. – »Ich gehe des öfteren mit Hunderttausenden in bar in meiner Brieftasche.«

»Aber nicht in Gold?«

»Nein, das nicht. Evensen und ich fuhren gestern direkt nach Haus und schlossen die Kassette im Geldschrank ein. Sie können sich davon überzeugen, daß der Tresor solide genug ist. Das Schloß ist in tadellosem Zustande. Der ganze Diebstahl kommt mir vor wie ein Traum, so unglaublich ist er. Bitte, sagen Sie mir, wie hat der Dieb bloß aus dem Büro herauskommen können?«

»Ich versuche gerade eben, mir selbst darüber Klarheit zu verschaffen,« sagte Krag halblaut.

Er hatte ein Skizzenbuch hervorgeholt und machte darin Aufzeichnungen, während er forschend im Zimmer umherblickte. Scheinbar zeichnete er den Riß des Büros.

Der Generalkonsul trat auf ihn zu und betrachtete die Zeichnung ohne Verständnis für seine Anwendung. Mittlerweile war die Zeichnung fertig geworden.

»Wie aus der Zeichnung ersichtlich,« erklärte Krag – er tat es mehr zu dem Zweck, sich auch die kleinsten Einzelheiten einzuprägen –, »führen zwei Türen ins Büro. Wie lange sind diese Türen verschlossen gewesen?«

»Seit heute nachmittag um fünf Uhr,« antwortete der Generalkonsul, »unmittelbar, bevor die Gäste eintrafen.«

»Wer hat die Türen verschlossen?«

»Ich.«

»Und Sie waren absolut davon überzeugt, daß sich das Gold in der Kassette befand und diese wiederum im Geldschrank?«

»Ja, vollkommen. Ich hatte noch nachgesehen, kurz bevor ich das Büro verließ. Ich selbst habe die Türen des Schrankes zugemacht. Wie Sie sehen, ist die eine Tür von innen verschlossen; die andere Tür ist nur den kurzen Augenblick geöffnet gewesen, als Evensen die Kassette herausnahm.«

Asbjörn Krag blickte Evensen an.

»Sie sind nicht der Dieb,« sagte er, »andererseits können Sie aber von mir nicht verlangen, zu glauben, daß ein Dieb durch verschlossene Türen hindurchgehen kann.«

V.

Evensen senkte den Kopf und eine leichte Röte bedeckte sein Gesicht. »Ich habe es mir schon gedacht, daß der Verdacht auf mich fallen würde,« sagte er.

Asbjörn Krag faßte ihn bei den Schultern und sagte: »Ich wiederhole, ich habe Sie nicht in Verdacht; jedenfalls nicht mehr als alle die andern, sämtliche Gäste, das Personal, ja den Generalkonsul selbst. Herr Generalkonsul, zuerst hege ich Verdacht gegen alle; erst während der Untersuchung wird der Kreis der Verdächtigen enger.«

»Ich kann eine Verdächtigung schon ertragen,« entgegnete der Generalkonsul. »Außerdem meine ich, durch die Ausstellung des Wechsels auf fünfzigtausend Kronen, den Verdacht von mir abgewälzt zu haben. Dagegen möchte ich darauf aufmerksam machen, daß Sie auf falscher Fährte sind, wenn Sie meinen alten, getreuen Evensen in Verdacht haben. Er ist von klein auf in meiner Familie gewesen und außerdem ist er die personifizierte Treue. Für ihn verbürge ich mich.«

»Ganz recht,« erwiderte Krag, »ich bin genau Ihrer Meinung. Wir lassen also Evensen ganz aus dem Spiel. Wir hegen also nicht den leisesten Verdacht gegen ihn. Das hindert uns aber doch nicht, nachzuforschen, was Evensen sich vorgenommen hat; möglicherweise ist er, ohne daß es ihm bewußt geworden ist, dem geheimnisvollen Verbrecher begegnet. Also zur Sache! Evensen trug also die Kassette mit dem Gelde?«

»Ja,« gab Spade zur Antwort.

»Der Herr Generalkonsul hat aber die Kassette selbst in den Geldschrank hineingestellt,« fuhr Evensen mit auffallendem Eifer dazwischen.

»Und den Schrank verschlossen?« Der Generalkonsul nickte.

»Um wieviel Uhr?«

»Um zwei Uhr nachmittags.«

»Haben Sie vorher nachgesehen, ob die Goldstücke auch darin waren?«

»Ja.«

»Wer hat sich sonst noch im Laufe des Tages in Ihrem Büro aufgehalten?«

»Allerhand Leute. Da ich an großen Unternehmungen interessiert bin, gehen bis zum Geschäftsschluß um fünf Uhr andauernd viele Leute ein und aus. Ich bin aber während der ganzen Zeit zugegen gewesen; es ist daher ausgeschlossen, daß jemand, mit dem ich geschäftlich zu tun habe, für den Diebstahl in Frage kommt.«

Asbjörn Krag schien jedoch diese Möglichkeit nicht für ausgeschlossen zu halten, denn er fragte:

»Wieviel Leute mögen denn hier gewesen sein, seit zwei Uhr und bis zum Schluß der Geschäftszeit?«

»Ich möchte glauben, etwa acht bis zehn.«

»Erinnern Sie sich aller dieser Leute?«

Der Generalkonsul dachte nach; Krag unterbrach ihn:

»Es kommt mir nicht darauf an, daß Sie es jetzt im Augenblick wissen; aber in einer Stunde müssen Sie eine Liste dieser Personen aufgestellt haben.«

»Soll geschehen,« gab Spade zur Antwort. »Ich habe ein kolossales Gedächtnis.«

Krag besichtigte nochmals das Zimmer. Lange stand er vor dem Geldschrank und untersuchte das Schloß genau.

»Ich sehe, der Schrank hat ein Patentschloß,« sagte er, »es läßt sich nur durch einen ganz eigenartigen Schlüssel öffnen. Ich vermute, daß es von diesem Schlüssel nur ein Exemplar gibt?«

Der Generalkonsul zog aus der Tasche ein großes Schlüsselbund hervor, suchte den Schlüssel und zeigte ihn dem Detektiv. »Dies ist er,« sagte er. »Natürlich ist das das einzige Exemplar.«

Asbjörn Krag löste den Schlüssel vorsichtig vom Ring und untersuchte ihn mit Hilfe einer Lupe, die er einem kleinen Etui entnahm, das er immer bei sich trug. Diese sorgfältigen Untersuchungen nahmen ihn mehrere Minuten ganz in Anspruch. Darauf wandte er sich lächelnden Mundes an den Generalkonsul:

»Hier ist die Erklärung, warum man das Schloß nicht gesprengt hat. Das Schloß ist ganz einfach mit einem Schlüssel geöffnet worden.«

»Aber nicht mit meinem,« erwiderte der Generalkonsul, »denn er ist keinen Augenblick aus meinen Händen gewesen.«

Krag zuckte mit den Achseln. »Das macht die Sache nicht weniger geheimnisvoll. Befinden sich augenblicklich größere Werte im Schrank?«

»Nein, nur einige Wertpapiere.«

»Dann nehmen Sie sie, bitte, heraus und bewahren Sie sie an anderer Stelle auf. Bis auf weiteres möchte ich diesen Schlüssel behalten. Vorläufig kann der Schrank nicht verschlossen werden.«

Während der Generalkonsul, ärgerlich über die Selbständigkeit, mit der Krag zu Werke ging, die Wertpapiere ordnete und unterbrachte, setzte der Detektiv seine Untersuchungen fort. Jetzt kamen die Türen an die Reihe. Als er die Tür, die nach dem Flur hinausführte, untersuchte, sagte er: »Evensen, kommen Sie doch einmal her. Sehen Sie den Schlüssel da. Die Stellung des Schlüssels läßt vermuten, daß der Schlüssel nicht angerührt worden ist, nachdem man die Türe verschlossen hat.«

»Außerdem ist die Tür von innen verschlossen,« bemerkte Evensen erstaunt. »Man kann doch keine Tür von außen öffnen, die von innen verschlossen ist.«

»Für einen gerissenen Dieb ist das mit Hilfe der modernen Apparate eine Kleinigkeit,« belehrte Krag. »Wäre ich ein Dieb, würde es mir gar nicht schwerfallen.«

Nun begab er sich nach der anderen Tür, die in den Festsaal hineinführte.

»Durch diese Tür kann der Dieb auch nicht gekommen sein, weil im Festsaal immer Leute anwesend waren.«

»Nachdem der Herr Generalkonsul das Büro verlassen hat, bin nur ich hier im Zimmer gewesen, als ich die Kassette holte,« sagte Evensen.

»Sie wollen damit sagen, daß der Diebstahl zwischen fünf und sieben Uhr geschehen sein muß?«

»Ja.«

Krag wandte sich nun zum Fenster, das nach Osten lag.

»Dies Fenster stand auf,« sagte Evensen plötzlich.

Krag trat auf ihn zu. »Warum haben Sie das nicht gleich gesagt?« rief er aus. »Wer hat es denn geöffnet?«

»Ich nicht,« sagte Evensen.

»Ich auch nicht!« rief Spade.

»Dann will ich Ihnen nur sagen, daß der Dieb zum Fenster hereingekommen ist.«

Der Generalkonsul und Evensen brachen jedoch in schallendes Gelächter aus.

»Niemand kann an der glatten Wand hochklettern,« sagte Spade, »außerdem liegt das Haus auf einem unbesteigbaren Felsen. Der Dieb muß dann schon durch die Luft gekommen sein.«

Krag öffnete das Fenster und sah in den Abgrund hinab. »Nun ja,« sagte er, »vorläufig müssen wir annehmen, daß der Dieb durch die Luft gekommen ist.«

VI.

Asbjörn Krag mußte zugeben, daß die Zweifel des Generalkonsuls berechtigt waren. Das Fenster lag etwa zehn Meter über dem Erdboden. Der Felsen, worauf das Haus stand, und die Außenmauern desselben waren eben und glatt; es war auch nicht das geringste zu entdecken, was den Dieben als Hilfsmittel hätte dienen können. Keine Leiter, keine Dachrinne. Der Detektiv wandte sich mit den Worten an Evensen: »Wissen Sie ganz genau, daß das Fenster geschlossen war, als Sie den Raum verließen?«

Evensen nickte bejahend.

»Da aber der Generalkonsul das Fenster nicht geöffnet hat, kann es nur der Dieb getan haben. Der Dieb muß hier hereingekommen sein.«

»Das ist unmöglich,« beteuerte der Generalkonsul, »die Mauer ist ja ganz glatt.«

Asbjörn Krag beschäftigte sich nun damit, die Fensterbank und den Fensterrahmen gründlich zu untersuchen; mit Hilfe seiner Blendlaterne leuchtete er auch die Mauer unterhalb des Fensters ab, fand jedoch keine Spur, die seine Annahme rechtfertigen konnte.

Der Generalkonsul und Evensen folgten jeder seiner Bewegungen mit dem größten Interesse; und als es schien, daß die Untersuchungen erfolglos blieben, lächelte Spade. – Das ironische Lächeln verriet seine Zufriedenheit darüber, daß er seine mit großer Sicherheit gemachte Behauptung bestätigt fand.

Vom Schreibtisch nahm Asbjörn Krag nun einige Zeitungen, legte sie auf die Fensterbank, kletterte hinauf und lehnte sich aus dem Fenster. Mit der einen Hand hielt er sich fest und in der anderen hielt er die Blendlaterne. Zoll um Zoll untersuchte er die Mauer über dem Fenster, als plötzlich ein zufriedenes Lächeln über sein Gesicht huschte. Eben oberhalb des Fensters hatte er in der Mauer eine kleine abgestoßene Stelle entdeckt. Diese kleine, weiße Stelle in der Mauer ließ vermuten, daß sie erst kurz vorher durch die Berührung mit einem harten Gegenstand entstanden war.

Vorsichtig kletterte der Detektiv wieder von der Fensterbank herunter und legte die Zeitungen auf ihren Platz zurück.

»Na, haben Sie etwas gefunden?« fragte der Generalkonsul.

Der Detektiv nickte nur und wandte sich wieder dem Fenster zu. Weil er nun wußte, daß der Dieb wirklich durchs Fenster hereingekommen war, fand er bei einer zweiten Untersuchung eine Spur, die ihm beim ersten mal entgangen war. Eben oberhalb des oberen Fensterhakens fand er im Rahmen eine Vertiefung, die von einem schmalen Instrument, das hineingestemmt war, herrühren konnte.

Asbjörn Krag blieb am Fenster stehen und sah in die Dunkelheit hinaus. Vor ihm lag der ausgedehnte Garten des Generalkonsuls, wo die entlaubten Bäume in langen geraden Reihen standen. Gerade vor dem Hause lag ein großer Rasen, von schmalen Kieswegen durchzogen. Eine Fahne wehte noch zu Ehren der heutigen Gesellschaft.

Der Detektiv wandte sich an den Generalkonsul: »Lassen Sie uns in den Garten hinuntergehen,« sagte er.

Die drei Herren zogen ihre Überzieher an und gingen hinunter. Draußen empfing sie eiskalter Wind und Regen; die ersten Schneeflocken wirbelten schon vom Himmel. – Sie hüllten sich fest in ihre Mäntel und schlugen die Kragen hoch. Der Detektiv führte sie die in den Felsen gehauene Treppe hinunter und dann rechts in den Garten hinein.

»Hören Sie mal, Herr Krag,« sagte der Generalkonsul, »sind Sie noch der Ansicht, daß die Diebe durchs Fenster ins Büro hineingekommen sind?«

»Gewiß, Herr Generalkonsul,« erwiderte Krag, »und ich hoffe, meine Behauptung bestätigen zu können.«

Sie bogen um die Ecke und gelangten ins Dunkle, wo das elektrische Licht, das sich über dem Hauseingang befand, nicht hinleuchten konnte. Krag knipste daher die Blendlaterne an. Sie befanden sich auf dem Rasen unterhalb der Bürofenster. Hier bat Krag die beiden Herren, zu warten und begab sich, indem er anhaltend den Erdboden beleuchtete, direkt unter das Fenster. Ganz ungeduldig standen der Generalkonsul und Evensen und warteten, während er sich mit seinen Untersuchungen beschäftigte. Sie sahen, wie er den hellen Lichtschein langsam über das schwarze Erdreich unter dem Fenster dahingleiten ließ. – Endlich sahen sie Krag wieder auf sich zukommen. Der Generalkonsul bemerkte, daß sein Gesicht Enttäuschung und zugleich Verwunderung ausdrückte.

»Haben Sie eine Spur entdeckt?« fragte Spade

Krag schüttelte den Kopf.

»Nein, es war nichts zu entdecken; weder Fußspuren, noch andere Zeichen.«

»Das habe ich mir ja gedacht,« war Spades triumphierende Antwort. »Es wäre auch gänzlich unmöglich gewesen.« Indem er mit der Laterne des Detektivs das Haus ableuchtete, fuhr er fort: »Kein Mensch vermag da hinaufzuklettern, selbst wenn es ihm gelingen sollte, mit Hilfe der Spalten und Vorsprünge die drei bis vier Meter hohe Felsenwand zu erklimmen; die glatte Mauer von etwa sechs Meter Höhe zu ersteigen ist ganz unmöglich. Mit Ausnahme der Feuerleiter sind auch gar keine so hohen Leitern hier in der Nähe; und die Feuerleiter steht fest.«

Krag gab ihm lächelnd recht, wobei er sich eine Zigarre anzündete. »Ja, man sollte es nicht für möglich halten,« entgegnete er, »aber der Dieb hat doch den Weg durchs Fenster genommen.«

Lange stand er schweigend da; in unregelmäßigen, schnellen Zwischenräumen flackerte das Feuer seiner Zigarre auf und wurde wieder dunkel. In der nächtlichen Stille hörten sie, wie der Wind einige welke Blätter von den Zweigen riß, die raschelnd zur Erde niederfielen. Aus der Ferne drangen die Geräusche der Elektrischen zu ihnen hinüber und über ihnen flatterte die Fahne hin und her im Winde.

Auf letzteres Geräusch lenkte sich plötzlich Krags Aufmerksamkeit; er blickte hin und gleich entfuhr ihm das Wort: »Aber natürlich!« – »Wie?« fragte der in seinem Gedankengang gestörte Generalkonsul. »Was sagten Sie da eben?«

»Ach, ich habe nur laut gedacht. Kommen Sie mit, wir wollen uns die Flaggenstange näher betrachten.«

Der Generalkonsul reichte ihm die Laterne und alle drei begaben sich dahin. Die Flaggenstange stand mitten in einem Kreise, der nicht mit Gras bewachsen war. Wiederum leuchtete Krag den Erdboden ab und untersuchte die nächste Umgebung der Flaggenstange. Plötzlich hielt er inne und winkte dem Generalkonsul und Evensen zu, näher zu kommen.

»Sehen Sie, diese lose Erde hat der Dieb betreten müssen; aber vorsichtshalber hat er seine Spuren wieder verwischt. Weil er aber im Dunkeln hat arbeiten müssen, ist es ihm nicht gelungen, alle Spuren zu löschen. Hier sehen Sie ganz deutlich eine Spur, da auch« – Krag ging ein wenig zur Seite – »und hier haben Sie die deutlichen Spuren einer schmalen Stiefelspitze.«

Er zog ein Maß hervor, um die Spuren zu messen; die Maße notierte er sich. Leider war es ihm unmöglich, noch mehr Spuren zu entdecken. Nach Untersu-

chung des Erdbodens ließ er einen Augenblick das Licht auf die Fahnenstange fallen. Dann wandte sich Asbjörn Krag an den Generalkonsul: »Wie Ihnen bekannt sein dürfte, mißt Ihre Flaggenstange etwa zwölf Meter und ist auf zwei Pfählen von etwa zwei Meter Höhe angebracht. Diese Pfähle haben nicht nur den Zweck, die Stange zu stützen, sondern sie dienen auch dazu, die Stange in bequemer Weise niederzulegen und wieder aufzurichten, wenn sie gestrichen werden soll. Entfernt man den eisernen Bolzen, der zu unterst durch die Pfähle und die Stange geht, dann wird die Stange, wenn man ihr einen kleinen Stoß versetzt, entweder nach der einen oder der andern Seite hinüberfallen, indem sie sich um den Bolzen dreht, der weiter oben angebracht ist. Haben Sie mich verstanden?«

»Ja, wozu aber diese lange Erklärung?« fragte der Generalkonsul ganz verstört.

»Mit Hilfe der Flaggenstange hat der Dieb das Bürofenster erreichen können.«

Der Generalkonsul antwortete nicht, machte aber ein sehr verblüfftes Gesicht.

»Derjenige, der Sie bestohlen hat,« fuhr der Detektiv fort, »hat den unteren Bolzen entfernt; dann hat er die Flaggenstange sich langsam Ihrem Hause zuneigen lassen. Die Spitze der Stange ist dann eben oberhalb Ihres Bürofensters gegen die Mauer gestoßen. An der Flaggenstange ist der Dieb dann emporgeklettert, hat mit Hilfe irgendeines Instrumentes das Fenster geöffnet, ist dann ins Zimmer hineingeklettert, hat mit einem falschen Schlüssel den Tresor geöffnet, das Gold an sich genommen und ist in derselben Weise wieder herausgekommen. – Dann hat er nur noch nötig gehabt, die Flaggenstange aufzurichten und seine Spuren zu verwischen.«

»Ja,« fügte der Generalkonsul hinzu, »und meine fünfzigtausend Kronen hat er mitgenommen.«

Krag antwortete nicht. Mit dem Fuß hatte er an einen Gegenstand gestoßen, nach dem er sich bückte, um ihn aufzuheben. Er betrachtete ihn einen Augenblick und steckte ihn dann in die Tasche seines Überziehers

Der Gegenstand war eine kleine goldene Platte, die mit drei Diamanten besetzt war; an der Rückseite war noch das Ende einer abgerissenen Kette zu sehen. Anscheinend war es ein Manschettenknopf, dessen Kette auf irgendeine Art durchgerissen war. Krag suchte noch eine Zeitlang nach der andern Hälfte, aber ohne Erfolg.

Er gab den beiden Herren ein Zeichen, alle drei begaben sich wieder zum Hause zurück. An der Haustür reichte Krag dem Generalkonsul die Hand mit den Worten: »Auf Wiedersehen, Herr Generalkonsul. Ich denke in kürzester Frist herausgefunden zu haben, wer der Dieb ist.« –

Spade drückte ihm herzlich die Hand. Dabei bemerkte er, daß Krag bei dieser Gelegenheit aufmerksam seine Manschettenknöpfe beobachtete. Die Knöpfe des Generalkonsuls waren jedoch von anderem Aussehen, als der Knopf, den der Detektiv in der Tasche trug.

»Sind Sie denn schon auf der rechten Spur?« fragte der Generalkonsul erstaunt.

»Ja,« entgegnete Krag, »soviel weiß ich, daß der Dieb den besseren Kreisen angehört. Es muß ein Mann sein, der im Besitz großer Körperkraft und wagemütiger Schlauheit ist.«

Eine Stunde später wußte Asbjörn Krag, daß der Dieb den Versuch gemacht hatte, den verlorenen Manschettenknopf wiederzuerlangen.

VII.

Um halb acht Uhr verließ Krag die Villa des Generalkonsuls. Seine Untersuchungen hatten kaum länger als eine halbe Stunde gedauert. Auf dem Wege zum Polizeiamt trat er in ein Café ein, um zu telephonieren. – Nachdem er seinen Überzieher aufgehängt und beim Ober seine Bestellung gemacht hatte, begab er sich gleich in die Telephonzelle, die sich direkt neben der Tür befand. Er verlangte die Nummer der Detektivabteilung und wurde sogleich auch mit dem diensttuenden Kriminalbeamten verbunden.

Während nun Asbjörn Krag ihm seine Befehle übermittelte, geschah im Café etwas, das für die spätere Entwicklung dieser Geschichte von nicht geringer Bedeutung ist.

Krag stand in der Telephonzelle und betrachtete den ganzen Vorgang durch die Glasscheiben der Tür und der Wände. In dem Augenblick, in welchem die Verbindung mit dem Kriminalamt hergestellt war, nahm die Sache ihren Anfang.

Ein Herr in tadelloser Kleidung, seinen Überzieher über dem Arm und einen silberbeschlagenen Stock in der Hand, trat zur Tür herein. Sorgfältig machte er die Tür hinter sich zu. Bisher war nichts Außergewöhnliches an ihm zu bemerken gewesen, weder in seiner Erscheinung, noch in seinem Auftreten; nachdem er aber die Tür hinter sich geschlossen hatte, zog er durch sein Gebaren die Aufmerksamkeit des Detektivs auf sich. In ganz unerklärlicher Weise verrutschte seine Krawatte, seine Uhrkette hing herab und sein Hut saß ihm schief auf dem Kopfe. Der Mann selbst torkelte in bedrohlicher Weise gegen den sonst von einer Dame geleiteten Zigarrenverkaufsstand; und da er den Stock in der anderen Hand hielt, blieb ihm nichts anderes übrig, als die freie Hand direkt in eine der Zigarrenkisten zu legen, während er sich suchend nach einem Platze umsah.

In der Nähe waren viele unbesetzte Tische, die sah er jedoch nicht. Er hatte seinen Blick auf den Garderobenständer gerichtet, zog seine Hand aus der Zigarrenkiste, deren Inhalt er gänzlich zerdrückt hatte, zurück und begann vorwärts zu gehen. Daß er überhaupt soweit kam, in der einmal eingeschlagenen Richtung auch wirklich weiterzugehen, und nicht zur Tür hinaus, war dem Umstand zuzuschreiben, daß die Verkäuferin in diesem Moment nicht zugegen war, auch war kein Kellner zu erblicken.

Wie durch ein Wunder kam er gut an den Tischen vorbei, bis er zum Garderobenständer gelangte, wo er seinen Überzieher aufzuhängen versuchte, und da sich noch niemand zur Bedienung sehen ließ, gelang es ihm erst, nachdem das Kleidungsstück dreimal zur Erde gefallen war und er es mit großer Mühe aufgesammelt hatte.

Darauf nahm er Asbjörn Krags Platz ein und klopfte laut auf den Tisch. Endlich kam der Ober herbei, gerade zur rechten Zeit, um zu bemerken, daß der nicht ganz nüchterne Herr im Begriffe war, vom Stuhl zu fallen. Der Ober half ihm wieder auf, während er die Gelegenheit benutzte, ihn darauf aufmerksam zu machen, daß ihm hier leider nichts vorgesetzt werden könne; er sei jedoch bereit, ihn ganz unauffällig zur Tür zu geleiten.

Mit lauten Worten protestierte der Herr eine ganze Weile; dann spielte er jedoch den Beleidigten und erklärte, nie wieder ein so ordinäres Lokal aufsuchen zu wollen. Darauf nahm er seinen Überzieher vom Ständer und schritt mißmutig vom Kellner begleitet zur Tür.

Asbjörn Krag hatte inzwischen dem diensttuenden Beamten Verhaltensmaßregeln gegeben, brach das Gespräch ab und verließ die Telephonzelle, um noch gerade rechtzeitig zu bemerken, daß der angeheiterte Herr mit seinem Überzieher davonging. Krag hatte gesehen, daß der Mann, statt seinen eigenen Überzieher zu nehmen, den daneben hängenden ergriffen hatte, der zufällig ihm gehörte. Der ganze Vorfall hatte vielleicht zwei Minuten gedauert, aber fünf Minuten mußten Krag und der Ober daran wenden, um dem Mann klarzumachen, daß er sich geirrt habe. Schließlich gelang es jedoch, ihm den eigenen seidengefütterten Überzieher aufzuzwingen, womit er denn auch das Lokal verließ.

Krag ließ sich an seinem Tisch nieder, trank ab und zu aus seinem Glas, im übrigen wartete er. Telephonisch hatte er, nachdem er den gefundenen Manschettenknopf genau beschrieben, Order gegeben, nachzuforschen, ob in irgendeinem Juweliergeschäft derartige Manschettenknöpfe verkauft worden seien. Es müsse sofort nachgeforscht werden, denn es sei bald Geschäftsschluß. Wenn dies geschehen sei, möchte der Beamte sofort mit Bescheid zu ihm ins Café kommen.

Nach einiger Zeit bezahlte er und ging, denn er hatte den von ihm herbestellten Kriminalbeamten draußen vor dem Café entdeckt. – Die Knöpfe waren in einem größeren Juweliergeschäft Kristianias gekauft. Sofort begab sich Krag dahin. Zwei Minuten vor Geschäftsschluß langte er dort an und traf auch gleich den Inhaber, der die Manschettenknöpfe selbst verkauft hatte.

Der Detektiv zeigte ihm die kleine Platte und fragte:

»Kennen Sie die?«

Der Juwelier sah sich den Knopf an und sagte:

»Ja, sehr gut. Fast einen Monat lang habe ich ihn jeden Tag vor Augen gehabt. Vor etwa einem Monat habe ich die Knöpfe bei meinem Geschäftsfreund in London gekauft.«

»Glauben Sie, daß sich mehr Manschettenknöpfe derselben Art im Handel befinden?«

»Nein, man sagte mir, dies sei das einzige Paar. – Der hohe Wert und die originelle Form der Knöpfe lassen das auch vermuten.«

»Wann haben Sie sie verkauft?«

»Vor zwei Tagen.«

»Wissen Sie die Adresse des Betreffenden, der sie gekauft hat?«

»Nein, ihre Adresse weiß ich nicht.«

» Ihre!« rief Krag aus. »Hat eine Dame sie gekauft?«

»Ja,« war die Antwort, »eine junge, elegante Dame von außerordentlicher Schönheit. Sie muß scheinbar sehr reich sein, denn ohne auch nur den Preis drücken zu wollen, bezahlte sie die von mir verlangten neunhundertfünfzig Kronen.«

Krag dachte eine Weile nach. Diese Mitteilung kam ihm ganz unerwartet. »Ist die Dame schon früher einmal in Ihrem Geschäft gewesen?« fragte er.

»Ja, vor ungefähr einer Woche hat sie sich eine Perle in einen Ring einsetzen lassen.«

Krag machte sich zum Gehen bereit. »Falls die Dame sich wieder sehen lassen sollte, benachrichtigen Sie dann bitte die Kriminalpolizei.«

In diesem Augenblick bemerkte der Detektiv, daß das Gesicht des andern einen ganz eigenartigen Ausdruck annahm. – Er drehte sich um.

Eine junge und sehr hübsche Dame betrat den Laden.

Indem der Juwelier seine Hand auf Asbjörn Krags Arm legte, flüsterte er: »Das ist die Dame, die vor zwei Tagen die Manschettenknöpfe kaufte.«

VIII.

Der Juwelier ließ Asbjörn Krag stehen, um die hübsche junge Dame zu bedienen. Unterdessen betrachtete Krag sie heimlich. Er mußte zugeben, der Geschäftsinhaber hatte recht. Sie war eine entzückende Schönheit, etwas unter Normalgröße, mit blondem, lockigem Haar und großen, grauen Augen. Krag betrachtete sie sekundenlang mit größter Aufmerksamkeit; jede Linie ihres weichen, ovalen Gesichtes prägte er sich ein.

Er besaß ein phänomenales Gedächtnis für Personen und Gesichter. Wenn er nur wenige Sekunden ein Gesicht betrachtet hatte, so entstand gleichsam in seinem Gehirn eine Photographie der betreffenden Person, die in der Bildergalerie seines Gehirns bis zu dem Augenblick ruhte, wo er sie, manchmal erst nach vielen Jahren, hervorsuchte, um sie mit dem Original zu vergleichen, wenn ihm das Gesicht wieder begegnete.

Die junge Dame überreichte dem Juwelier ein Armband, das repariert werden sollte.

Krag trat langsam und bescheiden an sie heran und sagte mit höflicher Verbeugung: »Bitte, verzeihen Sie, gnädige Frau, wenn ich Sie mit einigen Fragen belästige.«

Sie blickte ihn kühl und abweisend an.

»Wer sind Sie?« fragte sie. »Ich besinne mich nicht auf Sie und wüßte nicht, aus welchem Grunde ich Ihre Fragen beantworten sollte.«

»Mein Name ist Asbjörn Krag,« sagte der Detektiv, indem er der jungen Dame den Knopf zeigte. Dann fragte er: »Sollten Sie vielleicht diesen Knopf kennen?«

Krag blickte sie an. Sie erblaßte und eine große Angst schien sich ihrer zu bemächtigen; das Entsetzen wich jedoch schnell aus ihrem Gesicht. Sie lenkte ihren Blick von der Hand des Detektivs auf sein Gesicht.

»Nein,« erwiderte sie mit fester und klarer Stimme.

Asbjörn Krag ließ den Knopf wieder in seine Tasche gleiten und wandte sich dem Juwelier zu, dessen rotes Gesicht noch röter wurde. Dieser betastete mit nervösen Fingern die Glasplatte und stotterte unter unausgesetzten Verbeugungen hervor:

»Gnädige Frau müssen sich doch noch darauf besinnen können, ich meine, gnädige Frau haben vor zwei Tagen die Manschettenknöpfe gekauft.«

Mit hartem und überlegenem Blick sah sie den Goldschmied an. »Mein Herr, wie können Sie es wagen, mich als eine Lügnerin hinzustellen?«

Sie legte das Armband auf die Tonbank und fügte hinzu: »Das Armband lasse ich morgen um elf Uhr holen.«

Beim Hinausgehen blickte sie Asbjörn Krag einen Augenblick forschend an, der sich höflich, jedoch schweigend vor ihr verneigte. Der Detektiv bemerkte noch, daß sie in eine Equipage stieg, die schnell mit ihr davonfuhr. Pferde und Wagen hatte er sich genau gemerkt.

Rot vor Erregung stand der Juwelier wie angewurzelt an seinem Platz. »Das begreife ich nicht,« stieß er hervor. »Sie hat nein gesagt!«

Krag lachte. »Na, selbstredend sagt sie nein.«

»Aber – aber sie war es doch.«

Der Detektiv ergriff seinen Hut. »Auf Wiedersehen,« rief er dem Juwelier zu, »vielleicht komme ich morgen um elf Uhr wieder.«

Asbjörn Krag war jetzt auf eine Spur gelangt, die allem Anschein nach ihn den Verbrecher finden ließ. Er schätzte sich glücklich, daß er in weniger als einer Stunde nach Beginn seiner Recherchen so glänzende Resultate aufzuweisen hatte.

Und doch war der Detektiv nicht zufrieden. War eine Sache zu einfach, verlor er das Interesse daran. Er hatte tatsächlich Freude darüber verspürt, dieses mit außerordentlichem Scharfsinn ausgeführte Verbrechen zu enträtseln. In gewisser Weise fühlte er sich enttäuscht und überlegte schon, ob er diese ganze Angelegenheit einem andern Beamten übergeben sollte. Unterwegs ereignete sich jedoch etwas, das ihn daran hinderte, den Plan auszuführen.

Er trat in ein Zigarrengeschäft, und während er noch im Begriff war, eine recht dunkle, frische Zigarre auszusuchen, fühlte er plötzlich eine fremde Hand sich in die Tasche seines Überziehers hineinschieben.

Der Detektiv tat, als hätte er nichts gemerkt und zündete seelenruhig seine Zigarre an der Gasflamme an, packte dann aber ganz plötzlich die Hand, die nun tief in der Tasche steckte, mit festem Griff und zog sie hervor.

Die Person, der die Hand gehörte, blickte er gar nicht an; er betrachtete nur die Hand, die er umfaßt hatte. Sie war schmal und weiß, auch die Finger waren schmal und aristokratisch. Er faßte sie so hart an, daß sie sich öffnete und ihr etwas Glänzendes entglitt.

Das Glänzende war nichts anderes als die kleine goldene, mit drei Edelsteinen besetzte Platte.

Als sich Asbjörn Krag dem Unbekannten zuwenden wollte, traf ihn ein harter Schlag an die Schläfe, und die Hand, die er immer noch festgehalten hatte, riß sich los. Bevor der Detektiv es hindern konnte, war der Mann verschwunden. Sowohl Krag als auch der Geschäftsinhaber liefen zur Tür hinaus; aber keiner von beiden konnte des Täters habhaft werden.

Der Detektiv legte den Knopf nun in seine Brieftasche, während er darüber nachsann, welchen ungeahnten Wert dieser Knopf wohl besitzen müsse, wenn sein Besitz einen Menschen zu einem so gemeinen Überfall verleiten könne. Jedenfalls lag die Annahme nahe, daß er es mit einem sehr kühnen Verbrecher zu tun hatte.

Dies alles hatte sich im Verlaufe ganz kurzer Zeit ereignet; diese wenigen Sekunden genügten jedoch, der Sache erneutes Interesse abzugewinnen.

Krag begab sich nach dem Kriminalamt und befahl, daß sich am Vormittag des nächsten Tages ein Beamter in Zivil im Laden des Juweliers aufhalten solle, um Namen und Adresse der Eigentümerin des Armbandes festzustellen.

Als anerkannt tüchtiger Detektiv hatte Asbjörn Krag immer mehrere Fälle gleichzeitig zu behandeln; wenn ihn aber eine Sache besonders interessierte, legte er alles beiseite oder brachte die Angelegenheiten zum Abschluß, um sich einzig und allein der einen interessanten Sache widmen zu können.

An diesem Abend hatte er noch tüchtig zu arbeiten. Um zehn Uhr abends hatte er genügend Beweise erbracht, um einen Schwindler großen Stils verhaften zu lassen. Um ein Uhr konnte er der Polizei eine Adresse übermitteln, die zur Verhaftung eines gefürchteten Diebes führte.

Müde und total ermattet kam er erst um zwei Uhr in seiner Wohnung an, wo er sich sogleich zu Bett begab und auch sofort einschlief.

Er hatte das Gefühl, als habe er nur wenige Minuten geschlafen, als er plötzlich dadurch erwachte, daß sich jemand in sein Schlafzimmer hereinschlich. Konnte es ein Dieb sein? Oder war es vielleicht irgendein Verbrecher, der die Absicht hatte, sich an ihm zu rächen? Unbeweglich lag er da. Als der Schein einer Blendlaterne nicht mehr auf seinem Gesicht ruhte, benutzte er die Gelegenheit, aufzublicken. In dem Moment fiel das Licht wieder auf sein Gesicht und damit auf seine geöffneten Augen.

Aus dem Dunkel hinter der Laterne erscholl ein leises Lachen und eine Stimme sagte: »Mein bester Herr Krag, nun habe ich doch gesehen, daß Sie wach sind.«

Die Stimme klang weich und angenehm, hatte aber dennoch einen energischen Ton, und der Lauf eines Revolvers kam für einen Augenblick zum Vorschein.

IX.

Asbjörn Krag erhob sich halbwegs in seinem Bett und stützte sich auf den Ellbogen.

»Machen Sie Licht,« sagte er. »Ich möchte die Leute sehen, mit denen ich spreche.«

»Wo ist der Knopf für das elektrische Licht?« fragte die Stimme.

»Rechts von der Tür, durch die Sie wahrscheinlich hereingekommen sind.«

Als Licht gemacht war, erblickte Krag die Person, die zu ihm eingedrungen war. Es war ein schlanker, dunkelblonder Mensch; in Kleidung und Haltung lag etwas von englischer Art. Das scharfgeschnittene Gesicht zeigte regelmäßige, männliche Züge.

Der Fremde steckte die elektrische Lampe in die Tasche, blieb dann stehen und beobachtete Krag neugierig, aber auch triumphierend, indem er wie spielend seinen Revolver auf Krags Kopfkissen richtete.

»Wünschen Sie, das Bett zu verlassen?« fragte der Fremde.

»Am liebsten, ja,« gab Krag zur Antwort. »Ich fürchte sonst, daß das Melodramatische dieser Situation leicht zur Komik werden könnte.«

Nur mit seinem Pyjama bekleidet setzte sich Krag dem Fremden gegenüber in einen bequemen Stuhl.

Während Asbjörn Krag augenscheinlich vollauf damit beschäftigt war, den Eindringling neugierig zu betrachten und abzuwarten, was er ihm zu sagen hätte, sann er mit Anstrengung darüber nach, wie er die Oberhand gewinnen könne. Wie die Dinge jetzt lagen, spielte der andere die Herrenrolle. Situationen wie diese – ein Unbewaffneter vor dem Lauf eines Revolvers – kannte Krag aus Erfahrung. Schon oft hatte er hinter dem Revolver gestanden, wobei ihm stets recht wohl zumute gewesen war, dem Revolver gegenüberzustehen, war ihm jedoch nicht so ganz angenehm.

Wo in aller Welt war ein Ausweg aus dieser fatalen Situation? Krags Stuhl stand am Bett. Ihm gegenüber – den Rücken der durch eine Portiere verdeckten Tür ins Nebenzimmer zugewandt – saß der Fremde, der ihm damit die einzige Möglichkeit zur Flucht nahm. Es wurde ihm klar, daß ihm nur noch ein Weg offen stand, nämlich der, Hilfe herbeizurufen. Sein Diener und Gehilfe, der in allen Dingen gewandte Jens, schlief in seinem Zimmer. Mit diesem hatte er ein Glockenzeichen verabredet, wonach zweimaliges Klingeln bedeuten sollte, daß Krag seine Gegenwart wünsche, weil Gefahr drohe. Dieses Signals konnte sich Krag leider nicht bedienen, weil der Fremde ganz in der Nähe der Klingel saß. Außerdem konnte man ja nie wissen, ob Jens noch wirklich in der Wohnung sei. Möglicherweise war er auch von dem Eindringling unschädlich gemacht worden, damit dieser zu ihm hatte eindringen können.

Der Fremde mochte bemerkt haben, daß Krag sich mit der Glocke in Gedanken beschäftigte; er fragte ihn:

»Suchen Sie eine Glocke? Der Knopf befindet sich hier. Machen Sie aber keinen Versuch, ihn zu erreichen. Ich habe wohl nicht nötig, Ihnen zu sagen, daß ich nicht nur wegen leerer Drohungen mitten in der Nacht zu Ihnen eingedrungen bin.«

Krag blieb ruhig sitzen.

Die Glocke an der Wand war nicht die einzige Verbindung, außerdem war noch ein geheimer Knopf zur elektrischen Leitung vorhanden. Das Ärgerliche aber war, daß sich auch dieser Knopf in der Nähe des Fremden befand, so daß Krag auch den nicht erreichen konnte, ohne des andern Mißtrauen zu erregen. Indem er die Mündung des Revolvers betrachtete, kam er zu dem Entschluß, sich mit dem unheimlichen Gast auf guten Fuß zu stellen. »Da Sie in dieser etwas eigenartigen Weise in mein Schlafzimmer eingedrungen sind, nehme ich an, daß Sie ein sehr wichtiges Anliegen haben,« begann Krag.

»Ja, Sie haben ganz recht,« entgegnete der Fremde. »Die Sache ist von größter Wichtigkeit.«

»Wer sind Sie denn eigentlich?«

»Sie kennen mich also nicht?«

Krag sah ihn eine Weile an.

»Ja doch,« sagte er. »Ich kenne Ihre Hände; eine derselben durchsuchte heute abend meine Tasche.«

»Dann werden Sie auch wissen, warum ich gekommen bin.«

»Wegen des Manschettenknopfes?«

Der Fremde nickte.

»Der Knopf ist allerdings sehr wertvoll,« sagte der Detektiv, »für Sie muß er aber von noch viel größerem Wert sein, wenn man sich die von Ihnen gemachten Anstrengungen zu seiner Wiedererlangung erklären kann.«

»Wie Sie ganz richtig vermuten, ist der Knopf für mich von außerordentlichem Wert.«

»Wie Sie wissen,« fuhr der Fremde fort, »habe ich schon allerhand getan, um wieder in den Besitz des Knopfes zu gelangen; ich bin auch imstande, noch mehr zu tun, ja, ich schrecke vor dem Äußersten nicht zurück. – Würden Sie mir den Knopf verkaufen? Nein; Sie schütteln den Kopf. Sie wollen auch jetzt noch nicht? Wir müssen aber zu einer Einigung kommen, mein Herr, wir müssen. Sehen Sie mich an. Glauben Sie mir oder glauben Sie mir nicht – ich sage Ihnen aber, ich riskiere das Äußerste, um wieder in den Besitz des für mich so wertvollen Knopfes zu kommen.«

»Das glaube ich Ihnen,« sagte Krag ohne Bedenken.

»Ich habe nicht viel Zeit. Geben Sie mir den Knopf und bestimmen Sie den Preis.«

Krag lächelte. »Wenn ich Ihnen nun erkläre, daß der Knopf gar nicht mehr in meinem Besitz ist, sondern wohlverwahrt im Kriminalamt liegt, glauben Sie mir das, oder glauben Sie es nicht?«

»Ich glaube es nicht,« entgegnete der Fremde. »Ich glaube es absolut nicht, was Sie da sagen.«

»Wenn ich aber darauf bestehe, daß sich der Knopf hier nicht befindet?«

»Dann müssen Sie sich auf die Folgen gefaßt machen,« war die Antwort des Fremden, der sich in nicht mißzuverstehender Weise mit dem Revolver zu schaffen machte. »Sie haben mein Ehrenwort; ich glaube Ihnen nicht. Ich überlasse es Ihnen, die Folgen zu bedenken, denen Sie sich aussetzen. Ich gebe Ihnen eine Minute Bedenkzeit.«

»Lassen Sie uns um des Himmels Willen keine Zeit verlieren,« unterbrach ihn der Detektiv, der sich erhoben hatte. »Ich werde den Knopf holen.«

Der Revolver des Fremden brachte ihn aber zum Stehen.

»Bemühen Sie sich ja nicht,« sprach der Gast. »Mir ist es lieber, Sie sagen mir, wo sich der Knopf befindet, dann werde ich ihn selbst holen. Vorläufig bin ich nicht davon erbaut, daß Sie sich frei im Zimmer bewegen, dazu möchten denn doch zu viele Glocken angebracht sein.«

Über diese Ansicht mußte Krag unwillkürlich lächeln. Der Fremde ahnte wahrscheinlich gar nicht, wie wahr er gesprochen hatte. Laut sagte er:

»Gut, ich gehe auf Ihren Vorschlag ein; möchte aber wissen, was Sie dann noch vorhaben.«

»Sowie ich im Besitze des Knopfes bin, werde ich genau so geräuschlos verschwinden, wie ich gekommen bin.«

»Sie sind also ganz geräuschlos gekommen?« fragte Krag.

Der Fremde nickte geheimnisvoll, als wolle er damit sagen, daß kein moderner Einbrecher weniger geräuschlos zu Werke gehen könne als er. Asbjörn Krag konnte indessen diesen Worten entnehmen, daß Jens in Sicherheit sei. Er wies auf eine Kassette, die in der Nähe der Tür stand und die Form einer zugedeckten Schreibmaschine hatte. »In dieser Kassette liegt der Knopf,« sagte er.

Der Fremde wandte sich der Kassette zu; behielt aber währenddessen Asbjörn Krag im Auge, ließ auch die Hand mit dem Revolver nicht sinken.

»Wo ist der Schlüssel?« fragte er.

»Die Kassette läßt sich ohne Schlüssel öffnen. Drücken Sie zweimal auf den metallenen Knopf rechts unten am Deckel.«

Die Kassette ließ sich jedoch nicht öffnen. »Haben Sie mich zum besten?«

Krags Sinnen und Trachten war darauf gerichtet, Zeit zu gewinnen. War Jens auf seinem Posten, mußte er nun das Signal gehört haben, das ihm ankündigte, daß sein Herr sich in Gefahr befände und er sich unter Anwendung äußerster Vorsicht zu ihm zu begeben hätte.

»Glauben Sie denn, daß ein Geheimschloß so leicht zu öffnen ist?« fragte er ruhig. »Versuchen Sie, den Deckel ein wenig zurückzuschieben. Nicht wahr, er gibt etwas nach? Das ist nämlich das zweite Geheimnis an diesem Schloß. Das dritte besteht darin, daß ...

In diesem Augenblick bemerkte er den Schatten einer Gestalt in dem danebenliegenden Zimmer.

X.

Der Fremde blickte den Detektiv ungeduldig an.

»Na, weiter! Sie wissen, wie kostbar meine Zeit ist.«

»Mag sein,« erwiderte Asbjörn Krag ruhig. »Meine Zeit ist auch kostbar; Sie haben sowieso ganz unnötigerweise einen guten Teil davon mit Beschlag belegt.«

»Was meinen Sie damit?« Die Stimme des fremden Gastes klang hart und drohend.

»Ich meine, nun wollen wir die Sache aufgeben. Weg mit dem Revolver!«

Diese letzte Aufforderung war eigentlich an Jens gerichtet, der sich ganz leise in die Nähe des Fremden geschlichen hatte und nun zum Eingreifen bereit war.

Augenblicklich veränderte sich der Gesichtsausdruck des anderen. Das blasierte und gleichgültige Lächeln verschwand, die Stirn runzelte sich und die Augen nahmen einen gehässigen Blick an. Er richtete den Revolver auf Krag, indem er fest und bestimmt rief: »Wenn Sie nicht augenblicklich – –!«

Hier wurde er unterbrochen, denn Jens faßte den Revolver und entriß ihm die Waffe, die er nun auf sich selbst gerichtet sah.

Auf dem Gesicht des Fremden spiegelte sich die größte Überraschung; er gewann jedoch bald seine Fassung wieder und wandte sich lächelnd an den Detektiv.

»Sie sind außerordentlich geschickt,« sagte er. »Darf ich fragen, wie Sie ohne mein Wissen Ihren Gehilfen herbeirufen konnten? Als ich kam, schlief er fest.«

Krag lachte. Dann entnahm er einer Schieblade Handfesseln. »Mein sehr verehrter Gast,« entgegnete er, »Sie selbst haben meinen Gehilfen dadurch herbeigerufen, daß Sie zweimal auf den Knopf drückten.«

Der Fremde hielt die Hände hin, um sich fesseln zu lassen. »Ich sehe, Sie haben mich überlistet, Herr Krag. Was werden Sie nun mit mir machen?«

»Sie werden in meinem Fremdenzimmer übernachten,« gab er zur Antwort. »Ich für meine Person verzichte aber jetzt auf Ihre Gegenwart.«

An Jens gewandt fuhr er fort: »Führe ihn da hinein.«

Jens führte den Gefangenen nun in einen kleinen Raum, der die Bezeichnung Fremdenzimmer hatte und hinter dem Schlafzimmer lag. Dieser kleine Raum besaß kein Fenster und keinen andern Ausgang, als durch Krags Zimmer.

Als Jens wieder ins Zimmer trat, nachdem er die Tür gut verschlossen hatte, sagte Krag: »Du kamst ja so schnell. Schliefst du nicht?«

»Nein,« entgegnete er. »Vor etwa fünf Minuten klingelte es unten an der Haustür. Eine Dame verlangte auf Leben und Tod eine Unterredung mit Ihnen. Ich machte sie darauf aufmerksam, daß die Uhr nach eins wäre und Sie schliefen. Sie ließ sich jedoch nicht abweisen. Ich habe sie in Ihr Büro gewiesen. Als ich von dort herkam, hörte ich Ihr Signal.«

In aller Eile zog Krag sich an. »Wie sieht sie aus?« fragte er.

»Jung und hübsch und mit blondem Haar,« gab Jens zurück. »Sie hat einen Regenmantel an und trägt einen schwarzen Hut mit weißer Rosette.«

Damit reichte er dem Detektiv die Visitenkarte.

»Hier ist übrigens ihre Karte.«

Asbjörn Krag las:

Lizzie Holmes, London.

Holmes – Krag sann einen Augenblick nach, dann erinnerte er sich des Namens. Die Zeitungen hatten über einen reichen englischen Forschungsreisenden berichtet, der sich in Kristiania aufhalten sollte, um eine Reise in die Polargegend vorzubereiten. Sein Name war Cyrus Holmes, und er besann sich nun auch, daß die Zeitungen erwähnt hatten, er sei mit einer Schönheit der Londoner Plutokratie verheiratet.

Sie mußte mit dieser Dame identisch sein.

Krag steckte die Karte zu sich und begab sich in sein Büro. Der nächtliche Besuch saß in einem der tiefen Klubsessel vor seinem Schreibtisch. Sofort erkannte Asbjörn Krag die Dame wieder, war sie doch dieselbe, mit der er abends vorher im Juweliergeschäft gesprochen hatte.

Krag setzte sich in seinen Schreibtischstuhl.

»Was verschafft mir die Ehre Ihres Besuches?« fragte er.

Die junge Dame erkannte auch ihn gleich, beugte sich jedoch vor und blickte ihn forschend an. In ihrem Antlitz lag ein entschlossener Zug, doch schienen die Augen große Angst auszudrücken.

»Mein Herr,« sagte sie, »ich bin gekommen, Ihnen den Manschettenknopf abzukaufen.«

Es kam Krag in den Sinn, was für große Anstrengungen schon gemacht waren, um den Knopf wieder zu erlangen, seitdem er ihn vor kaum fünf Stunden gefunden hatte, und er wunderte sich über den großen Wert desselben.

»Dann haben Sie ihn also doch gekauft?« sagte er.

»Ja,« antwortete sie, »und jetzt möchte ich von Ihnen den Knopf nochmals kaufen. Wieviel verlangen Sie dafür?«

Nun da Krag wußte, wer die junge Dame war, wunderte er sich darüber, in welchem Verhältnis sie wohl zu dem Manne stand, der nun sein Gefangener war, und von dem er doch annehmen mußte, daß er den kühnen und genialen Einbruch beim Generalkonsul Spade verübt hatte.

Krag zuckte bedauernd die Achseln. »Gnädige Frau, ich kann Ihnen den Knopf leider nicht verkaufen; er ist unverkäuflich.«

Plötzlich fragte sie: »Wieviel hat Ihnen mein Mann geboten?«

Mit einem Schlage wurde ihm alles klar. Die junge Dame stand sicher in einem unerlaubten Verhältnis zu dem eingesperrten Mann und fürchtete, daß ihr Mann etwas gemerkt hatte und, um Beweise zu erbringen, Asbjörn Krag engagiert habe. Ein solcher Beweis könnte der Manschettenknopf schon sein. Nachdem die Dame im Juweliergeschäft mit Krag gesprochen hatte, hatte sie wahrscheinlich dem Mann erzählt, was geschehen sei und in wessen Händen sich der Knopf befände. Dieser hatte dann durch den im Zigarrengeschäft mißlungenen Versuch sich in den Besitz des

Knopfes setzen wollen, was ihm jedoch nicht gelang; darum hatte die Dame beschlossen, sich wegen Zurückgabe des Knopfes an ihn selbst zu wenden.

Asbjörn Krag lächelte eigentümlich. Er dachte an die von ihm aufgestellte Theorie, daß der Besitzer des Knopfes identisch sein müsse mit demjenigen, der die fünfzigtausend Kronen des Generalkonsuls gestohlen hätte. Er erinnerte sich nun, daß Holmes' eine Villa in der Nähe derjenigen des Generalkonsuls gemietet hätten. Wahrscheinlich hatte das Paar den dunklen Garten des Generalkonsuls zu den heimlichen Zusammenkünften benutzt. Dabei war der Manschettenknopf verloren gegangen.

Die Dame begann ungeduldig zu werden.

»Den Knopf will und muß ich haben,« sagte sie. »Ich bin bereit, Ihnen das Doppelte von dem zu geben, was mein Mann Ihnen geboten hat.«

»Gnädige Frau,« erwiderte Krag. »Ihr Mann ist sehr reich. Man sagt, er sei Millionär.«

»Ich bleibe bei meinem Angebot. Sie bekommen das Doppelte von mir.«

Asbjörn Krag sah nun, daß sie Tränen in den Augen hatte und sich voller Verzweiflung ihres Schmuckes entledigte. »Ich lasse Ihnen meinen Schmuck als Pfand hier, und morgen –«

Krag streckte ihr abwehrend seine Hand entgegen.

»Gnädige Frau, ich habe Ihnen schon einmal gesagt, daß der Knopf unverkäuflich ist. – Aber Sie sollen ihn haben!«

Blaß vor innerer Bewegung ergriff sie dankbar Asbjörn Krags Hand.

»Jedoch unter einer Bedingung.«

»Und das wäre?«

»Ich nehme an, daß Sie zu Wagen hergekommen sind.«

»Ja, ich fuhr direkt von einer Gesellschaft hierher,« sagte sie. »Mein Mann blieb noch da.«

»Wo hält der Wagen?«

»Er hält an der Ecke dieser Straße und dem Uranienborger Weg.«

»Dann fordere ich von Ihnen, gnädige Frau,« sagte der Detektiv langsam, »daß Sie sich zu Ihrem Wagen zurückbegeben und dort vor der Wagentür einige Minuten warten; dann wird Ihnen jemand den Knopf überreichen.«

XI.

Die junge Dame blickte den Detektiv ungewiß an. Wie anzunehmen war, war sie über Krags sonderbare Bedingung höchst erstaunt.

»Sie verstehen wohl, daß nicht die Diamanten und der Knopf an sich für mich von so großem Wert sind; sondern die Umstände, die sich an sein Verschwinden knüpfen ...«

Krag amüsierte sich immer mehr über die Situation und den eigenartigen Zufall, der diese Liebesgeschichte mit dem Diebstahl in Verbindung gebracht hatte.

»Ich will gar nichts weiter darüber hören,« sagte er, »denn die Sache interessiert mich nicht. Ich glaubte, daß mir der Manschettenknopf in einer Diebstahlangelegenheit, mit der ich mich gerade beschäftigte, von Nutzen sein könnte. Von dem Augenblick an, wo dies nicht der Fall ist, hat er gar kein Interesse mehr für mich.«

Die Dame senkte die Augen. »Habe ich Sie vielleicht beleidigt?« fragte sie. »Ich glaubte –«

Krag machte eine abwehrende Handbewegung.

»Sie glaubten, ich sei ein Privatdetektiv von der Sorte, die in Ehedramen von der einen Ehehälfte Geld entgegennehmen, um Beweise gegen die andere zu erbringen. Sie haben sich also geirrt. Diese Verdächtigung will ich Ihnen verzeihen.«

Plötzlich wurde sie ganz eifrig. »Sie dürfen mich aber auch nicht in bösem Verdacht haben,« stieß sie heftig hervor. »Ich versichere Sie, mein Mann hat nicht den geringsten Grund zum Mißtrauen. Er ist jedoch so furchtbar eifersüchtig, fast wahnsinnig vor Mißtrauen. Wenn ihm zu Ohren kommen sollte, daß ich einem Herrn, den ich – den ich sehr schätzte, ein Geschenk gemacht hätte, dann würde Fürchterliches passieren; denn gerade in dieser Zeit der Vorbereitungen zur Expedition ist er kolossal nervös.«

»Man sagt, er geht nach Spitzbergen,« sagte Krag zuvorkommend. »Werden Sie ihn begleiten?«

»Nein.«

»Nun,« sagte Krag in einem Ton, der deutlich verstehen ließ, daß er das Gespräch abzubrechen wünschte, »ich will gern annehmen, daß Sie sich nur den Vorwurf machen können, unvorsichtig gewesen zu sein. Ich glaube es um so mehr, da Ihre Angelegenheit mich er-stens gar nicht interessiert, und zweitens habe ich gelernt, in den Augen der Menschen zu lesen. Ich kann Ihnen aber sagen, daß der Mann, den Sie so schätzen, sicherlich Ihrer Zuneigung wert ist; denn er hat zur Wiedererlangung des Knopfes alles aufs Spiel gesetzt.«

Ihr Gesicht strahlte vor Freude. »Ist es wahr!« rief sie aus. »Es gelang ihm aber nicht?«

»Nein, es gelang nur Ihnen.« Er sah nach seiner Uhr. »Es ist schon spät,« sagte er. »Mein Diener wird Sie an den Wagen begleiten. In einer Viertelstunde wird die erwähnte Person kommen und Ihnen den Diamantknopf überreichen.«

»Aber warum,« fragte sie zögernd, »geben Sie mir den Knopf nicht gleich mit?«

Krag verneigte sich vor ihr. »Gnädige Frau,« gab er zur Antwort, »ich habe auch Geheimnisse, die ich nicht beabsichtige preiszugeben.«

»Ja, ja, ich verstehe.« Sie blickte ihn an. Plötzlich reichte sie ihm die Hand. »Ich warte dann am Wagen.«

Jens begleitete sie.

Ihre Dankbarkeit war dem Detektiv im Grunde nur ein geringer Trost; denn er glaubte bestimmt, durch den Knopf den Dieben auf die Spur gekommen zu sein.

Er holte den Fremden aus dem kleinen Zimmer und nahm ihm die Handfesseln ab; dann reichte er ihm, ohne ein Wort zu sagen, die Kleinigkeiten, die ihm Jens aus den Taschen genommen hatte, darunter eine Visitenkarte mit den Worten: R. Nelson, London.

»Ist das Ihr Name?« fragte er.

Der Fremde bejahte. Im übrigen schien er über Krags Sinnesänderung sehr erstaunt.

»Warum geben Sie mir diese Sachen zurück?« fragte er.

»Weil sie Ihnen gehören,« entgegnete Krag, indem er ihm auch den Revolver reichte. »Bitte, er ist noch geladen!«

Mr. Nelson griff zögernd danach. »Mir scheint,« sagte er, »Sie legen Ihre Sicherheit in meine Hand.«

»Nein, keineswegs, ich möchte Sie aber bitten, jetzt zu gehen. Ich bin wirklich sehr müde, und da ich morgen eine wichtige Sache zu bearbeiten habe, muß ich unbedingt Ruhe haben.«

Während Krag so sprach, beobachtete er genau Mr. Nelsons Gesicht. Der Ausdruck wechselte beständig, bald war er mißtrauisch, bald lauernd. Schließlich aber sprühte aus seinen lebhaften Augen Verwegenheit.

»Er hält mich für ein großes Schaf,« dachte Krag, »und wenn er mich dazu noch für einen Schurken und Erpresser hält, dann ist er von seinem Standpunkt aus im Recht.«

Krag öffnete den Geheimschrank in der Wand und entnahm ihm den Manschettenknopf. Er lag in einem besonderen Fach mit anderen den Diebstahl betreffenden Sachen zusammen. Der Detektiv ließ Mr. Nelson den Knopf sehen.

»Dieser ist es, nicht wahr?«

»Ja,« antwortete der Engländer, »und nun?«

»Ich will Ihnen den Knopf schenken.«

Mr. Nelson lachte.

»Ich bin hergekommen, um in den Besitz des Knopfes zu gelangen. Meine Rücksichtslosigkeit ist bekannt.«

»Bitte, reden Sie in einem anderen Ton. Ich beabsichtige tatsächlich. Ihnen den Knopf zu geben; aber unter einer Bedingung. Ich verlange von Ihnen aber auch die Erfüllung dieser Bedingung.«

»Ich verspreche Ihnen alles!«

»Das tun Sie lieber nicht, mein Bester, denn Sie sind gar nicht imstande, das alles zu halten, was Sie versprechen möchten, um nur in den Besitz des Knopfes zu gelangen. Diese eine Bedingung können Sie jedoch erfüllen.«

»Worin besteht sie?«

»Wenn Sie von hier weggehen und an die nächste Ecke gelangen, wird dort ein Wagen warten. Sie gehen auf den Wagen zu −«

»Das verspreche ich Ihnen!« »Im Wagen ist eine Person, der werden Sie sagen: Ich bin derjenige, den Sie erwarten.«

Mr. Nelson wurde plötzlich sehr ernst. Nach kurzem Bedenken sagte er: »Ich verstehe dies alles nicht. Da ich aber ganz in Ihren Händen war und Sie mich nun loslassen, kann ich Ihnen kaum glauben, daß Sie mich in eine Falle locken werden. Ich beabsichtige also, Ihre Bedingungen zu erfüllen. Was soll aber danach geschehen?«

»Weiter gehen meine Bedingungen nicht,« sagte Krag. »Das weitere wollen wir dem Schicksal überlassen.«

Damit reichte er dem Engländer den Knopf, der ihn nach kurzer Prüfung in die Tasche steckte.

»Ist es Ihnen unangenehm, mir zur Erinnerung an diese Begegnung Ihre Visitenkarte zu geben?« fragte Krag noch zum Schluß.

Mr. Nelson gab ihm seine Karte, wobei Krag bemerkte, daß seine Hände von Kalk sehr beschmutzt waren. Vermutlich war er durch das Fenster hereingekommen. »Das wäre schon an und für sich ein gewagtes Unternehmen,« dachte Krag, »aber die Engländer sind ja alle Sportmenschen«

Jens war indessen zurückgekehrt und erhielt nun den Auftrag, auch den Engländer hinauszubegleiten.

Als Krag allein war, ließ er sich total erschöpft in einen Lehnstuhl fallen. Fast geistesabwesend betrachtete er Mr. Nelsons Karte, indem er halblaut vor sich hinsprach: »Sie ist sehr hübsch; sie ist wirklich außerordentlich hübsch.«

Er sah noch, daß sich auf der Karte Flecke, von den schmutzigen Fingern des Engländers herrührend, befanden, bevor er sie in seine Brieftasche legte. Es waren wirklich zwei sehr deutliche Fingerabdrücke.

Krag hatte nicht nötig, lange auf Jens zu warten; er war sehr bald wieder da. Bevor er ihn aber noch die Treppe hinaufkommen hörte, fuhr ein Wagen vorbei.

»Na?« fragte Krag.

Jens hielt ein kleines Etui in der Hand, das er vor dem Detektiv auf den Tisch legte. »Ich verließ sie an der Ecke beim Wagen; sie fuhren mir jedoch nach und geboten mir Halt; dabei überreichte mir die Dame dieses Etui.«

»Sagte sie nichts weiter?«

»Ja, sie läßt Ihnen einen Gruß bestellen und bittet Sie, dies als Andenken entgegenzunehmen.«

Der Detektiv ergriff das Etui und öffnete es langsam. Er traute kaum seinen Augen – es lagen die Manschettenknöpfe mit den drei Diamanten darin.

Krag überlegte lange; endlich erhob er sich, um sich zur Ruhe zu begeben.

»Einzeln hätten diese Knöpfe viel Schaden anrichten können,« murmelte er vor sich hin, »aber zu Zweien sind sie bedeutungslos.«

XII.

Am folgenden Tag begab sich Krag in die Villa des Generalkonsuls Spade. Er wollte am hellen Tage nochmals nach Spuren forschen. – Der Generalkonsul selbst war nicht anwesend; Evensen führte ihn aber umher. Für die Flaggenstange zeigte der Detektiv das größte Interesse. Er ließ sie niederlegen und fand dann auch bei genauer Untersuchung des oberen Teiles deutliche Spuren von den Händen des Diebes; dies hatte er am vorhergehenden Abend wegen der Dunkelheit nicht sehen können. Besonders der Abdruck des Daumens der rechten Hand war außerordentlich scharf und deutlich.

Krag ließ von der vor etwa einem Jahr von der Polizeibehörde in Kristiania eingerichteten Abteilung für Fingerabdrücke einige Apparate holen, um die Fingerabdrücke zu photographieren.

Andere Spuren fand er nicht; er war jedoch mit dem erlangten Resultat ganz zufrieden.

Als er eben die Villa verlassen wollte, begegnete ihm der Generalkonsul. Er erhielt von ihm die erbetene Liste derjenigen Personen, die am vergangenen Tage den Generalkonsul in seiner Villa aufgesucht hatten.

Mit leichtem Hohn in der Stimme und überlegenem Lächeln fragte ihn der Konsul nach Neuigkeiten in der Angelegenheit.

»Gestern versprach ich Ihnen, in wenigen Tagen diese Sache aufklären zu wollen; ich sehe jedoch ein, daß ich mein Wort leider nicht halten kann. Meine Voraussetzungen haben sich als falsch erwiesen und führten in eine Sackgasse.«

Ohne dem Generalkonsul nähere Auskunft zu geben, wandte sich Krag zum Gehen.

Spades Verzeichnis enthielt nur die Namen bekannter Leute Kristianias; die Liste hatte für ihn keinen großen Wert; sein Verdacht richtete sich genau so gut auf alle wie auf einen einzelnen.

In der Kriminalabteilung für Fingerabdrücke sah er alle Photographien durch, fand aber nicht einen Fingerabdruck, der mit dem auf der Flaggenstange übereinstimmte; auch in dem Album ausländischer Fingerabdrücke, das der Polizei erst vor kurzem zugegangen war, blätterte er vergebens.

Er fühlte sich weder enttäuscht, noch befriedigt. Einerseits fehlte ihm jede Richtlinie; andererseits hatte er aber dadurch doch konstatieren können, daß der Dieb nicht unter denen zu suchen sei, die bisher die Aufmerksamkeit der Polizei auf sich gezogen hatten.

Dagegen setzte Asbjörn Krag seine Hoffnung darauf, daß sich der Dieb durch irgendeine Unvorsichtigkeit verraten oder bei einem neuen Diebstahl handgreifliche Spuren hinterlassen werde.

Auf die Erfüllung dieser Hoffnung brauchte er auch nicht lange zu warten. Wenige Tage darauf wurde dem Chef des Kriminalamtes wiederum ein großer Diebstahl gemeldet, der im Westen der Stadt ausgeführt war. Diesmal handelte es sich um einen wertvollen Schmuck, der dem bekannten Direktor der Akzeptbank gestohlen war.

Im Auftrage des Polizeichefs traf Krag unmittelbar nach Entdeckung des Diebstahls im Hause des Herrn Bankdirektors Oppenheim in der Bygdöallee ein. –

Der Bankdirektor – noch ganz erschüttert von dem Ereignis – setzte ihm persönlich die Sachlage auseinander.

Man stellte fest, daß der Diebstahl zwischen zwei und fünf Uhr nachts begangen sein mußte. Auf die Frage, ob jemand der im Hause Bediensteten wegen des Diebstahls in Betracht käme, antwortete der Bankdirektor, daß dies kaum der Fall sein könnte; alles seien erprobte Leute. – Jedoch könne er diese Frage nicht mit absoluter Sicherheit beantworten.

Direktor Oppenheim und Gemahlin waren bei der Erstaufführung von Ibsens »Wildente« im Nationaltheater gewesen, hatten danach im Spiegelsaal soupiert und waren erst gegen zwei Uhr nach Hause gekommen. Der Bankdirektor, der jüdischer Abstammung war, unterließ es aus alter Gewohnheit nie, sich vor dem Schlafengehen davon zu überzeugen, ob Türen und Fenster ordnungsmäßig verschlossen waren. Das hatte er auch an jenem Abend getan.

In der Nacht, erzählte der Direktor, hatte er im Halbschlummer Lärm vernommen, wodurch er vollständig wach geworden sei. Dann sei es allerdings wieder ganz still gewesen und er hätte sich, ohne weiter beunruhigt zu sein, wieder zum Schlafen gelegt. Zufälligerweise hatte er nach der Uhr gesehen, die fünf gezeigt hätte.

Der Diebstahl sei erst spät am Vormittag von der Frau dadurch entdeckt worden, daß sie ihren Schmuckkasten vermißte. Darauf habe man gleich die Polizei benachrichtigt.

Türen und Fenster des Ankleidezimmers waren noch genau in demselben Zustand wie am Abend vorher.

Die nun vorgenommenen Untersuchungen des Detektivs führten zu folgendem Resultat: 1. Die Schlüssel der Türen waren unbeschädigt. 2. Alle Fenster waren gut verschlossen, 3. Augenscheinlich war während der

Nacht niemand in die Wohnung eingedrungen, falls das nicht ein verdächtiger Umstand war, daß der eine Fensterhaken deutliche Kratzstellen aufwies.

Letztere Wahrnehmung führte nun wiederum zu einer gründlichen Untersuchung der Fensterbank und der das Fenster umgebenden Mauer. Erst hiernach konnte Krag eine Hypothese aufstellen, in welcher Weise der Dieb zu Werke gegangen sein könnte.

An der Mauer rechts vom Fenster war eine Feuerleiter angebracht, und auf den von Staub bedeckten Stufen dieser Leiter entdeckte Krag Spuren von Händen und Füßen. – Ferner entdeckte er im Rahmen des Fensters ein kleines Loch, durch welches die Haken mit Hilfe irgendeines Instrumentes abgehoben sein mußten. Viel wichtiger aber als dies schienen Krag die Spuren auf der Fensterbank und den Scheiben zu sein, die er mit der Lupe untersuchte. Er hatte hier den deutlichen Abdruck eines Daumens der rechten Hand gefunden. Er wußte zwar nicht, von wem dieser Fingerabdruck stammte, als er ihn aber mit dem an Generalkonsul Spades Flaggenstange entdeckten Fingerabdruck verglich, stellte sich eine auffallende Ähnlichkeit heraus.

Eine eingehende Vergleichung konnte jedoch erst auf dem Kriminalamt nach Beendigung des photographischen Prozesses angestellt werden; aber schon nach dieser oberflächlichen Beobachtung hielt Krag die Fingerabdrücke für identisch.

Im Hause des Bankdirektors fand er weiter keine Spuren, die ihm so wichtig schienen wie die Fingerabdrücke. Wie bei solchen Diebstählen unerläßlich, gab man ihm ein Verzeichnis und eine genaue Beschreibung der gestohlenen Schmuckgegenstände.

Im Polizeiamt wurden die Schutzleute, die im Laufe der Nacht in der Nähe des Hauses auf Patrouille gewesen waren, einem Verhör unterzogen; niemand von ihnen konnte jedoch auch nur die geringste Aussage machen. Keiner hatte Verdächtiges weder gesehen noch gehört.

Das Verzeichnis und die Beschreibung der gestohlenen Gegenstände wurde schleunigst allen Juwelieren und Leihämtern zugestellt. Man wartete mehrere Tage, daß von ihnen irgendeine Mitteilung eintreffen würde; die Zeit verging dabei, von den Schmucksachen fand man aber keine Spur.

Während dieser Zeit hielt sich Krag täglich im Kriminalamt auf. Alle Ankommenden betrachtete er mit großem Interesse. Aus der Behendigkeit, womit die Diebstähle ausgeführt waren, glaubte er schließen zu können, daß der Dieb in internationalen Verbrecherkreisen zu suchen sei.

Eines Tages geschah nun wiederum etwas, das mit den früheren Begebenheiten in wunderlicher Beziehung stand.

Seit dem Einbruch bei Generalkonsul Spade war etwa eine Woche verflossen. Krag befand sich im Büro des Abteilungschefs, um die Hotellisten durchzusehen, als er plötzlich angerufen wurde. Krag, der allein im Büro war, ergriff den Hörer: »Dort Kriminalpolizei?«

Die Stimme klang heiser vor Hast und Erregung.

»Jawohl,« gab er zur Antwort.

»Hier Cyrus Holmes. Ich mache Ihnen die Mitteilung, daß man versucht hat, bei mir zu stehlen. Der Dieb ist erfaßt. Bitte, kommen Sie gleich.«

»Gern, ich kenne Ihre Adresse und komme sofort.«

Cyrus Holmes – dachte Krag, und ihm kam die junge Frau des berühmten Polarforschers in den Sinn, die er unter so eigenartigen Umständen kennengelernt hatte. Er nahm eine Droschke und zehn Minuten danach befand er sich vor der Villa des reichen Forschers am Drammensweg.

Es mußte etwas Außerordentliches vorgefallen sein; alle Fenster waren erleuchtet und man sah die Schatten hin- und herlaufender Menschen. – Von einem total verwirrten Diener wurde Krag in ein großes, sehr hübsches Balkonzimmer geführt, das voller Menschen war, Herren und Damen in Gesellschaftskleidung.

Der Detektiv blickte um sich. Ein Teil der Möbel lag umgeworfen am Boden; einiges war sogar entzwei geschlagen Alles deutete darauf, daß ein Kampf stattgefunden hatte. In seiner Nähe gewahrte er die schöne Frau Holmes, die er sofort wiedererkannte. Ein Herr mit traurigem Gesicht hatte sich über sie gebeugt. Krag nahm an, daß es ihr Mann, der berühmte Forschungsreisende, sein müsse.

In einer Ecke des Zimmers hielten sich mehrere sehr erregte Gäste auf. Mitten unter ihnen entdeckte der Detektiv einen Mann, der von zwei kräftigen Dienern festgehalten wurde. Das mußte also der Dieb sein.

Krag erkannte ihn sofort wieder. Es war Mr. Nelson, der Mann mit dem Manschettenknopf.

XIII.

Krags Blick schweifte von der einen Gruppe zur andern, von der Szene am Diwan, wo Mr. Cyrus Holmes über seine halb bewußtlose Frau gebeugt stand, zur Szene am Kamin, wo Krags alter Bekannter von aufgeregten und erbosten Menschen umgeben war. Die Situation war ihm zunächst nicht klar; dann aber erinnerte er sich, daß es sich hier um eine Diebstahlangelegenheit handle und daß die Haltung der Anwesenden deutlich auf Mr. Nelson als den in Frage kommenden Täter wies. Schließlich fühlte er auch noch großen und gerechten Ärger in sich aufsteigen, weil er an jenem Abend doch im Irrtum gewesen sei. Mr. Nelson war demnach nicht der Liebhaber der jungen Frau. Allem Anschein nach war er doch der Dieb. Sein Verhältnis zu der schönen Gattin des berühmten Entdeckers war von einem Geheimnis umgeben, das Asbjörn Krag mit Leichtigkeit zu lösen geglaubt hatte, das im Grunde aber noch völlig im Dunkeln lag. Diese Gedanken durchschossen ihn innerhalb weniger Sekunden. Einen Augenblick blieb er an der Schwelle stehen, um sich zu orientieren.

Cyrus Holmes war von seiner tieferschütterten Gattin so in Anspruch genommen, daß er sich dem eintretenden Detektiv nicht widmen konnte. Einige der anwesenden Herren, die auch an der Gesellschaft des Generalkonsuls Spade teilgenommen hatten, kannten Asbjörn Krag und begrüßten ihn. Einer von ihnen trat auf ihn zu und sagte:

»Nun haben wir ihn endlich!«

»Wen?« fragte Krag.

»Den Dieb,« entgegnete eifrig der andere, »den geheimnisvollen Dieb, der während der letzten Monate die ganze Stadt beunruhigt hat.« Damit wies er auf Nelson und fuhr dann fort: »Er wird es auch sein, der beim Generalkonsul die Goldmünzen stahl. Sehen Sie nur!«

Er zeigte Krag einige Schmucksachen, die achtlos auf den Tisch geworfen waren; darunter befand sich ein Perlenkollier von anscheinend sehr großem Wert.

»Dieses alles fand man in seinen Taschen.«

Krag näherte sich dem Beschuldigten, der ihn halbwegs belustigt, halbwegs hämisch anblickte, als er ihn gewahr wurde. – Die anwesenden Herren unterhielten sich im Flüsterton miteinander. Man gab sich Auskunft, wer der Hinzugekommene sei und beobachtete unter allgemeinem Schweigen die Begegnung zwischen dem Verbrecher und dem Detektiv.

Krag bemerkte in Nelsons Augen einen Ausdruck tiefen Ernstes, als dieser zu ihm sagte: »Ich bin sehr vergeßlich, Herr Detektiv. Ich habe alles, was sich bei unserer letzten Begegnung ereignete, total vergessen.«

Daß diese Worte sowohl eine Warnung als auch eine Bitte enthielten, verstand Krag sofort.

»Auch mir kommt es so vor,« sagte Krag, »daß mein Gedächtnis mich an gewissen Punkten vollkommen im Stiche läßt.«

Mr. Nelson antwortete lächelnd: »Möglicherweise liegt es daran, daß ein schlechtes Gedächtnis einem manchmal zum Vorteil sein kann.«

»Es braucht nicht nur von Vorteil zu sein,« erwiderte Krag; »zuweilen ist es eine Notwendigkeit.«

Einige der Anwesenden drückten ihre Verwunderung darüber aus, daß Krag scheinbar schon früher mit Mr. Nelson zusammengetroffen war.

»Ich kenne ihn, meine Herren,« erklärte Krag, »wie man einen Mann kennt, der am Leben und Treiben der Gesellschaft teilnimmt. Sie kennen ihn ja auch. Wir haben beide etwas miteinander erlebt, das mit dieser Angelegenheit nicht das mindeste zu tun hat.«

Bei diesen Worten hatte Krag Nelson aufmerksam betrachtet; er meinte, aus den Augen des andern einen dankbaren Blick zu spüren. Er selbst hatte das Gefühl, daß er trotz der großen Verwirrung sich doch auf festem Boden befand. Er hielt ihm die Schmucksachen hin.

»Man hat Sie dabei abgefaßt, als Sie den Versuch machten, diese Sachen zu stehlen?« fragte der Detektiv.

»Man hat ihn auf frischer Tat ertappt,« riefen einige Herren dazwischen. »Jawohl,« riefen wieder andere, »als wir nach Sprengung der Tür ins Zimmer gelangten, war er gerade im Begriff, mit den Schmucksachen in der Tasche zum Fenster hinauszuspringen.«

»Alles Leugnen kann Ihnen also nichts nützen,« sagte Krag.

Nelson richtete sich jedoch stolz in die Höhe. »Was soll all dies Gerede! Warum verhaften Sie mich nicht?« fragte er. »Verhaften Sie mich doch, führen Sie mich fort! Darauf warte ich doch nur!«

»Außerdem hatte er Lady Holmes auch noch chloroformiert,« rief eine Stimme, und ein Tuch, das stark nach Chloroform roch, wurde dem Detektiv hingehalten. »Glücklicherweise waren wir noch rechtzeitig ge-

27

nug da, um zu verhindern, daß die gnädige Frau ganz betäubt wurde.«

Als der Erzähler Lady Holmes auf dem Diwan gewahr wurde, fuhr er fort: »Ich sehe, die gnädige Frau ist wieder erwacht. Die furchtbare Erregung hat sie dermaßen mitgenommen, daß die Ärmste einen hysterischen Anfall hat überwinden müssen.«

Man hatte Lady Holmes ganz mit Kissen umgeben, um sie zu stützen. Sie war noch ganz blaß und ihre Augen blickten im Zimmer rastlos hin und her, wanderten von dem einen zum andern, bis sie an Nelsons Gestalt sonderbar starr, verständnislos und geistesabwesend hängen blieben. Krag beobachtete, daß Nelson ihren Blick absolut nicht beantwortete, sondern dem eigenartigen Glanz ihrer Augen aus dem Wege ging.

Cyrus Holmes, der mit Genugtuung das Erwachen seiner Gattin wahrgenommen hatte, wandte sich nun der übrigen Gesellschaft zu. Als er Nelson erblickte, war er seiner Erregung kaum Herr. Mit geballten Händen ging er auf ihn zu. Nelson kreuzte die Arme und wartete so das Näherkommen des andern ab. Asbjörn Krag trat jedoch dazwischen. Als Cyrus Holmes den Detektiv erkannte, hielt er inne und auf Nelson weisend, sagte er:

»Nun gut; dann habe ich nichts mehr mit ihm zu tun. Es ist Ihre Angelegenheit. Führen Sie ihn ab.«

»Ich bin ganz Ihrer Ansicht, Mr. Holmes. Warum warten wir noch?«

In diesem Augenblick erschienen Zivilschutzleute in der Tür. Krag gab ihnen ein Zeichen; sie näherten sich Nelson.

Als Nelson mit den Schutzleuten in Berührung kam, rief er wütend: »Fesseln Sie mich nicht; ich gebe Ihnen mein Ehrenwort; ich werde ruhig mitgehen.«

Holmes, der sich nicht länger beherrschen konnte, rief aus: »Ehrenwort, ha!«

Nelson sah ihn nur an. Verblüfft und überwältigt durch die steinerne Ruhe, die dieser Blick ausdrückte, befahl Krag: »Keine Fesseln!«

Dann führten die Schutzleute Nelson dem Ausgang zu. Als sie bei Lady Holmes vorbeikamen und sie ihn zwischen den beiden Schutzleuten gewahr wurde, stieß sie einen schwachen schmerzlichen Schrei aus. Bei diesem Schrei hielt Nelson inne, als hätte ihn eine Kugel getroffen. Ein Zittern überfiel ihn, doch erhobenen Hauptes schritt er zur Tür hinaus.

Sowie der Verbrecher hinausgeführt war, wandte sich Krag an Cyrus Holmes, um von ihm die näheren Umstände, die zur Ergreifung des Täters führten, zu erfahren. Was ihm der Forscher erzählte, erregte seine höchste Verwunderung und veranlaßte ihn zu tieferem Nachsinnen.

XIV.

Das Geständnis

»Der Mann, den Sie eben verhaftet haben,« begann Cyrus Holmes, »der sich Nelson nennt, hat nicht nur den Versuch gemacht, ein brutales Verbrechen zu begehen, er hat sich auch mir gegenüber eines gemeinen Vertrauensbruches schuldig gemacht; das allein charakterisiert ihn als Verbrecher.«

»Was für einen Vertrauensbruch meinen Sie?« fragte Krag.

Holmes war noch immer so aufgeregt, daß eine solche Frage ihn scheinbar verstimmte. »Würden Sie das nicht auch als Vertrauensbruch bezeichnen,« entgegnete er, »daß dieser Mann, der nun zwei Monate lang meine Gastfreundschaft genossen hat, zum Dank dafür mich bestiehlt und meiner Frau einen Schrecken einjagt, der ihr das Leben hätte kosten können.« Diese Erinnerung an seine Gattin schien seine Raserei und Verzweiflung noch zu steigern. »Das Schlimmste ist,« sagte er heiser, »daß dieser Schuft mich dazu veranlaßt hat, in äußerst kompromittierender Weise aufzutreten.«

»Dadurch, daß Sie ihn faßten?« fragte Krag.

»Nein, dadurch, daß ich ein schändliches Mißtrauen an den Tag legte. Mir ist jeglicher Skandal zuwider, und wären nicht diese besonderen und erschwerenden Umstände eingetreten, würde ich den Kerl laufen lassen. Daß er jedoch vermocht hat, mich dahin zu bringen, so aufzutreten, wie ein Gentleman nicht auftritt, aus diesem Grunde allein will ich ihn bestraft, will ich ihn am Boden liegen sehen.«

»Das wird den Skandal aber keineswegs verringern,« wandte Krag ein, »wenn ein solcher Umstand noch dazu kommt.«

»Das ist mir ganz egal,« antwortete Holmes mit echter englischer Hartnäckigkeit. »Nun will ich mich rächen.«

»Das ist sehr leicht. Der Mann ist verhaftet und die Beweise sind gegen ihn. Wenn sich Ihre Rache damit zufrieden gibt, ihn gestraft zu sehen, dann ist die Sache damit abgetan. Da es aber auch sicherlich in Ihrem Interesse liegt, den ›Skandal‹, wie Sie die ganze Angelegenheit zu bezeichnen belieben, soweit wie möglich zu vertuschen, so sind Sie wohl so liebenswürdig, mich über die Angelegenheiten zu informieren, die in so hohem Grade Ihren Unwillen erregt haben.«

Holmes blickte den Detektiv ungewiß an. Er war selbst im Zweifel darüber, wie er die Sache angreifen sollte; er ging daher einige Male im Zimmer auf und ab. Die beiden Männer waren allein; die Gäste hatten sich zurückgezogen, und Lady Holmes hatte sich in ihrem Boudoir zur Ruhe gelegt. Niemand war also Zeuge dieses Gespräches. Endlich schien Mr. Holmes einen Entschluß gefaßt zu haben. Er bat Krag, Platz zu nehmen; er selbst ließ sich ihm gegenüber nieder.

»Wie ich Ihnen schon sagte,« begann er, »ging dieser freche Mensch eine Zeitlang in meinem Hause ein und aus. Ich muß zugeben, er gefiel mir zuerst ganz gut, sowohl deswegen, weil er in seiner Art ein anregender Mensch ist, als auch deswegen, weil er in unseren Gesprächen bedeutende Intelligenz an den Tag legte. Außerdem war er ja ein Landsmann von mir, und wir Engländer lieben es nun einmal, mit unseresgleichen zu verkehren.

Ich bitte Sie jetzt, mit wenigen Andeutungen zufrieden zu sein, ich wünsche nämlich nicht, mich mit vielen Worten über diese Angelegenheit auszulassen. Soviel sei Ihnen gesagt: ich machte die Bemerkung, daß er meiner Frau den Hof machte. Eifersucht ist nun einmal mit meinem Temperament verbunden; auch liegt ein gewisses Mißtrauen in meinem Charakter begründet. Während meines ereignisreichen Lebens habe ich gelernt, den Realitäten des Lebens ins Angesicht zu schauen. Ich bin mir vollkommen bewußt, ein nicht mehr junger Mann zu sein, es ist mir dagegen auch bewußt, daß meine Frau sowohl jung als auch schön ist. Sehen Sie, die Erkenntnis dessen und Überarbeitung und Nervosität bilden die Grundlage eines bestimmten Verdachtes. Ich möchte Sie jedoch von vornherein darauf aufmerksam machen, daß dieser Verdacht nach dem, was später geschehen, vollständig unberechtigt war, und im Herzen bitte ich meine arme Frau demütig um Verzeihung wegen der schlechten Gedanken, die ich gegen sie gehegt habe. – Heute jedoch, wo ich einige Freunde bei mir zu Gast hatte, darunter auch diesen Nelson, glaubte ich plötzlich einen Beweis für die Berechtigung meines Verdachtes erwischt zu haben. Mei-

ne Frau klagte über Müdigkeit, und während ich mich mit meinen Gästen im Billardzimmer aufhielt, zog sich meine Frau in ihr Boudoir zurück. Bald darauf bemerkte ich, daß auch Mr. Nelson verschwunden war. Er war und blieb verschwunden, obgleich die Dienerschaft aussagte, daß er das Haus nicht verlassen habe. Aus Übereilung habe ich dann den Schritt getan, den ich außerordentlich bedaure, weil die Folgen desselben eine Unschuldige trafen und weil ich mich dadurch lächerlich gemacht habe. Ein Gentleman jedoch, der sich lächerlich macht, selbst wenn es aus Übereilung geschieht, ist für das Leben gezeichnet. Sie fragen: was denn geschehen sei? Ist es nötig, es Ihnen zu sagen? Ich lief zur Tür, die ins Zimmer meiner Frau führt und rüttelte daran. Die Tür war verschlossen. Ich hörte, wie ein Stuhl im Zimmer umfiel; niemand antwortete jedoch auf mein Rufen. Wahnsinnig vor Erregtheit und Wut mache ich einen entsetzlichen Lärm. Die Dienerschaft kommt herbeigelaufen, die Gäste drängen heran und versuchen mich zu beruhigen. Ich fuchtelte mit dem Revolver herum; ach, mein Herz krampft sich zusammen, wenn ich an diesen Revolver denke. Ich sprenge die Tür, finde aber nicht die Szene, die ich in meiner Erbitterung erwartet hatte. Auf dem Diwan liegt meine Frau, ohnmächtig, mit dem chloroformgetränkten Tuch auf dem Gesicht. Und im Fenster steht Nelson, der Dieb, eben im Begriff, sich mit den mit Schmucksachen angefüllten Taschen zu entfernen. Den Rest wissen Sie. Ich versichere Sie aber, im ersten Moment hat mich der fürchterliche Verdacht, den ich hegen konnte, mehr zu Boden geschlagen als die Entdeckung, daß einer meiner Gäste ein so gemeiner Dieb sei.«

So lautete Cyrus Holmes' Aussage, die Asbjörn Krag mit einer Mischung von Interesse und Skepsis anhörte. Er beruhigte den berühmten Entdecker, daß diese rein privaten Angelegenheiten in der Voruntersuchung gar nicht berührt würden. Bevor Krag das Haus verließ, erkundigte er sich nach dem Befinden der gnädigen Frau, und es wurde ihm der Bescheid, daß sie sich soweit erholt hätte, daß sie nach einigen Stunden imstande wäre, Auskunft zu erteilen. Der Detektiv versprach, wiederzukommen und fuhr vorläufig fort. Auf dem Wege zum Polizeiamt sann er erneut über dies kunterbunte Drama nach.

War Nelson wirklich der Dieb? Bejahendenfalls: war Lady Holmes seine Mitschuldige?

Oder: War er nicht der Dieb? Hatte er nur die Rolle des Diebes gespielt, um ihre Ehre zu retten?

Krag mußte gestehen, daß er bei Beantwortung dieser Frage keine Entscheidung mit absoluter Sicherheit treffen könnte. Nach dem, was geschehen war, neigte er dazu, letzteres anzunehmen, nämlich, daß Mr. Nelson mit großartiger Ritterlichkeit Lady Holmes Ehre hatte retten wollen. Ganz sicher war er seiner Sache jedoch nicht.

Im Polizeiamt hatte er mit Nelson eine Unterredung unter vier Augen. Der Engländer war noch immer vollkommen ruhig.

»Sie sind also doch der Dieb?« sagte er.

»Ja,« antwortete Mr. Nelson.

»Sind Sie es auch, der den Diebstahl beim Generalkonsul Spade verübt hat?«

»Ja.«

»Mit anderen Worten: Sie geben zu, daß Sie der Dieb sind, der in letzter Zeit Kristiania unsicher gemacht hat?«

»Ja.«

»Wo haben Sie das Gestohlene versteckt?«

»Das wünsche ich Ihnen nicht zu sagen.«

»Wer sind Sie denn eigentlich?«

»Das sage ich Ihnen auch nicht. Es muß Ihnen genügen, daß ich die Diebstähle zugebe. Glauben Sie mir nicht?«

»Nein,« antwortete Krag, »ich glaube Ihnen nicht.«

XV.

Während des gerichtlichen Verhörs, das nun angestellt wurde, war aus Mr. Nelson nichts anderes herauszubekommen, als was er schon Krag erzählt hatte. Er gestand den Diebstahlversuch im Hause des englischen Forschungsreisenden zu. Auch die anderen Diebstähle, über die man ihn ausfragte, gab er zu. Er versuchte absolut nicht, seine Handlungsweise zu beschönigen. »Ich bin ein Dieb,« sagte er, »denn ich habe gestohlen. Verurteilen Sie mich deswegen. Ich bin gewillt, die Folgen meiner Handlungen zu tragen. Jede weitere Erklärung meiner Handlungsweise und jede weitere Auskunft über mein Leben und meine Motive wünsche ich nicht zu geben.« Man vermochte auch nicht, ihn dazu zu bewegen, Einzelheiten betreffs dieser Diebstähle anzugeben. Dem Assessor lief der Schweiß vor Anstrengung angesichts solcher Hartnäckigkeit von der Stirn.

Die echt englische, irritierende Ruhe verließ Nelson jedoch keinen Augenblick. Schließlich teilte er dem Assessor mit, daß er müde sei und Ruhe wünsche. – »Sie können ebensogut schon jetzt die Verhandlungen mit mir abbrechen,« sagte er, »denn Sie werden doch nicht mehr aus mir herausbringen, als ich für nötig halte.«

Nach einigen Bedenken hatte er schon bei Beginn der Verhandlungen seine Wohnung – Parkweg 61 b – angegeben. Hier hatte er eine kleine elegante möblierte Wohnung gemietet.

»Es hat ja keinen Zweck, es zu verschweigen,« sagte er, indem er zwei Kriminalbeamten, die vor Eifer gar nicht abwarten konnten, in die Höhle des Meisterdiebes zu gelangen, wo sie Diebesgut in Massen vermuteten, seine Schlüssel reichte.

»Ich übergebe den Herren meine Schlüssel, weil ich nicht wünsche, daß die kostbaren Möbel durch gar zu stürmisches Drauflosgehen beschädigt werden. Ich besitze auch Kunstgegenstände. – Seien Sie ja vorsichtig.«

Als die beiden Kriminalbeamten sich entfernt hatten, verzog er sein Gesicht zu einem spöttischen Lächeln, woraus Krag, der während der ganzen Zeit dem Verhör beigewohnt hatte, schloß, daß der Ertrag dieser Expedition nicht reichlich ausfallen würde.

Gerade in dem Augenblick, als der Assessor das Verhör für heute abbrechen wollte, kamen die beiden Kriminalbeamten ziemlich niedergeschlagen zurück. Sie hatten in der Wohnung auch nicht das geringste gefunden, was darauf hindeuten konnte, daß sie einem gemeingefährlichen Verbrecher gehöre. Im Gegenteil, alles wies darauf hin, daß der Bewohner ein Gentleman sein müsse, ein Herr der besten Gesellschaft mit gutem Geschmack, da er Sammler kostbarer, moderner Gemälde und seltener Antiquitäten war. Die Kriminalbeamten legten ein Verzeichnis über sämtliches Mobiliar vor, das der Assessor unter Kopfschütteln vorlas.

»Beim Durchsehen der Liste Ihrer Verbrechen sollte man annehmen, daß Sie noch im Besitze einer Menge von Wertgegenständen sind. Es ist gar nicht so leicht, dergleichen Sachen zu realisieren.«

»Es ließe sich ja denken,« antwortete der Dieb gelassen, »daß ich Helfer gehabt hätte.«

»Die die Sachen außer Landes gebracht haben?« fragte der Assessor eifrig, in dem Glauben, daß sich ihm hier ein Ausweg öffnete. Nelson zuckte jedoch nur bedauernd mit den Achseln. Mehr wollte er nicht sagen.

Die Untersuchung, welche an dem Arrestanten vorgenommen wurde, war indessen nicht so ganz ohne Resultat, wie die Untersuchung in seinem Hause. Außer den gewöhnlichen Dingen, die Herren bei sich tragen, Uhr, Kleingeld, Taschenmesser, Bleistift und dergleichen, fand man ein Scheckbuch auf die Kreditbank lautend, woraus hervorging, daß im Laufe von zwei Monaten zehntausend Kronen abgehoben waren. Dieses war gerade nicht sehr auffällig; dagegen fand man ein kleines Instrument, ein scherenartiges Werkzeug aus hartem Stahl, das Krag sofort wiedererkannte. Schon früher hatte er diese Art Werkzeuge im Besitz internationaler Einbrecher gefunden. Derjenige, der mit der Handhabung dieses äußerst sinnreichen Instrumentes bewandert war, konnte mit seiner Hilfe fast jedes Schloß öffnen. Dieser Fund blieb das einzige Beweismaterial, das ihn zum Einbrecher stempelte. Mr. Nelson gab zu, daß es ihm gehöre und daß er es bei Einbrüchen benutze. Asbjörn Krag bat ihn, zu zeigen, wie er dieses Instrument anwende; Mr. Nelson weigerte sich jedoch, indem er lächelnd hinzufügte, man könne doch nicht von ihm verlangen, daß er eine Kunst offenbaren solle, die zu erlernen ihm große Mühe gekostet hätte.

Der Assessor war indessen über diesen Fund sehr erfreut; denn in gewisser Weise war es doch ein Resultat. Krag bemerkte die Zufriedenheit des Assessors; er für seine Person konstatierte, daß dieser Fund ihn nur noch verwirrter gemacht hatte. Je mehr er über die Angelegenheit nachdachte, desto mehr kam er zu der Überzeugung, daß die Polizei auf falscher Fährte war. Mr. Nelson war kein Dieb; mit unvergleichlicher Selbstüberwindung hatte er sich geopfert, um das Weib, das er liebte, zu schützen. Dieser Fund jedoch stand im Gegensatz zu der von ihm aufgestellten Hypothese und verwirrte Krags Schlußfolgerungen.

Gleich nach Beendigung des Verhörs bat Krag den Gerichtshof, ihm eine Unterredung unter vier Augen mit dem Gefangenen zu gewähren. Der Assessor erlaubte es ihm sofort; jedoch schien der Dieb selbst von dieser Unterredung nicht erbaut zu sein. Nur widerwillig folgte er dem Detektiv in den nächsten Raum, wo sie allein waren. Auch hier wiederholte er, daß er sehr müde sei und am liebsten in Ruhe gelassen werden wollte.

»Ich begreife nicht,« redete Krag ihn an, »warum Sie mich absolut dazu bringen wollen, Sie für einen Verbrecher zu halten. Ich komme nicht von dem Gedanken ab, daß Sie uns hier Theater vormachen.«

»Wie hoch wird meine Strafe wohl sein?« fragte der Engländer.

»Mehrere Jahre,« antwortete Krag.

»Nun, wir Engländer stehen zwar mit Recht in dem Rufe, exzentrisch zu sein; so exzentrisch sind wir indessen nicht, daß wir einer Idee wegen jahrelange Gefängnisstrafen auf uns nehmen.«

»Ich bin über Sie besser informiert als jeder andere. Das bezweifeln Sie wohl nicht?«

Der Gefangene richtete sich auf und blickte Krag fest an. Sein Blick war abweisend und in seiner Haltung lag eine kalte Vornehmheit, die an die Begegnung zweier Männer auf dem Duellplatz an einem kühlen Morgen vor den Pistolenläufen erinnerte.

»Davon weiß ich nichts,« entgegnete er.

»Erinnern Sie sich der Manschettenknöpfe und unseres Gesprächs von neulich nachts?«

»Was Sie da sagen, ist mir gänzlich schleierhaft.«

Die Frechheit, die in diesen Worten lag, reizte Krag.

»Erinnern Sie sich auch nicht der Dame im Wagen?« fragte er.

»Nein,« antwortete der Engländer, »mich wundert nur, daß Sie dieses nicht auch vergessen.«

»Vorläufig vergesse ich es nicht.«

»Ich an Ihrer Stelle würde mich beeilen, es zu vergessen, da ein solches Wissen für Sie gefährlich ist.«

Asbjörn Krag lachte. »Was kann mir denn geschehen.«

Mr. Nelsons Gesicht nahm einen Ausdruck an, als wollte er aufbrausen. Er unterließ es jedoch. Langsam und mit Nachdruck sagte er dann: »Es ist ja wahr. Sie kennen mich nicht. Sie wissen nicht, wer ich bin!«

Plötzlich sah er Krag eindringlich und forschend an, als studierte er seinen Charakter. Der Detektiv hielt seinem Blicke stand. Er starrte in die Augen des andern und klammerte sich an ihre außerordentliche Klarheit, diese kristallene Tiefe, die auf hochentwickelte Energie und nicht zu bändigende Willenskraft deutet.

Endlich sagte Mr. Nelson:

»Haben die Zeugenaussagen schon stattgefunden?«

»Noch nicht.«

»Müssen sie überhaupt stattfinden?«

»Selbstredend.«

»Ich habe doch alles gestanden.«

»Ein solches Geständnis ist nicht hinreichend.«

»Wird – wird Lady Holmes auch aussagen müssen?«

»Gewiß, sie ist ja der wichtigste Zeuge. In einer halben Stunde wird sie mir in ihrer Wohnung Auskunft geben.«

Mr. Nelson sann wieder nach, als stände er vor einem wichtigen Entschluß. – Dann sagte er: »Sie fragten vorhin, was Ihnen geschehen könnte. Ich will Ihnen verraten, daß Sie in Gefahr sind. Sie können diese Gefahr von sich wälzen, wenn Sie eine Unterredung unter vier Augen mit Lady Holmes herbeiführen wollen.«

»Ich soll ihr möglicherweise einen Gruß von Ihnen übermitteln?« fragte Krag.

»Sie brauchen ihr nichts weiter zu sagen, als daß ich die Diebstähle eingestanden habe.«

»Das kann ich ihr ja auch sagen, während andere es hören.«

»Begreifen Sie denn gar nicht,« sagte Nelson, »daß es weniger darauf ankommt, was Sie ihr zu sagen haben, als auf das, was sie Ihnen sagen wird.«

XVI.

Durch Mr. Nelsons Worte war Asbjörn Krag in eine sonderbare Gemütsverfassung geraten. Es lag eine ganz bestimmte Drohung in seinen Worten, eine Drohung, deren Zweck er nicht näher darlegen wollte. Indem er aber andeutete, daß Lady Holmes ihm unter vier Augen etwas mitzuteilen habe, machte er ihn darauf aufmerksam, daß die Drohung von anderer Seite vielleicht ohne Vorbehalt ausgesprochen würde.

In dieser Stimmung, in welcher er das Gefühl hatte, daß ihm eigenartige Enthüllungen bevorständen, verließ der Detektiv den Gefangenen, der nun abgeführt wurde. Krag nahm die Schlüssel zur Wohnung des sonderbaren Diebes am Parkweg zu sich; er beabsichtigte nämlich, noch an demselben Abend dort vorzugehen. Möglicherweise ließ sich doch etwas finden, oder jedenfalls etwas entdecken, das den beiden Kriminalbeamten nicht aufgefallen war.

Mittlerweile war es schon spät geworden. Im Wachlokal schlug die Uhr zehn, als Cyrus Holmes anrufen ließ, der Detektiv, der schon einmal bei ihm gewesen sei, möge wiederkommen; die gnädige Frau befände sich jetzt so wohl, daß sie Auskunft erteilen könne.

Gleichzeitig teilte Mr. Holmes mit, er würde seinen eigenen Wagen schicken, um den Detektiv abzuholen.

Der Kutscher, der mit dem Wagen kam, hatte ein echt englisches Aussehen – ein richtiger John Bull, wie man ihn aus den Karikaturen der Witzblätter kennt –, mit Backenbart, schönem rundlichen Bauch und einem vor Entgegenkommen und würdigem Anstand strahlenden Gesicht. – Als er dem Detektiv die Wagentür öffnete, blickte dieser unverwandt an, um möglicherweise in seinem Gesicht diese oder jene Mitteilung, einen Wink oder dergleichen lesen zu können. Krag kannte diese englischen Diener, die der Herrschaft ergeben sind wie Bulldoggen und schweigsam sind wie ein Grab. Ohne auch nur mit den Augen zu blinzeln, öffnete ihm der Kutscher die Tür. Der Detektiv beobachtete auch genau das Innere des kleinen Wagens, um möglicherweise irgendeine Nachricht oder Mitteilung zu entdecken, fand jedoch nichts anderes vor, als einen Teppich und eine Blumenvase mit einigen Veilchen.

Krag wurde von Holmes im Arbeitszimmer des berühmten Forschers empfangen. Mr. Holmes war inzwischen viel ruhiger geworden, ja, als kaltblütiger Wissenschaftler – in diesem Rufe stand er – sah er die ganze Sache mit nachsichtigem Interesse an. Eine Diebstahlangelegenheit, wenn sie auch außergewöhnlich war, konnte auf einen Mann, dessen seltsame und gefährliche Erlebnisse in den Polarregionen in den englischen Schulbüchern zum Gegenstand der Bewunderung gemacht wurden, keinen nachhaltigen Eindruck machen. Seine Erregung in dieser Angelegenheit hatte einen tieferen Grund.

»Ich bin nicht abgeneigt, den Menschen laufen zu lassen; ich bezweifle aber, daß die Polizei mit solcher Nachsicht einverstanden ist. Wie ich höre, steht er auch im Verdacht, andere Einbrüche begangen zu haben.«

»Ja,« antwortete Krag, »Mr. Nelson hat zugegeben, daß er der in der letzten Zeit so berüchtigte Gentlemandieb sei, der ganz Kristiania in Erstaunen gesetzt hat.«

Lady Holmes hatte sich dem Zimmer ihres Mannes genähert und hinter den Portieren Krags Bemerkung gehört. Beim Näherkommen sagte sie ein wenig lächelnd, aber noch bleich und erschüttert von dem Ereignis:

»Das ist doch ganz eigenartig. Wer hätte so etwas von einem gebildeten und vornehmen jungen Mann erwarten sollen? Hat er wirklich alle diese Einbrüche eingestanden?«

»Ja, gnädige Frau, ganz unumwunden. Er verweigert jedoch, auf die Einzelheiten der verschiedenen Fälle näher einzugehen.«

»So–o, warum das?«

Krag blickte Lady Holmes forschend an, indem er sagte: »Möglicherweise kennt er die Einzelheiten selber nicht.«

Lady Holmes verzog jedoch keine Miene. Es ließ sich also nicht feststellen, ob sie diese Bemerkung mit irgend etwas, das ihr wichtig sein konnte, in Verbindung brachte.

»Es mag schon sein,« sagte sie, »daß es ihm schwer fällt, sich an Einzelheiten zu erinnern, wenn er so viele Einbrüche auf dem Kerbholz hat. Er wird wohl nicht einmal angeben können, wieviel er an den verschiedenen Stellen gestohlen hat.«

»Er macht überhaupt keine Angaben, Lady Holmes. Er verlangt nur, daß man ihn verurteile. – Verurteilen Sie mich, sagte er, ich habe mich schuldig bekannt; worauf warten Sie denn noch?«

Bei diesen Worten rückte Lady Holmes wie zufällig zur Seite, so daß das Licht mehr direkt auf ihr Gesicht fiel.

»Welche Auskunft wünschen Sie denn nun von mir?« fragte sie nach einiger Zeit.

Krag gab an, was für ihn von Interesse sei: nämlich die Einzelheiten beim Überfall in ihrem Boudoir. – Lady Holmes gab daraufhin eine vollkommen glaubwürdige Darstellung des Geschehenen. Sie hätte sich von ihren Pflichten als Gastgeberin für einen Augenblick in ihr Zimmer zurückgezogen; als sie aus ihrem kurzen Schlummer erwacht sei, hätte sie den Dieb im Zimmer bemerkt. Durch das chloroformierte Tuch wäre sie machtlos geworden: der Dieb sei jedoch im letzten Augenblick ergriffen worden, als die herbeigeeilten Gäste mit ihrem Manne an der Spitze die Tür eingedrückt hatten und ins Zimmer gedrungen waren. Diese Angaben wurden von Lady Holmes in geschäftsmäßigem Tone gemacht, ohne daß sie auch nur ein einziges Mal gestockt oder sich widersprochen hätte. Während Krag die Hauptsachen dieser Erklärung zu Protokoll nahm, bewunderte er im geheimen ihre Sicherheit. Dann aber kam ihm der Gedanke, daß man ja von ihr erzählte, sie sei vor ihrer Verheiratung Schauspielerin am Drury Lane gewesen. Hatte sie sich die Rolle durch den Kopf gehen lassen und schauspielerte nun im Vertrauen auf ihr Talent?

Während Krag seine Aufzeichnungen zusammenfaltete, stellte Lady Holmes einige ganz allgemeine Fragen an ihn in einem Ton, der interessiert klingen sollte. Unter anderem fragte sie auch:

»Diese Sache wird Ihnen wohl ziemlich viel zu schaffen machen, Herr Krag?«

»Das nehme ich an; ich freue mich aber über jede interessante Sache.«

»Finden Sie diese Angelegenheit wirklich so interessant?«

»Ich würde sie um vieles nicht aus meinen Händen geben.«

»Dann ist es ja in einer Weise ärgerlich, daß er alles eingestanden hat. Hätte er kein Geständnis abgelegt, dann wäre die Sache doch noch interessanter gewesen.«

»Gewiß, gnädige Frau, das wäre sie.«

Mr. Holmes lachte mit der Sorglosigkeit des Gatten und Lady Holmes lächelte ihrem Herrn und Gebieter freundlich zu.

»Vorläufig besteht Ihre Arbeit wohl darin,« wandte sie sich an Krag, »die gestohlenen Gegenstände wieder herbeizuschaffen.«

»Nun ja, das ist ein Teil meiner Arbeit.«

»Hat man schon etwas gefunden?«

»Noch nicht, gnädige Frau, obgleich man seine Wohnung am Parkweg gründlich durchsucht hat. Da ich jedoch die Sache zu bearbeiten habe, werde ich mich noch heute abend dahin begeben, um noch einmal genau nachzusehen.«

»Heute abend noch,« bemerkte Mr. Holmes. »Sie lieben wohl schnelles Vorgehen?«

»Und außerdem arbeite ich gern des Nachts,« entgegnete Krag. »Da hat man die nötige Ruhe. In der Nacht hört man vieles, was sonst auch dem Aufmerksamsten entgeht.«

Während dieser letzten Äußerung hatte Lady Holmes gedankenvoll dagestanden; plötzlich sagte sie: »Gentlemandieb ist eigentlich eine besondere Bezeichnung.«

»Inwiefern?« fragte Krag. »Ich finde, der Ausdruck paßt ganz gut zu der Art und Weise, in welcher er arbeitet.«

»Wir Engländer,« sagte sie, »können uns nur schwer dazu verstehen, zwei derartige Wörter miteinander zu verbinden. Wir verbinden gar zu viel mit einem Gentleman; es ist eine sehr anspruchsvolle Bezeichnung.«

»Werden die Ansprüche denn auch wirklich immer erfüllt?«

»Ja, das kommt vor,« sagte sie freundlich lächelnd und reichte ihm die Hand zum Abschied. Er verspürte einen Druck und ein Zittern, ein Signal, das von ihm nicht unbeachtet blieb. Er bemerkte zum ersten Male, daß in ihren Worten doppelter Sinn lag. Dann verließ er das Haus.

Um zwölf Uhr begann er in der menschenleeren Wohnung Mr. Nelsons eine systematische Untersuchung; um drei Uhr jedoch begegnete ihm hier etwas ganz Außergewöhnliches.

XVII.

Von den wunderlichen Gedanken ganz in Anspruch genommen, begab sich Asbjörn Krag gegen Mitternacht nach der Wohnung des »Gentlemandiebes« am Parkweg. Auf dem Wege dahin versuchte er einen Überblick über die augenblickliche Lage der Dinge zu gewinnen, mußte sich jedoch sagen, daß er ziemlich ratlos dastände.

Manches schien er zu ahnen; aber Bestimmtes wußte er nicht. Es kam ihm so vor, als sei der Einbruch im Hause Mr. Holmes' nicht das Wesentliche in dieser Angelegenheit. Hier handelte es sich um ein weit größeres und außerordentlich phantastisches Geheimnis.

War es aber allein das Geheimnis, womit sich seine Gedanken während der letzten Stunden beschäftigt hatten? War Mr. Nelson gar kein Dieb? Vielleicht schützte er in selten aufopfernder Weise den Ruf der hübschen jungen Frau. Daß zwischen diesen beiden ein gewisses Verhältnis bestand, war nach allem, was geschehen war, gar nicht in Abrede zu stellen; man brauchte nur an die Episode mit den Manschettenknöpfen zu denken.

Es fiel ihm aber schwer zu glauben, daß darin das ganze Geheimnis bestände. Von einem gewissen Verdacht gegen Nelson konnte er sich doch nicht ganz frei machen. Krag hatte ja Beweise, an die er sich halten konnte; das gefundene Instrument bewies ja genug. Auch das kaltblütige Auftreten Nelsons ließ Krag vermuten, daß sein Gewissen wahrscheinlich nicht so ganz rein sei. War Nelson wirklich derjenige, für den er

sich ausgab – der gefürchtete Meisterdieb –, in welche Situation geriet dann Lady Holmes? Mit Schaudern erinnerte er sich ihrer letzten Worte; es kam ihm vor, als fühle er noch ihren Händedruck.

Es sollte eine Verständigung zwischen den beiden herbeiführen, ein Signal sein, dessen war er gewiß. Wir stellen große Ansprüche an einen Gentleman, hatte sie gesagt, und hin und wieder finden wir auch einen echten Gentleman. Sie hatte gewiß nichts anderes damit sagen wollen, als daß sie sich auf Krags Schweigen verließ.

Dann erinnerte er sich auch dessen, daß man von ihr behauptete, sie hätte als Londoner Schauspielerin in den Kreisen gelebt, wo man sich zu amüsieren wußte.

Vor Mr. Nelsons Tür – der Name stand auf einem Messingschild – faßte er das Ganze dahin zusammen: Es besteht die Möglichkeit, daß es sich nicht nur um eine Liebesangelegenheit zwischen diesen beiden Personen handelt. Wenn aber ein anderes Verhältnis zwischen ihnen besteht, mein Gott, wer ist dann eigentlich diese Gattin Cyrus Holmes'?

In der kleinen zweistöckigen, von einem Garten umgebenen Villa war es vollkommen still. Nelson bewohnte den zweiten Stock. An der Etagentür des ersten Stockes las Krag den Namen eines ihm bekannten Regierungsbeamten, von dem er übrigens auch wußte, daß er hier wohnte.

Der Detektiv wunderte sich gleich darüber, daß Nelson eine Wohnung im zweiten Stock gewählt hatte. Wie konnte ein Mann, der die Nacht zur Ausübung seines geheimnisvollen und verbrecherischen Treibens wählte, so wohnen, daß jeder seiner Schritte zu hören war.

Die Wohnung bestand aus vier Zimmern, wovon drei vollständig möbliert waren. In dem vierten Zimmer stand nur eine Chaiselongue, worauf einige Decken und Kissen in buntem Durcheinander lagen. An der Wand über der Chaiselongue hingen einige schreiende, englische Bilder von Boxern, Varietédamen und Jockeis. An einem großen Nagel unweit der Tür hing eine Livree mit blanken Knöpfen. Krag beleuchtete das Jackett und machte die Entdeckung, daß dicker Staub auf Kragen und Schultern lag. – Wahrscheinlich war es lange nicht gebraucht worden. Danach mußte Nelson seinerzeit einen Diener gehalten haben.

Der Zustand der Küche mit einer Menge schmutziger Küchensachen deutete auch darauf hin, daß sein Bewohner Bedienung nötig gehabt hätte. Auf einer

Bank standen einige leere Champagnerflaschen und dicht dabei eine leere Cognacflasche Krag sah sich die Marke an. Für einen Diener war der Kognak nicht bestimmt gewesen.

Als er in dieser Weise mit flüchtigem Blick die beiden Räume gestreift hatte, öffnete er die Tür zur eigentlichen Wohnung. Da war zunächst das Eßzimmer, dann der Salon und schließlich das Schlafzimmer. Krag hatte Licht gemacht. Als er jedoch in das Schlafzimmer trat, blieb er unwillkürlich beim Anblick der großen Unordnung, die er hier antraf, an der Schwelle stehen.

Das Bettzeug war zusammengeballt und mit gebrauchten Hemden und Kragen und anderen Sachen in eine Ecke gekegelt. Das Bettzeug bestand nur aus einigen feinen, dicken und weichen Kissen. Auf dem Nachttisch lagen zwei Bücher, das eine Buch war ganz aufgeschnitten, das andere nur zum Teil. Es waren eine Komödie von Shaw und ein Roman von Anatole France. Krag öffnete einen großen Kleiderschrank, worin er einige Anzüge fand, darunter mehrere Gesellschaftsanzüge. Wie ein Taschendieb auf nächtlichem Besuch untersuchte er die Taschen. Hier und da fand er Visitenkarten mit norwegischen oder englischen Namen. Diese steckte er alle zu sich. Ferner fand er in einigen Taschen zerknüllte Scheine und einige Goldstücke; in einer Tasche ein sehr feines Zigarrenetui. Dagegen fand er absolut keine Papiere.

Und doch – in einer Jackettasche stieß er auf ein Stück zusammengeknülltes Papier, das er hervorzog. Es schien in großer Eile zu einer Papierkugel geformt zu sein. Krag faltete das Papier auseinander und las folgende in englischer Sprache mit steiler Herrenhandschrift geschriebene Mitteilung: »Wir sind Mittwoch nacht zwischen zwei und drei Uhr am sichersten. Murfy hat den Kniff gelernt und ist willig. Sewel.«

Krag las diesen Zettel mehrere Male genau durch und verwahrte ihn dann in seiner Brieftasche. Als er noch gedankenvoll die Decke des Zimmers anstarrte, witterte er in der ihm eigenen Weise wie ein Tier, das schon von weitem die Beute spürt. Darauf ging er in den Salon zurück.

Während das Schlafzimmer auf einen Bewohner schließen ließ, der zu ganz unbestimmten Zeiten kommt und geht, überhaupt ein sehr unbeständiges Leben führt, machte der Salon einen ganz gegenteiligen Eindruck. Hier atmete alles Harmonie, Ruhe und Ordnung. Die Möbel waren einfach, jedoch kostbar und mit Geschmack gewählt. Auffällig waren die vielen wertvollen Teppiche und einige sehr schöne moderne Gemälde. Ein Ofenschirm aus gepunztem Leder war ein Meisterstück der Industrie. Die eine Ecke des Zimmers nahm ein Steinway-Flügel ein, worauf aufgeschlagene Noten lagen: »Samson und Dalila«.

Krag beschloß, Schränke und Schubladen der Wohnung einer gründlichen Revision zu unterwerfen. Im Eßzimmer wollte er beginnen; und damit die helle Erleuchtung der Zimmer nicht die Aufmerksamkeit der Straßenpassanten erregen sollte, löschte er das Licht sowohl im Schlafzimmer als auch im Salon. Als er ins Eßzimmer trat, zog er die dicken Plüschportieren hinter sich zu.

Auch im Eßzimmer herrschte die größte Ordnung. Auf dem Büfett standen Porzellan und blankgeputztes Silber. Ein großer, echt russischer Samowar ans Kupfer war auf den massiven Eichentisch gestellt, worauf auch zwei Gläser bereitstanden.

Falls Mr. Nelson überhaupt über dienstbare Geister verfügte, schienen diese sich nur damit zu befassen, diese Zimmer aufzuräumen, wogegen ihnen der Zutritt zum Schlafzimmer und zur Küche sicherlich streng verboten war.

Krag wandte seine Aufmerksamkeit gleich einer Kassette zu, die auf einem Tisch in der einen Ecke des Eßzimmers stand. Es war eine Spielkassette, die außer Jetons und andern Spielgerätschaften nur mehrere Spiele Karten enthielt. Krag sah sich die Karten einzeln an und bewunderte ihre Gediegenheit. Es waren künstlerisch ausgeführte italienische Karten, nach Zeichnungen moderner italienischer Künstler. Er öffnete einige der versiegelten Spiele und ließ die Karten durch die Finger gleiten. Plötzlich fuhr er zusammen. Mit den Fingerspitzen befühlte er außerordentlich vorsichtig die einzelnen Blätter. Er merkte, daß sie nicht überall gleich waren; in den Ecken fühlte er ganz feine Unebenheiten, wie auch ganz leichte Stecknadelstiche.

Es waren Falschspielerkarten.

In seinem Eifer wollte er gerade die andern versiegelten Karten öffnen, als er innehielt und lauschte: er hatte ein Geräusch vernommen. Ein Geräusch vom Salon her, ein Rascheln von Kleidern. Krag sprang zur Tür und schob die dicken Portieren auseinander.

Dort, im Dunkel des Zimmers stand eine menschliche Gestalt. Krag drehte das Licht an.

Er faßte sich jedoch schnell, und mit ruhiger Stimme, wie er zu sprechen gewohnt war, wenn er in seinem Büro Besuch empfing, sagte er: »Bitte, treten Sie näher, Lady Holmes. Ich habe Sie erwartet.«

XVIII.

Lady Holmes hatte denselben dunklen, anschließenden Mantel an, den sie trug, als sie nachts zu Krag gekommen war, um den Manschettenknopf zurückzufordern. Den Kopf hatte sie in einem großen Capuchon verborgen gehabt, nun schob sie es zurück. Ihr Antlitz leuchtete vor auffallender Blässe. Oder sollte es das helle Licht der elektrischen Lampe sein, das diesen gespensterhaften, weißen Schimmer ihrer Haut hervorrief? Sie bewegte sich wie eine Schlafwandlerin; ihre weit geöffneten Augen starrten geistesabwesend vor sich nieder.

Asbjörn Krag geleitete sie zu einem Stuhl und ließ sich ihr gegenüber nieder.

»Sie zittern ja vor Kälte,« sagte er.

»Ja, ich zittere,« entgegnete sie. »Ich spiele ein gewagtes Spiel; es geht hier um mein Leben. Mein Gewissen läßt mir aber keine Ruhe.«

»Wie sind Sie denn hier hereingekommen?« fragte er.

»Ich wußte, daß Sie hier waren,« erwiderte Lizzie Holmes. »Ich mußte unbedingt mit Ihnen sprechen.«

»Das ist keine Antwort auf meine Frage.«

Sie flüsterte fast, indem sie sprach: »Ich habe einen Schlüssel zu dieser Wohnung.«

»Lady Holmes,« begann nun Krag. »Sie, die reiche und schöne Gemahlin des berühmten Forschers, gehen hier aus und ein, als wären Sie im Hause dieses berüchtigten Verbrechers die Herrin. Was soll ich denn davon halten?«

»Sie sind viel zu klug, anderes als die Wahrheit zu denken.«

»Ich bin noch gar nicht von der Wahrheit dieses rätselhaften Zusammentreffens ganz überzeugt. Ich suche aber nach der Wahrheit, und wenn Sie mir die Wahrheit sagen, will ich Ihnen Glauben schenken.«

»Das ist mit drei Worten getan,« entgegnete Lady Holmes, »er ist unschuldig.«

Krag lächelte. »Unschuldig? Inwiefern, gnädige Frau?«

»Er ist kein Dieb. Er war nicht in meinem Zimmer, um zu stehlen.«

»Das ist mir von vornherein klar gewesen.«

»Dann werden Sie an meinen Worten auch keinen Zweifel hegen. Er ist kein Dieb; er ist ein echt englischer Gentleman. Zwei Jahre habe ich ihn schon gekannt, und jetzt in meiner Verzweiflung sage ich Ihnen, daß es keinen edleren Menschen gibt, keinen Mann von größerer Ritterlichkeit. – Nun begreifen Sie vielleicht auch, daß ich totunglücklich darüber bin, daß ein unseliges Geschick die Ursache zu seiner Erniedrigung und seinem Verderben sein soll. Ich beschwöre Sie, er ist unschuldig. Hat jemand diesen Schicksalsschlag verdient, dann bin ich es, die nicht den Mut gehabt hat, sich zu opfern, um ihn zu retten. Und was hat er getan, er, der unschuldig war? Er hat alles geopfert, um mich, meine Ehre, meinen Namen, mein Ansehen einer törichten, konventionellen Welt gegenüber zu retten. – Gibt es denn keinen Ausweg aus dieser Katastrophe? Ist das Leben und sind die Gesetze denn wirklich so sinnlos?«

Schluchzend verbarg sie den Kopf in ihrem Taschentuch.

Krag vermochte seine innere Bewegtheit beim Anblick ihres großen Kummers nicht zu verbergen. Sie wurde in seinen Augen so schmal und klein, und sein Herz krampfte sich unter ihrem Schluchzen zusammen. Dann erinnerte er sich jedoch wiederum, daß er doch schon allerhand gefunden hatte, das auf ein sehr geheimnisvolles Dasein des arretierten Gentlemans deutete. Ihm kam auch der Verdacht, den er wenige Sekunden lang von ihr hegte. War sie wirklich so unglücklich und so verzweifelt, wie sie, die schöne Lady Holmes, die ehemals so gefeierte Schauspielerin Londons, sich den Anschein geben wollte?

»Einen Ausweg?« sagte er. »Ja, es gibt einen Ausweg.«

Sie blickte ihn fragend an.

»Erzählen Sie es Ihrem Gatten.«

Sie zuckte zusammen, wie unter einem heftigen körperlichen Schmerz. Krag sah das Entsetzen in ihren Augen. Bei diesem Anblick einer rein physischen Kundgebung kam er zu der Überzeugung, daß diese Angelegenheit unergründliche Geheimnisse enthalten müsse.

Lady Holmes entgegnete leise, von Kälteschauern gerüttelt: »Meinem Mann alles erzählen? – Ja, das wäre der letzte Ausweg. Vielleicht sterbe ich aber lieber.«

»Dann müssen Sie es Nelson überlassen, die Strafe auf sich zu nehmen.«

»Unschuldig?«

Krag zuckte mit den Achseln. »Ich glaube, ich kann mich auf Sie verlassen,« sagte sie plötzlich. »Ich habe das bestimmte Gefühl, Sie sind ein ritterlicher Mann. Sie werden nichts darüber verlauten lassen, Sie werden das Privatleben eines einzelnen nicht an die Öffentlichkeit zerren, wenn es mit dieser Diebstahlangelegenheit nichts zu tun hat.«

»Bisher habe ich noch keinen eigentlichen Zusammenhang zwischen diesen Diebesaffären und dem bemerkt, was Sie als Privatleben zu bezeichnen lieben,« sagte Krag indigniert. »Lassen wir das also beiseite.«

»Dann wird man ihn aber verurteilen?«

»Höchst wahrscheinlich; wenn erst genügend Beweise gegen ihn vorliegen.«

»Er hat ja alles eingestanden,« rief sie hastig und erschreckt dazwischen.

»Möglicherweise genügt das nicht,« erwiderte Krag. »Kann man einen Menschen denn nicht verurteilen, wenn er die Tat selbst eingesteht?«

»Nein, Gott sei Dank, nicht immer.«

Eine Weile saß sie schweigend da; dann sagte sie plötzlich: »Ich will ein letztes Mittel versuchen. Keines will ich unversucht lassen.«

»Dann möchte ich wohl wissen, warum Sie überhaupt gekommen sind,« sagte Krag.

»Ich bin gekommen, um ihn zu retten.«

»Wirklich?«

»Ich bin reich. Nicht nur mein Mann ist reich; ich bin es auch.«

»Dieses ist das zweite mal, daß Sie auf Ihren Reichtum hinweisen,« bemerkte Krag, »was wollen Sie damit sagen?«

»Mr. Nelson könnte fliehen.«

»Und dabei sollte ich ihm behilflich sein?«

»Im Namen der Menschlichkeit,« bat sie.

»Wenn ich davon überzeugt wäre,« entgegnete Krag, »daß Mr. Nelson nicht der Dieb ist, dann würde ich ihm bei einem Fluchtversuch auch ohne Rücksicht auf Ihren Reichtum helfen. Ich bin jedoch nicht davon überzeugt. – Ganz im Gegenteil: auch Ihr Auftreten, gnädige Frau, ist derart gewesen, daß ich mich von einem gewissen Verdacht nicht frei machen kann. Ich hoffe ja nicht, daß der Fall eintreten wird, wo ich mich gezwungen sehe, über Ihre persönliche Freiheit zu verfügen. Ich täte das nur im äußersten Falle. Aber schon jetzt kann ich Ihnen sagen, daß es nicht ausgeschlossen ist. Hier haben Sie meine Antwort.«

Während er sprach, war sie durch ihre Verzweiflung in immer größere Erregung geraten.

»Seien Sie vorsichtig!« stieß sie erbittert hervor. »Sie wissen nicht, mit wem Sie sprechen. Ich habe Beschützer, denen es nicht an Macht gebricht!«

Plötzlich ergriff Krag ihr Handgelenk und zog sie weiter ins Zimmer hinein. Er wies auf die Falten der Portieren, die sich bewegten. Im Nu wurde die Portiere zur Seite geschoben und – Mr. Nelson stand im Zimmer.

»Liebe, gnädige Frau,« sagte er. »Ihr liebenswürdiges Opfer hat gar keinen Zweck. Wie Sie sehen, bin ich schon geflohen.«

XIX.

Lady Holmes' Erstaunen über Nelsons plötzliches Erscheinen war so echt, daß Krag keinen Augenblick darüber im Zweifel war, daß Nelsons Ankunft ihr völlig unerwartet kam. Krag hatte im übrigen genug mit sich zu schaffen, um seine Überraschung zu verbergen. Es gelang ihm kaum; sein erstaunter Blick ließ Nelson lächeln – ein eigentümlich triumphierendes und überlegenes Lächeln, das jedoch bewirkte, daß Krags Geistesgegenwart sich sofort einstellte. Sein nächster Gedanke war: die Türen! Nelson stand mit dem Rücken gegen die offene Tür; er konnte jederzeit entweichen. Krag griff nach Lady Holmes, als ob er einen Überfall erwarte und sich ihrer als Geisel sichern wolle. Als nun Nelson herbeieilte, um sich zwischen Lizzie und den Detektiv zu stellen, gelang es Krag, die Tür zu erreichen. Blitzschnell zog er seinen Revolver.

»Wie Sie sehen, sind Sie auf Ihrer Flucht nicht vom Glück begünstigt gewesen,« sagte Krag. »Sie sind nur in ein anderes Gefängnis gelangt. Hier kommen Sie nicht wieder heraus; Sie sind mein Gefangener.«

»Es ist auch gar nicht meine Absicht, mich der Strafe zu entziehen, die mir bevorsteht,« erwiderte Nelson.

»Warum sind Sie denn der Haft entflohen?«

»Weil mich die Verhaftung unvorbereitet traf und weil ich notwendigerweise noch einige Privatangelegenheiten, die mit meinem Verbrechen absolut nichts zu tun haben, zu ordnen wünschte.«

Erst jetzt bemerkte Krag die Veränderung, die mit Nelson vorgegangen war. Man hatte ihn im Gesellschaftsanzug verhaftet, und nun trug er einen graumelierten englischen Jackettanzug; anstatt der zum Frack gehörenden weißen Binde trug er einen kleinen gemusterten Knoten im weichen Stehkragen.

Nelson fing seinen Blick auf und lächelte abermals.

»Ich weiß, woran Sie denken,« sagte er. »Und Sie sind im Recht. Ich fühlte mich im Gefängnis in diesem festlichen Gewand nicht wohl. Trotz allem bin ich ein englischer Gentleman. Mein guter Geschmack litt darunter. Da aber in den norwegischen Gefängnissen den Gefangenen keine Garderobe zur Verfügung gestellt wird, war ich gezwungen, selbst für anderes Zeug zu sorgen. Finden Sie nicht auch, daß Farbe und Muster dieses Anzuges besser zu meiner augenblicklichen Situation passen? Nun, ich sehe Ihnen an, daß dieser Grund meines Entweichens Ihnen nicht stichhaltig erscheint. Ich stimme mit Ihnen auch darüber überein, daß dies nicht der alleinige Grund ist, obgleich ich wohl weiß, daß ein rechter Gentleman imstande ist, bis ans Äußerste zu gehen, bloß um zu verhindern, unkorrekt oder lächerlich zu erscheinen. Sagen Sie selbst – Gefängnis und Frack – paßt das zusammen?«

Während er sprach, suchte er mit behutsamen Händen Lizzie zu beruhigen. Er bat sie, sich in einen Lehnsessel zu setzen, behielt jedoch die ganze Zeit ihre Hand in der seinen. Er blickte sie nur flüchtig an; denn während der ganzen Zeit hatte er seinen Blick auf Krag und dessen Revolver gerichtet. Krags Zweifel an dem Liebesverhältnis, das zwischen diesen beiden bestand, mußte weichen, als er den ängstlichen und zugleich hingebungsvollen Blick bemerkte, womit Lizzie Nelsons Aufmerksamkeit auf sich zu lenken suchte, und sah, wie innig und heftig sie seine Hand drückte. Das Eigenartige und Tragische dieser Szene stand in sonderbarem Gegensatz zu Nelsons fadem Geschwätz von seiner Kleidung. Krag wollte jedoch Zeit gewinnen und ging daher auf Nelsons Ton ein.

»Es bestehen drei Möglichkeiten,« sagte er, »entweder sind Sie der größte Snob der Welt, oder Sie halten mich für ein kolossales Schaf, oder auch haben Sie irgendeinen Grund für Ihr Entweichen gehabt, der mit dem Ort in Verbindung steht, wo Sie sich umgekleidet haben.«

»Letzteres ist ganz richtig,« erwiderte Nelson offenherzig, »das heißt nur zum Teil. Es lag eben noch ein Grund mehr vor, der mich bewog, für ein paar Stunden meine Freiheit zu genießen. Aber zur Hauptsache kam

es mir doch darauf an, in meinem Heim gewisse Veränderungen vorzunehmen, die in meinem Interesse liegen.«

»Gut,« sagte Krag, »da Sie nun hier sind, können Sie die gewünschten Veränderungen ausführen; aber Sie gestatten, daß ich Ihnen behilflich bin, wenn auch nicht anders als durch Zuschauen.«

»Das ist alles schon erledigt,« antwortete Nelson.

»Wie?«

»Was ich ändern wollte, ist schon besorgt.«

»Hier?« rief Krag erstaunt aus, »während ich hier war? Während ich mich mit dieser Dame unterhalten habe?«

»Nein,« gab Nelson ruhig zur Antwort. »Hier nicht; in meinem Heim.«

»Ist dies denn nicht Ihr Heim?«

Nelson lächelte: »Ein Aufenthaltsort ist niemals ein Heim. Ich komme gerade eben von daheim. Dort hatte ich auch Gelegenheit, mich umzuziehen.«

»Jeder Verbrecher hat mehrere Schlupfwinkel. Nun begreife ich auch, daß ich bei der Durchsuchung dieses Aufenthaltsortes, wie Sie sich auszudrücken belieben, absolut nichts von Bedeutung gefunden habe. Darf ich fragen, wie die Adresse Ihres wirklichen ›Heims‹ lautet?«

»Das werden Sie nie erfahren,« entgegnete Nelson. »Sie werden mein Heim auch niemals auffinden.«

»Ich werde es doch aufzufinden wissen,« erwiderte Krag. »Jetzt kommt es mir aber darauf an, zu erfahren, wie Sie aus dem Gefängnis entwichen sind.«

»Kennen Sie den Paragraphen, wonach den Untersuchungsgefangenen das Recht zusteht, nach der Mahlzeit eine Zigarre oder eine Zigarette zu rauchen? Nun, dann werden Sie sich alles selbst sagen können. Der Gefängniswärter liegt ohnmächtig in meiner Zelle.«

»Dann möchte ich aber doch wissen,« fragte Krag, »warum Sie denn hierhergekommen sind, obgleich Sie von meiner Anwesenheit in Ihrer Wohnung wußten. Oder wußten Sie es vielleicht nicht?«

»Gewiß, ich wußte es.«

»Warum laufen Sie mir denn wieder ins Garn, nachdem Sie eben entschlüpft sind?«

»Durch Beantwortung dieser Frage kommen wir auf den Kern der Sache. Lassen Sie uns nun einmal ernsthaft miteinander reden.«

XX.

Nelson nahm eine Zigarette aus der Zigarettenschale und zündete sie an. »Ich kann Ihnen diese Zigarette empfehlen. Hierzulande finden Sie ihresgleichen nicht. Direkter Import.« Ein Zug des Wohlbehagens glitt über Mr. Nelsons Antlitz. Er erriet Krags Gedanken.

»Dann legen Sie sie wieder hin!« sagte er.

Krag zündete die Zigarette nun doch an; und da er Kenner war, machte er Mr. Nelson seines guten Geschmackes wegen ein Kompliment. – Diese bedeutungslosen Worte, die die beiden Männer miteinander wechselten, bewirkten, daß Lady Holmes ruhiger wurde. Vielleicht war dies auch nur Mr. Nelsons Absicht gewesen.

Er wandte sich an sie und sagte: »Ich bedaure sehr, gnädige Frau, daß ich Sie nicht bitten kann, zu gehen. Das hätte ich am liebsten getan. Ihre Anwesenheit ist jedoch notwendig. Was ich Ihnen zu sagen habe, muß dieser Herr absolut hören, und was ich diesem Herrn zu sagen habe, müssen Sie notwendigerweise erfahren.«

Lady Holmes neigte den Kopf. Krag versuchte immer wieder, ihr in die Augen zu sehen; aber vergebens, ihre langen, dunklen Augenwimpern verbargen sie ihm fast die ganze Zeit.

Mr. Nelson hatte sich in einen der weichen Ledersessel niedergelassen und verbreitete nun weiße Rauchwolken um sich her. Augenscheinlich bestrebte er sich, auf Asbjörn Krag den Eindruck eines sorglosen Daseins und einer nicht zu unterdrückenden Überlegenheit zu machen. In seiner ganzen Sprechweise lag auch etwas gesuchtes Dozierendes, als er begann: »Ich gebe zu, daß mein ganzes Gebaren einen sonderbaren und sinnlosen Eindruck macht. Ich flüchte aus dem Gefängnis und richte alles so ein, daß vor der ersten Morgenstunde nichts entdeckt werden kann. Damit habe ich die ganze Nacht zu meiner Verfügung, habe also auch genügend Gelegenheit, um über die Grenze zu gelangen. Nehme ich ein Auto, bin ich in vier Stunden außer Landes. Nichts dergleichen habe ich unternommen. Im Gegenteil. Eine Stunde vertrödelte ich mit Umkleiden. Es hat tatsächlich genau eine Stunde gedauert; ich bin nämlich außerordentlich sorgfältig in meiner Kleidung. Eben bevor Herr Krag und ich auseinandergingen, machte er eine Bemerkung, wonach

ich annehmen mußte, daß er Lady Holmes aufsuchen und dann in meiner Wohnung eine Haussuchung vornehmen würde. Ich ahnte voraus, mein Herr, daß Lady Holmes Ihnen eine ganze Menge zu sagen gehabt hat, was sie in Gegenwart ihres Mannes nicht einmal hätte andeuten können. Ich habe mir gedacht, daß sie hier mit Ihnen zusammentreffen würde; sie hat die Schlüssel zur Wohnung.«

Eine unwillkürliche Bewegung Lady Holmes ließ ihn hinzufügen: »Liebe, gnädige Frau, um viel zu retten, ist es notwendig, einiges nicht zu verheimlichen. In dieser Tragödie ist es angebracht, nicht sentimental zu sein. Ich habe ein Recht, dies zu verlangen, denn ich bin's, der in die Bresche tritt.«

Seine Worte klangen ruhig. Sie zeugten von großer Gerechtigkeit, enthielten aber auch eine Zurechtweisung, worunter sich Lady Holmes wie unter Peitschenhieben wand. Sie begann wieder zu weinen und preßte das Taschentuch in ihrer Hand. Nelson schwieg und starrte vor sich hin. Während dieses Schweigens wurde Krag aufs neue von Mitleid gegen Lady Holmes erfüllt – ein Mitleid, das er dadurch zu dämpfen suchte, daß er in ihr die Schauspielerin sah. Lady Holmes hatte die Herrschaft über sich wiedergewonnen, und Mr. Nelson fuhr fort: »Beruhigen Sie sich, gnädige Frau. Was innerhalb dieser vier Wände gesprochen wird, soll niemand erfahren. Ich gehe nicht eher von hier fort, bevor ich diesem Herrn das Versprechen der Verschwiegenheit abgenötigt habe.«

»Keine Drohungen!« unterbrach ihn Krag gereizt. »Es ist sehr unlogisch von Ihnen, mit Drohungen zu kommen, wenn Sie wirklich der Meinung sind, etwas von mir erreichen zu wollen.«

»Pah,« entgegnete Nelson, »hören Sie mich an. Es ist absolut kein unglücklicher Zufall, daß ich hierhergekommen bin. Das geschieht ganz planmäßig. Alles ist Berechnung. Ich hoffe, noch rechtzeitig gekommen zu sein. Was hat Lady Holmes Ihnen erzählt?«

»Nichts von Bedeutung,« antwortete Krag.

»Dann ist es Zeit, ein Geständnis abzulegen. Ich habe die Absicht, es zu tun.«

»Noch einmal?« fragte Krag mit lächelnder Miene.

»Nein, ich beabsichtige, die Wahrheit zu gestehen. Ich bin nicht der Dieb. Ich bin ebensowenig der Dieb, wie Sie es sind.«

»Über die Möglichkeit haben wir uns schon unterhalten,« antwortete Krag. »Ich rechne auch fernerhin mit dieser Möglichkeit.«

»Seien Sie davon überzeugt; was ich sage, stimmt,« sagte Nelson. Dann wandte er sich an Lady Holmes, die ihren Kopf immer tiefer neigte: »Und damit sind auch vermutlich Sie von meinen Beweggründen überzeugt.«

»Haben Sie diese Anstrengungen gemacht, nur um mir dieses zu sagen?«

»Nein, aber deswegen, damit Lady Holmes aus meinem eigenen Munde erfährt, daß dies Geständnis nie mehr über meine Lippen kommen wird. Der Polizei gegenüber habe ich mich als Dieb bekannt, und daran werde ich festhalten. Immer und immer wieder werde ich darauf bestehen, daß ich der Dieb bin. Niemals werde ich anderes aussagen – niemals. Hören Sie, Lady Holmes?« »Ja, ich höre,« flüsterte sie.

»Dann habe ich einen wesentlichen Teil meiner Absicht erreicht. Ich will, daß Sie von meiner Standhaftigkeit überzeugt sind. Versuchen Sie nicht, mich zum Gegenteil zu bewegen. Ja, selbst wenn Sie der Polizei gegenüber behaupten, ich lüge, dann werde ich nur sagen. Sie seien eine edle Frau, die einen elenden Verbrecher zu retten versuche. Versprechen Sie mir, zu schweigen?«

»Ich werde tun, wie Sie es wünschen,« sagte sie leise; »aber ich werde nicht weniger zu leiden haben als Sie.«

»Dann bin ich zufrieden,« sagte Nelson. »Nun verlange ich noch ein letztes Versprechen; dann kehre ich ins Gefängnis zurück.«

Er wandte sich an Asbjörn Krag: »Mein lieber Freund,« sagte er, »nun haben Sie nicht mehr nötig, Ihren Scharfsinn noch weiter anzustrengen. Es ist mir schon längst klar, daß Sie nach Beweisen für den rechten Zusammenhang der Dinge suchen. Nun kennen Sie den Sachverhalt; also strengen Sie sich nicht weiter an. Sie werden jedoch meine Beweggründe, die Schuld an dem Diebstahl auf mich zu nehmen, verstehen. Der Polizei steht nicht das Recht zu, sich in die Tragödie zu mischen, die mir diese Beweggründe diktiert; sie hat nicht das Recht, in das merkwürdige Schicksal einzugreifen, das zwei Menschen betroffen hat. Sollte sie es doch tun, dann nenne ich das Auftreten der Polizei ohne Bedenken roh, herzlos und ungerecht.« Mit abwehrender Handbewegung sagte Krag: »Warum große Worte machen? Ich gebe Ihnen ja recht; die Polizei hat absolut keine Veranlassung, sich in ein privates Liebesverhältnis einzumischen. Sie haben den Diebstahl zugegeben und werden daran festhalten, nicht wahr?«

»Ja, in jedem Fall.«

»Nun, anstatt so heftig zu werden, sollten Sie lieber damit rechnen, wie ich Ihnen helfen könnte.«

»Inwiefern?«

Krag beugte sich nach vorn und sagte mit gedämpfter Stimme, als handle es sich um ein wichtiges Geheimnis: »Ich könnte Ihnen dadurch behilflich sein, daß ich Beweise herbeischaffte, wonach Sie wirklich derjenige sind, für den Sie sich ausgeben, nämlich der Meisterdieb, der Gentlemandieb, oder wie Sie sich nun nennen mögen.«

XXI.

Mit Absicht hatte Asbjörn Krag diese Berichtigung in so bedeutungsvoller Weise ausgedrückt. Mr. Nelson antwortete nicht sogleich, blickte den Detektiv jedoch forschend an. Sogar Lady Holmes erhob den Kopf und Krag fing einen verwunderten und vorwurfsvollen Blick aus ihren großen, traurigen Augen auf.

Dann aber lachte Nelson laut und höhnisch auf.

»Vergessen Sie nicht, was Sie heute nacht gehört haben. Bitte beachten Sie, daß ich Ihrem Wunsche gemäß keine Drohung angewandt habe; es steht Ihnen jedoch frei, meinen Worten die Bedeutung beizulegen, von der Sie das Gefühl haben, sie sei die rechte. – Vergessen Sie nicht, daß ein Mann, der das ausgerichtet hat, was ich heute nacht tat, nicht mit sich spaßen läßt.«

Indem er den Sanftmütigen markierte, antwortete Krag: »Gerade dieser Ansicht habe ich ja Ausdruck verleihen wollen. Versuchen Sie doch nicht, mir einreden zu wollen, daß Sie einzig und allein aus dem Untersuchungsgefängnis entwichen sind, um mit Lady Holmes und mir zusammenzutreffen.«

»Nein, auch um die Kleidung zu wechseln,« entgegnete Nelson.

Krag wies auf das Schlafzimmer.

»Dort befinden sich Anzüge in großer Auswahl; nicht nur Fracks und Smoking, auch Jackettanzüge und dergleichen. Warum haben Sie sich denn die Mühe gemacht, sich anderswo umzukleiden?«

Nelson wußte diese Frage nicht sofort zu beantworten. Indem er jedoch die Asche seiner Zigarette so herausfordernd wegknipste, daß sie zwischen Krags Stiefel zu Boden fiel, sagte er: »Sie haben also schon die Wohnung untersucht. – Haben Sie etwas gefunden?«

»Nicht das geringste,« lautete die Antwort. »Meiner Meinung nach wird sich hier auch nichts finden.«

»Na, wo denn?« »Zunächst dort, wo Sie sich umgekleidet haben.«

»Bitte, es steht Ihnen frei, dort nachzusehen.«

»Dann dürfte ich wohl um die Adresse bitten?«

»Das dürfen Sie. Von mir werden Sie sie aber nicht erfahren,« erwiderte Nelson. »Einiges will ich Ihrem Scharfsinn denn doch überlassen.«

»Ich werde die Adresse schon ausfindig machen,« sagte Krag. »Ich bezweifle aber den Nutzen der Anstrengung. Ihnen stand eine ganze Stunde zur Verfügung, und ich glaube annehmen zu dürfen, daß Sie diese Stunde gut ausgenutzt haben. Beweismaterial werden Sie vermutlich vernichtet haben.«

Mr. Nelson lachte; was Krag sagte, schien ihm unbändigen Spaß zu machen.

»Davon können Sie sich ja selbst überzeugen, wenn Sie die Wohnung gefunden haben. Das kann Ihnen ja nicht schwer fallen. Sie haben nur nötig, darauf zu achten, wo der Polizei das Verschwinden eines Mieters oder Pensionärs gemeldet wird.«

Krag stellte sich im höchsten Grade verwundert. »Das überlegte ich gerade,« sagte er. »Wie sind Sie scharfsinnig!« Der Ton, in dem dies gesagt wurde, klang jedoch so, daß Nelson den Mund zu einem ironischen Lächeln verzog. Er erhob sich.

»Mit unserer Auseinandersetzung sind wir nun wohl am Ende,« sagte er. »Das sage ich Ihnen aber noch: mischen Sie sich nicht in die Angelegenheit eines Liebenden. Ist es Ihnen nie passiert, daß Sie wenigstens die Lust dazu verspürten, eine andere Wohnung zu haben als die, die von Menschen für die Ihre angesehen wird? Ich meine ja nicht Ihretwegen, sondern ...«

Nelson führte den Satz nicht zu Ende, Lady Holmes hatte sich erhoben und durch einen nervösen Griff um seine Hände ihn zum Schweigen gebracht. Sein Gerede war ihr Pein.

Augenblicklich war Nelson gereizt. »Sie halten mich für einen Verbrecher,« sagte er. »Nun gut; wie stimmt das aber damit überein, daß ich aus dem Gefängnisse entweiche und wieder dorthin zurückkehre, obgleich ich die Grenze leicht hätte überschreiten können?«

»Weil die Angelegenheit auf ein ganz bestimmtes Rätsel zurückzuführen ist, das ich noch nicht gelöst habe. Ich werde aber die Lösung noch finden!«

Mr. Nelson kniff die Lippen zusammen. »Bitte, wollen Sie mich verhaften,« sagte er. »Es ist Ihre Pflicht; ich bin dem Gefängnis entwichen. Ist Ihnen das schon einmal vorgekommen, daß ein Verbrecher diese Bitte an Sie gerichtet hat?«

»Ihre Bitte soll erfüllt werden. Aber sagen Sie selbst, wird es nicht sonderbar aussehen, wenn wir beide in aller Gemütsruhe nach der Polizei spazieren? Ich denke, wir rufen telephonisch einige Polizeibeamte herbei.«

Bei diesen Worten fuhr Lady Holmes erschreckt zusammen und eilte auf die Tür zu; Nelson hielt sie jedoch zurück. Auf den Apparat weisend, sagte er: »Bitte, machen Sie der Komödie ein Ende!«

Während Krag sich am Telephon zu schaffen machte, nahmen die beiden andern im Nebenzimmer Abschied voneinander. Der Detektiv vernahm, wie Nelson ihr immer wieder sagte, sie müsse der Sache nun ihren Lauf lassen, sie dürfe ja nichts unternehmen, wodurch sie in Gefahr geraten könne. »Warte nur,« sagte er, »ich beabsichtige nicht, in meiner Lage zu verbleiben. Ich habe schon einmal bewiesen, daß ich gehen kann, wenn es mir paßt.«

Weinend versprach Lady Holmes alles, was er verlangte; dann entfernte sie sich. Krag dachte: Wenn sie schauspielert, dann macht sie es besser als irgendeine Verbrecherin, die mir je begegnet ist.

Mr. Nelson betrat das Zimmer in dem Augenblick, wo Krag mit der Polizei verbunden war. Er forderte einen Kriminalbeamten und einen Schutzmann, die so schnell wie irgend möglich kommen sollten.

Nicht ohne Unwillen hörte Mr. Nelson dies Gespräch. »Ich bewundere Ihr Talent, diese Sache zu arrangieren,« sagte er, »Sie hätten eigentlich Theaterregisseur werden müssen. Nichts darf fehlen. Was, zum Kuckuck, sollen denn zwei Schutzleute? Sie wissen ja, daß ich allein gehen würde, wenn es sein müßte. Wozu denn noch Aufsehen erregen?«

Krag verneigte sich; ein Schauspieler hätte es nicht besser machen können: »Für das Kompliment meinen verbindlichsten Dank. Es wird in der Komödie an nichts fehlen. Wir fahren; dann erregen wir kein Aufsehen.«

Einige Minuten darauf vernahm man Lärm und Geräusch von Schritten auf der Treppe. Vor der Etagentür hielten die Schritte inne, und Krag hörte eine tiefe Stimme sagen: »Hier waren ja die erleuchteten Zimmer.«

»Treten Sie näher, Jacobsen!« rief Krag. »Die Türen sind geöffnet.«

Gleich darauf traten zwei Polizisten mit schweren Schritten herein; der in Zivil erschienene Kriminalbeamte Jacobsen und ein uniformierter Polizist. Krag, der Sinn für dramatische Effekte hatte, war auf die Begegnung zwischen Nelson und dem Kriminalbeamten gespannt; Jacobsens Erstaunen übertraf aber seine größten Erwartungen.

Jacobsen wich zurück, als hätte er einen Schlag an den Kopf bekommen und stieß gegen den umfangreichen Bauch des Polizisten.

»Sie sind noch neu im Dienst, Jacobsen,« sagte Krag. »Es könnte geschehen, daß Ihnen noch größere Überraschungen als diese begegnen.«

Jacobsen wies jedoch noch immer mit beiden Händen auf Nelson: »Diesen Mann habe ich doch selbst vor einigen Stunden eingeschlossen. Da trug er aber noch Gesellschaftskleidung.«

»Es ist derselbe,« antwortete Krag. »Haben Sie die Fesseln mitgebracht, Jacobsen?«

»Ja, das weiß der Himmel,« entgegnete Jacobsen haßerfüllt und fuhr blitzschnell mit den Händen in die Taschen.

Nelson wehrte sich. »Fesseln?« rief er aus. »Ich verstehe nicht – –«

»Es gehört alles mit zur Komödie. Tun Sie doch dem Regisseur den Gefallen –« Krag hatte indessen nicht nötig, die Antwort abzuwarten; denn in wenigen Sekunden hatte Jacobsen die Eisen um Nelsons Hände gelegt.

Nelson lächelte nachsichtig. »Na, dann nur zu,« murmelte er, »wenn ich Ihnen damit einen Gefallen tun kann.«

Plötzlich bekamen Krags Züge einen sonderbaren, nachdenklichen Ausdruck. »Mir kommt eben in den Sinn, wie glücklich Sie im Grunde sind, mein lieber Mr. Nelson.«

Nelson ließ die Ketten rasseln. »So? Finden Sie das wirklich?«

»Ich meine nicht, daß Sie nun in diesem Augenblick glücklich sind. Aber Sie waren es.«

»Gehen wir nun bald?« fragte Nelson ungeduldig. »Ich verstehe Sie nicht mehr. Wann war das Glück mir denn günstig?«

»Zum Beispiel, als Murfy willig war.«

Bei diesen Worten hatte Krag seinen Gegner scharf angeblickt. Sie verfehlten ihre Wirkung auf Nelson nicht. Mit riesenhafter Anstrengung aller seiner Kräfte versuchte er, die Fesseln zu sprengen. Plötzlich wurde er jedoch blaß.

XXII.

Der plötzliche Wutanfall des Gefesselten überraschte Jacobsen und auch den Schutzmann, der nähertrat, um den Engländer zu packen. Krag trat jedoch dazwischen.

»Immer ruhig, die Fesseln werden schon halten.«

Es war, als hätte die Stimme des Detektivs den Engländer wieder zur Besinnung gebracht; durch psychische Anstrengung, die der physischen an nichts nachgab, unterdrückte er seine Wut. Er versuchte sogar zu lächeln. Dieses Lächeln sah aber sonderbar genug aus in dem starren Gesicht. Er rüttelte wiederum an den Ketten. »Sie haben recht,« sagte er, »sie sind stark genug.«

»Nun können wir in dieser Komödie wohl Schluß machen,« meinte Krag. »Ich hoffe, Sie sind mit der steigenden Handlung derselben zufrieden.«

»Sie sind es?« fragte Nelson.

»Ja,« entgegnete Krag, »sie war, wie es sich für eine Komödie gehört, gekennzeichnet, durch eine innere, psychologische Entwicklung, markiert durch eine seelische Überraschung, Sicherlich hätte diese Komödie auch vor einem größeren Publikum Erfolg gehabt.« – Sich an die Polizisten wendend, sagte er: »Führen Sie ihn ab; ich werde nachkommen.«

Willig folgte Mr. Nelson den beiden Polizisten. Krag horchte noch, bis der Wagen mit dem geheimnisvollen Engländer davongefahren war. – Mit dieser Wohnung war der Detektiv so gut wie fertig. Er konstatierte zu seiner großen Zufriedenheit, daß die Untersuchung gar nicht so ganz erfolglos gewesen sei, wie er es sich gedacht hatte. Was jedoch für ihn den größten Wert hatte, war die seelische Überraschung, wie er es nannte, die innere psychologische Entwicklung der Komödie, die darin bestand, daß er Nelson dazu gebracht hatte, sich zu verraten. Wahrscheinlich ahnte Nelson das Vorhandensein des verräterischen Stückchen Papiers, das Krag gefunden und worauf stand, daß Murfy willig sei, gar nicht. Offenbar wäre diese Erkenntnis seiner Zeit für Nelson von außerordentlicher Wichtigkeit gewesen. Vielleicht bedeutete sie die Durchführung eines Verbrechens. – Wer war Murfy? – Und wer war Sewel, der das Papier unterzeichnet hatte? – Alles deutete darauf hin, daß diese Personen sich in Kristiania aufhielten oder doch bis vor kurzem hier anwesend waren. – Sollte Nelson wirklich der große Verbrecher sein, zu welcher Überzeugung Krag immer mehr kam, dann mußten diese Menschen doch seine Mitschuldigen sein. Im Falle sich diese Leute in Kristiania aufhielten, konnte man sich ja auch seine Unerschrockenheit erklären, womit er andeutete, daß er hier noch andere Zufluchtsstätten habe. Selbstverständlich ging er bei seinen Mitschuldigen aus und ein, wie es ihm gerade paßte. – Ihres Verschwindens wegen würde sich niemand an die Polizei wenden. Diese Theorie, die Krag augenblicklich ganz unangreifbar vorkam, erklärte ihm auch Nelsons Entweichen. Er hatte um jeden Preis mit seinen Helfershelfern sprechen müssen, um sie zu informieren. Warum er aber ins Gefängnis zurückkehrte, darüber gab die Theorie keine Auskunft.

Über diese Fragen sann Krag nach, als er in der mondhellen Nacht nach dem Zentrum der Stadt wanderte.

Er geriet mit sich selber in Zwiespalt. War es möglich, daß Nelson sowohl ein edler Mensch als auch ein verschlagener Verbrecher sein konnte? Daß er nicht nur aus Edelmut handelte, davon war Krag schon längst überzeugt. Das ging allein aus den gezinkten Karten hervor, die er in Nelsons Wohnung gefunden hatte. Ließen sich aber zwei so entgegengesetzte Charaktere in einem Menschen vereinigen? Vielleicht durch die Macht der Liebe? – Krag war ein Mann von nüchterner Anschauung. Er scheute sich vor allem, was nicht zu den Realitäten des Lebens gehörte. Vor allen Dingen wehrte er sich dagegen, mit jeglicher Art Sentimentalität zu rechnen. Lieber rechnete er damit, daß Lady Holmes in dieser Affäre eine Rolle spielte, die sowohl sie als auch Nelson vor ihm zu verbergen suchten, vielleicht dadurch, daß sie ein unerlaubtes Verhältnis vorschoben. Plötzlich fuhr er aus seinen Grübeleien auf.

Im Grunde spielten drei Personen im Drama mit, nämlich Nelson, Lady Holmes und Sir Cyrus Holmes.

Sir Cyrus Holmes – der berühmte Forschungsreisende.

Mit ärgerlichem Kopfschütteln verwarf Krag den Gedanken. Diesen wurde er jedoch nicht wieder los; er wurzelte tief in seinem Bewußtsein.

Die Kunde der merkwürdigen Flucht und Wiederergreifung des Engländers gelangte nicht an die Öffentlichkeit Eingeweihte wußten jedoch zu erzählen, daß Nelson den Versuch gemacht habe, in seine Wohnung zu gelangen, um die erforderlichen Mittel zur Flucht über die Grenze zu holen, und dort von Asbjörn Krag abgefaßt worden sei. Die Verhältnisse lagen so, daß Krag die für ihn so schmeichelhaften Gerüchte nicht dementieren konnte.

Nelsons Aussagen über die Bewerkstelligung seiner Flucht bestätigten sich bald. Er hatte die Vorteile benutzt, die den Untersuchungsgefangenen zugebilligt werden, besonders denen, die ein umfassendes Geständnis ablegen.

In seiner Zelle hatte man den Gefangenenwärter ohnmächtig aufgefunden. Nelson hatte dessen Uniformrock angezogen. In dieser Kleidung und mit Hilfe der Schlüssel war es ihm gelungen, unbemerkt durch alle Türen zu gelangen. Als der Gefangenenwärter wieder zu sich kam, war er von dem giftigen Tabak noch ganz verwirrt; in Fieberphantasien murmelte er: »Dann und wann eine solche Zigarette, das lasse ich mir gefallen, Herr Nelson, ja, ja, vielen Dank. Unsere Einnahmen erlauben uns nicht den Luxus, solche Zigaretten zu rauchen. Nein, sehen Sie, Herr Nelson, der Staat –«

In den folgenden Tagen strengte Krag sich an, herauszubekommen, wo Nelson sich während der Zeit zwischen seinem Entweichen aus dem Gefängnis und seinem Auftreten in der Wohnung am Parkweg aufgehalten haben könnte. Trotzdem der Detektiv alle Hilfsmittel anwandte, die in solchen Fällen den Kriminalbeamten zur Verfügung stehen, war es ihm jedoch nicht möglich, irgendeine Spur zu entdecken. Wo sich Nelsons Wohnung befand, schien ein unergründliches Geheimnis. Es war Krag nicht möglich gewesen, auch nur die geringste Spur der Mitschuldigen des Engländers ausfindig zu machen. Bisweilen unterhielt er sich mit Nelson in der Zelle. Anfänglich war Nelson mißtrauisch und vorsichtig; im Laufe der Zeit jedoch, als er bemerkte, daß Krag nicht recht weiterkam, stellte sich sein alter Humor wieder ein. Nach und nach nahm er eine ironische und überlegene Sprechweise an.

Dagegen war es Krag gelungen, einige Indizienbeweise – ganz unbedeutende Nebenumstände – zu fin den, die mit der ganzen Angelegenheit in Verbindung stehen mußten, jedoch miteinander nicht in Einklang zu bringen waren, weil zwischendurch zu viel fehlte.

Nelson selbst verweigerte jede Aussage, die über den Rahmen dessen hinausging, was er beim ersten Verhör gesagt hatte. Man hatte bei allen europäischen Kriminalämtern vorgefragt, ohne jedoch Näheres über ihn zu erfahren. Sein Name schien zuerst in Kristiania aufgetaucht zu sein. Daß sich unter diesem Namen ein anderer und bekannterer verbarg, davon war man überzeugt.

Er hatte jedoch den Diebstahl bei dem Generalkonsul Spade und den Diebstahlversuch bei Sir Cyrus Holmes zugegeben; es blieb demnach kein anderer Ausweg als der, die ganze Angelegenheit dem Schwurgericht zu übergeben.

Und hierbei kam es zu der großen Überraschung, zu der ungeheuren Sensation, die noch manchem lebhaft in der Erinnerung sein mag, und die vor aller Welt das Geheimnis entschleierte, das Krag so sehr verstimmte.

Die ganze Sache nahm eine neue Wendung, als die Schwurgerichtsverhandlung am 24. Oktober, vormittags zehn Uhr, ihren Anfang nahm, indem der Vorsitzende sich erhob und den Befehl erteilte: »Man führe den Angeklagten herein.«

XXIII.

In der im Oktober dieses Jahres stattfindenden Schwurgerichtsverhandlung wurden außer der Verhandlung gegen den Großverbrecher Nelson nur unbedeutende Betrugsfälle behandelt.

Veranlaßt durch die Zeitungsreferate, nannte man ihn allgemein den Großverbrecher. Man wußte nichts weiter von ihm, als daß er den Diebstahl bei dem Generalkonsul Spade und den Diebstahlversuch bei Sir Cyrus Holmes zugegeben habe, die Allgemeinheit aber hielt ihn für den Großverbrecher, weil die auffallend genial ausgeführten Verbrechen mit seiner Verhaftung aufhörten.

Dieser Fall war nicht nur an und für sich von größtem Interesse, es kam noch hinzu, daß diese Affäre während dieser Gerichtsperiode die einzige von Bedeutung war. Man vermutete einen außergewöhnlichen Zudrang Neugieriger, aus welchem Grunde der Gerichtshof beschloß, für die Zuhörerplätze Karten auszugeben. In dieser Weise wurde der gewöhnliche Andrang von Müßiggängern und angehenden Verbrechern ver-

mieden; dafür wurde aber einem Publikum Platz gemacht, dessen aufdringliche Neugier an das berühmte Pariser Publikum erinnerte, das bei Entscheidung irgendeiner sensationellen Gerichtsverhandlung die Zuhörerplätze stürmt. Besonders die Damen der Stadt, die sonst bei allen Premieren zugegen waren, hatten sich eingefunden. Ihr Instinkt mochte ihnen sagen, daß sich hier möglicherweise etwas abspielen möchte, was nicht zur großen Alltäglichkeit gehörte.

Über die erste Gerichtssitzung berichtete die »Abendzeitung«: »Man glaubte sich in einen Konzertsaal oder in ein Theater versetzt. Neu auftauchende Gerüchte wollten wissen, daß der Andrang zu den Vernehmungen enorm sein würde, und daß jegliche Zulassung mit großen Schwierigkeiten verbunden sei. Dieses genügte den Damen, die mit den sensationellen Begebenheiten der Stadt immer à jour sein müssen. Mit allen Mitteln suchten sie sich Einlaß zu verschaffen, gerade deswegen, weil Schwierigkeiten bereitet wurden. Der Angeklagte war ja ein Mann von kosmopolitischem Anstrich, ein internationaler Abenteurer, der vor seiner Entlarvung durch sein anziehendes Auftreten gerade die Damenwelt bezaubert hatte, die jetzt mit grimmigen Blicken der sonderbaren Gerichtsverhandlung beiwohnte. Gerichtsbeamte, Rechtsanwälte und Repräsentanten der Presse wissen sicherlich allerlei darüber zu erzählen, wie Freunde und Freundinnen der Freunde und wieder Freundinnen der Freundinnen Himmel und Hölle in Bewegung gesetzt haben, um sich Einlaßkarten zu verschaffen. Bei einer solchen Beteiligung ausschließlich Neugieriger, wie es sich bei dem gestrigen Gedränge offenbarte, liegt die Frage nahe, ob nicht die Würde der Gerichtsverhandlungen eine Einschränkung der Öffentlichkeit erforderlich macht, da letztere unmöglich den Verhandlungen dienlich sein kann, sondern sie nur hemmen muß.«

Eine solche Bemerkung in einem norwegischen Blatt bezeichnet besser als alles andere die Wichtigkeit dieser Begebenheit. Als der Vorsitzende mit dem Befehl: »Man führe den Angeklagten herein!« diese aufsehenerregende Gerichtsverhandlung eingeleitet hatte, wurde es in dem großen Schwurgerichtssaal so still, daß man deutlich die Stimmen von der Straße her vernehmen konnte. In dem Augenblick jedoch, als sich die Tür öffnete und der Arrestant zwischen zwei Kriminalbeamten aufrechten Ganges eintrat, kam Bewegung in die Zuschauer. Durch den Saal rauschte das Gemurmel vieler Stimmen, gleich einem Brausen der Wellen längs des Strandes. Die Sensation machte sich so bemerkbar, daß der Vorsitzende die Glocke ergriff, der Versammlung mitteilte, daß die geringste Unruhe oder Kundgebung augenblicklich Ausschließung der Öffentlichkeit zur Folge haben würde.

Als der Angeklagte den Lärm hörte, wandte er das Gesicht nach dem Zuschauerraum. Er lächelte nicht; aber in seinem Blick lag etwas Neugieriges und Forschendes, als suchte er etwas. Er trug denselben Anzug, den er nach dem Fluchtversuch anhatte: er war durchaus tadellos und sauber, was verwunderlich schien, da er doch einen Monat im Gefängnis gesessen hatte. Keiner der Zuhörer ahnte, daß die Sorgfalt, die dieser unverbesserliche Dandy während der ganzen Dauer seiner Untersuchungshaft seiner äußeren Erscheinung widmete, immer dieselbe geblieben war. Das erste Schneideretablissement Kristianias hatte in diesem Monat in ihm einen neuen Kunden bekommen; ihm war die Aufsicht über seine Garderobe übertragen worden. Von den wenigen Goldstücken, die man bei ihm gefunden hatte, und die er behalten durfte, beglich Nelson seine Rechnung.

Der Vorsitzende, die Richter und die Geschworenen waren noch mit dem Ordnen ihrer Akten beschäftigt. Diese wenigen Minuten gaben dem Publikum Gelegenheit zur Betrachtung der Hauptperson dieses Dramas.

Der Vorsitzende war der wegen seiner Rechtlichkeit und Humanität bekannte Dr. jur. Blink, von dem man behauptete, es sei nur eine Frage der Zeit, daß er Leiter des höchsten norwegischen Gerichtshofes werden würde. Die Geschworenen setzten sich wie gewöhnlich aus Bürgern Kristianias zusammen, Kaufleuten, Handwerkern, einigen akademisch gebildeten Beamten, die alle neugierig, aber ohne Feindseligkeit dieses fremde und seltsame Exemplar der Verbrecherwelt anblickten, über dessen Schicksal sie entscheiden sollten.

Der Verteidiger war ein bekannter Rechtsanwalt, einer der ältesten und angesehensten der Stadt. Er durchblätterte zögernd seine Akten; einem aufmerksamen Beobachter mußte eine gewisse Ratlosigkeit in seinem Gesicht auffallen. Das Ganze machte – mit dem interessierten und sensationshungrigen Publikum im Hintergrund – ganz den Eindruck eines dramatischen und äußerst spannenden Schauspiels. Die wenigst sympathische Figur spielte der Staatsanwalt, der ja in fast allen großen Gerichtsverhandlungen die unsympathischste Rolle spielt. Während dieser Sitzung lag das Amt in Händen eines noch jungen Staatsanwaltes, eines kleinen lebhaften Herrn, dem man sofort den modernen, smarten Juristen ansah.

Als der Staatsanwalt Platz genommen hatte, musterte er sein Opfer mit überlegener Sicherheit. Mr. Nelson hielt seinem Blick stand, der Engländer schien sich nicht für ihn zu interessieren. Allem Anschein nach hatte der Angeklagte für den ganzen Apparat, der seinetwegen in Bewegung gesetzt worden war, nicht das mindeste Interesse. Wenn der Vorsitzende ihn in diesem Augenblicke gefragt hätte, ob er einen besonderen Wunsch hege, würde er sicher geantwortet haben: »Wenn erlaubt, bitte eine Zigarette.«

Ein Herr von mittleren Jahren hatte ganz rechts auf der Bank Platz genommen, die für besonders Geladene reserviert war. Nur wenige der hier Versammelten kannten ihn; diese wenigen machten sich jedoch gegenseitig auf ihn aufmerksam.

Er saß mit gekreuzten Armen. Obgleich sein Kopf eine ziemliche Glatze aufwies, war doch das Haar an den Ohren schon graumeliert, was darauf deuten konnte, daß er älter sein mußte, als man seiner Haltung und seinem jungen, energischen Gesicht nach glauben sollte. Er saß so, daß das Publikum sein charaktervolles und scharfgeschnittenes Gesicht mit den tiefliegenden Augen sah. Dieser Herr war Asbjörn Krag.

XXIV.

Zu Beginn der Gerichtsverhandlung war die Aufmerksamkeit des Publikums auf das Studium der Hauptperson gerichtet. Anfänglich kam absolut nichts anderes zutage, als das, was der Allgemeinheit schon durch die Zeitungsartikel bekannt war. Es wurde festgestellt, daß der Angeklagte Nelson während der Voruntersuchung betreffs seiner Handlungen hartnäckig geschwiegen habe.

Den Einbruch bei dem Generalkonsul Spade und den Diebstahlversuch bei dem englischen Forschungsreisenden hatte er zwar eingestanden; darüber hinaus aber nicht das geringste gesagt. Immer wieder verlangte er jedoch: »Verurteilen Sie mich; ich habe ja gestanden.« Man vermochte aber nicht, ihn dazu zu bringen, über Einzelheiten Auskunft zu erteilen.

Man bezweifelte, ob sein Name wirklich Nelson sei; es war der Kriminalpolizei bisher nicht gelungen, dieses festzustellen. Hier in Kristiania war er unter dem Namen Nelson aufgetaucht, und es war nicht möglich gewesen, Aufklärung über seine Vergangenheit zu erhalten.

Der Chef der Kriminalpolizei, einer der ersten Zeugen, stellte fest, daß hier der seltene Fall eingetreten sei, daß man eine vollkommen unbekannte Größe, einen Mann, von dem man nur wisse, daß er ein Verbrechen begangen und zugegeben habe, verurteilen müsse, dessen sonstiges Leben und dessen Handlungsmotive ein undurchdringliches Dunkel verberge. Der Polizeichef bemerkte ganz richtig, daß man hier gewissermaßen das eigentliche Verbrechen, also das Verbrechen an sich, diesmal nicht durch ein Individuum repräsentiert, sondern durch eine abgeschlossene und bestimmt umgrenzte Periode im Dasein dieses Individuums beurteilen müsse. Als Entschuldigung für das negative Resultat der Kriminalpolizei gab der Chef derselben einen ausführlichen Bericht betreffs der Anstrengungen, die gemacht worden waren, um sich Klarheit über den Verbrecher zu verschaffen. Niemand hatte Nelson vor seinem Auftreten in Kristiania gekannt. Durch sein angenehmes liebenswürdiges Auftreten war es ihm gelungen, Zutritt zu den besten Kreisen zu erhalten, wo seine weltmännische Erscheinung und sein scheinbarer Reichtum imponierten.

Allen Polizeiämtern des Auslandes war sein genaues Signalement zugegangen; die Resultate dieser Bemühungen hatten jedoch absolut keinen Erfolg. Man hatte sich nicht nur an die auswärtige Polizei gewandt, sondern auch Konsulatsnachforschungen anstellen lassen; aber auch dies war gänzlich erfolglos gewesen.

Der junge, eifrige Staatsanwalt, dem man es deutlich anmerkte, daß er sich in diesem aufsehenerregenden Prozeß seine ersten Sporen verdienen wollte, legte gerade dem Umstand, daß der Angeklagte so hartnäckig schwieg, großes Gewicht bei.

»Trotz des größten Wohlwollens«, sagte er, »wird der Verteidiger, mein verehrter Kollege, in dieser systematischen Verweigerung jeglicher Aussage auch nicht das geringste finden, was für den Verlauf der Sache von Vorteil wäre. Im Gegenteil, die Herren Geschworenen werden zu der Einsicht kommen, daß der Angeklagte dadurch, daß er über seine Vergangenheit und über seine Motive Auskunft gäbe, sich die Möglichkeit schaffen würde, milder beurteilt zu werden. Da er dieses absichtlich nicht getan hat, wird er vermutlich so viel auf dem Kerbholz haben, daß Geständnisse seine augenblickliche Lage nur verschlimmern würden.«

In dieser Weise suchte der Staatsanwalt schon von vornherein festzustellen, daß man es hier mit einem waghalsigen und gefährlichen internationalen Verbrecher zu tun hätte, der schlau genug sei, über seine Ver-

gangenheit konsequentes Schweigen zu wahren, und nur die beiden Verbrechen gestand, die er absolut nicht leugnen konnte. Wahrscheinlich hoffte er dadurch eine mildere Strafe zu erlangen als die, welche ihm von Rechts wegen zustände.

Augenscheinlich schlossen sich sowohl der Gerichtshof als auch das Publikum der Anschauung des Staatsanwalts an.

Dem Verteidiger war es daher sehr schwierig gemacht, der Sache eine dem Angeklagten günstige Wendung zu geben. Es gelang ihm jedoch, zum Entzücken der anwesenden Damen, den Helden dieses Dramas mit erneutem romantischen Glanz zu umgeben. Er richtete an den Angeklagten einige Fragen, die Nelson so beantwortete, daß sie weit eher zugunsten des Staatsanwaltes ausfielen. Bald fiel es aber auf, daß der Verteidiger gerade hierdurch die Beweisführung des Staatsanwaltes zu widerlegen suchte.

Als der Angeklagte sich erhob, um die an ihn gerichteten Fragen zu beantworten, mußte der Vorsitzende wiederum zur Glocke greifen, da sich im Saale große Unruhe bemerkbar machte. Alle standen auf, um den Verbrecher zu Gesicht zu bekommen. Wie er so vor der Anklagebank stand, los und ledig, elegant, in aufrechter Haltung seine Richter anblickend, konnte man sich ihn kaum als einen frechen Eindringling vorstellen, der in Lady Holmes Boudoir eingedrungen war, um Juwelen zu stehlen. Es waren sicherlich in diesem Augenblick unter dem interessierten Publikum viele, die eine geheime Sympathie für ihn empfanden.

»Außer dem Einbruchsdiebstahl bei Sir Cyrus Holmes geben Sie auch den Golddiebstahl bei dem Generalkonsul Spade zu?« fragte der Verteidiger.

»Ja.«

»Dort wurde eine beträchtliche Summe gestohlen. Wo ist dieser Betrag?«

»Das weiß ich wirklich nicht,« antwortete Nelson.

»Diese Antwort haben Sie schon während der ganzen Voruntersuchung gegeben,« konstatierte der Staatsanwalt. »Bedenken Sie doch, daß nur eine klare Beantwortung dieser Fragen eine mildere Beurteilung herbeiführen kann.«

»Außer dem Einbruch bei Generalkonsul Spade«, fuhr der Verteidiger fort, »sind jedoch noch andere größere Einbruchsdiebstähle hier im Ort vorgekommen. Diese Einbrüche, die mit größter Schlauheit ausgeführt sind, hörten mit Ihrer Verhaftung auf. Auch für diese kommen Sie in Betracht. Haben Sie sie ausgeführt?«

»Nein,« war die bestimmte Antwort.

»Ich mache Sie darauf aufmerksam,« bemerkte der Verteidiger, »daß ein Geständnis betreffs dieses Punktes nur geeignet ist, Ihre Sache günstig zu gestalten.«

»Das verstehe ich vollkommen; aber meine Antwort bleibt bestehen.«

Nun ersuchte der Verteidiger um Verhör des Kriminalpolizeichefs. In liebenswürdiger Weise wandte er sich diesem zu. »Eigentlich ist es ja überflüssig, Sie zu fragen, ob betreffs des Überfalls auf Lady Holmes ein Schuldbeweis gegen den Angeklagten vorliegt?«

»Lady Holmes wird sofort als Zeugin ihre Aussagen machen,« unterbrach der Staatsanwalt.

Der Verteidiger machte dem Chef der Kriminalpolizei ein Zeichen, das heißen sollte: »Ich wünsche nur von Ihnen die Antwort.«

Der Verteidiger fragte weiter: »Wie steht es mit dem Beweis betreffs des Einbruches bei Generalkonsul Spade?«

»Darüber haben wir im Grunde keine anderen Anhaltspunkte als das Geständnis des Angeklagten. Einer seiner Manschettenknöpfe ist zwar im Garten gefunden worden; da der Angeklagte jedoch am vorhergehenden Abend an einem Gartenfest des Herrn Konsuls teilgenommen hat, hat er ihn möglicherweise schon dann verloren.«

»Der Angeklagte hätte also zu seinen Gunsten dieses Vergehen einfach leugnen können?«

»Ja.«

»Ist es denn nicht eine sehr auffällige Tatsache, daß er konsequent daran festhält, den Einbruch bei dem Generalkonsul begangen zu haben?«

»Sie haben recht,« erwiderte der Chef der Kriminalpolizei.

XXV.

Als der Verteidiger die Worte vom konsequenten Festhalten fallen ließ, horchte der Angeklagte auf. Nun stand er auf. »Ich habe diesen Diebstahl eingestanden, weil ich mit Konsequenz daran festhalte, die Wahrheit zu sagen. Ich wünsche für meine Vergehen verurteilt zu werden. Ich habe das Geständnis abgelegt. Genügt das nicht, um verurteilt zu werden?«

»Ihren Wunsch werden wir schon erfüllen; als Verteidiger aber ist es meine Pflicht, darauf zu achten, daß man Ihrem Geständnis nicht mehr Wert beilegt, als es tatsächlich hat.« Er wandte sich wieder an den Chef der Kriminalpolizei: »Außer diesem etwas unklaren Beweis durch den Manschettenknopf gibt es also keine zwingenden Indizienbeweise dafür, daß der Angeklagte diesen Einbruch begangen hat?«

»Nein.«

»Hat die Polizei denn Spuren feststellen können, die darauf hindeuten, daß der Angeklagte für andere Einbrüche in Betracht kommen könnte?«

»Nein,« antwortete der Gefragte. »Ausgenommen, daß jeder Sachverständige einräumen muß, daß zwischen dem Einbruch beim Generalkonsul und den übrigen Einbrüchen ein gewisse Ähnlichkeit besteht. Überall ist mit größter Verschlagenheit zu Werke gegangen, überall die gleiche schlaue und kühne, ja elegante Ausführung.«

»Das ist ja nur eine ganz persönliche Auffassung,« entgegnete der Verteidiger.

»Leider haben wir nicht mehr zu bieten.«

»Da Sie nun einmal Ihre persönliche Auffassung hier vorgebracht haben,« fuhr der Verteidiger fort, »darf ich Sie wohl fragen, ob es Ihnen nicht auch aufgefallen ist, daß der Angeklagte es ganz vorzüglich verstanden hat, die Spuren seiner Verbrechen zu verwischen?«

»Ja,« gab der Beamte zu.

»Ist Ihnen ein solcher Fall schon früher vorgekommen?«

»In fast allen Fällen hinterläßt der Täter irgendeine Spur. Ich glaube mit Bestimmtheit sagen zu können, daß in allen Fällen, wo ein Einbrecher ergriffen und ein Geständnis abgelegt wird, Indizienbeweise vorliegen, die die Aussagen bestätigen. Gewöhnlich geht es aus der Verhaftung Mitschuldiger oder durch Auffindung der gestohlenen Gegenstände hervor.«

»Wenn er diesen Diebstahl nicht eingestanden hätte, würden Sie ihn deswegen angeklagt haben?«

»Darüber würde ich im Zweifel gewesen sein.«

»Wie groß würde dieser Zweifel sein?«

»So groß, daß ich es nicht hätte verantworten können, die Beschuldigung aufrecht zu halten.«

Hier unterbrach der Staatsanwalt: »Hat der Herr Verteidiger wirklich im Sinne, das Geständnis des Angeklagten zu entkräften? Dann wäre die ganze Gerichtsverhandlung ja sinnlos. Es scheint mir, daß es einem Verteidiger nicht zukommt, die Wahrheit, die in dem vorbehaltlosen Geständnis des Angeklagten liegt, verschleiern zu wollen.«

»Ich berufe mich auf meine lange Gerichtspraxis. Während dieser ist es mehr als einmal vorgekommen, daß ein Verbrecher ein kleineres Vergehen eingesteht, um dadurch ein größeres zu verbergen. Ein vorbehaltloses Geständnis kann daher auch in anderer Absicht abgegeben werden. Ich trachte in ebenso hohem Grade nach der Wahrheit, wie mein sehr verehrter Kollege. Ist es Ihnen nicht sonderbar vorgekommen, daß der Angeklagte Nelson so plötzlich und rückhaltlos sein Geständnis ablegte, obgleich er es ja gar nicht nötig hatte?«

»Ich habe es nur auffallend gefunden, daß ein so nüchterner und berechnender Mann ohne weiteres ein Vergehen gesteht, das seine Lage so verschlechtert.«

»Sind Sie sich also darüber klar, daß Nelson nur des Diebstahlversuchs bei Sir Cyrus Holmes bezichtigt wäre, wenn er nicht den Einbruch bei dem Generalkonsul Spade zugegeben hätte? Damit wäre die ganze Angelegenheit bedeutend einfacher gewesen. Dies Geständnis macht aus einem ganz gewöhnlichen Dieb den gefürchteten und lange gesuchten Räuber, den Gentlemandieb. Mit aller Gewalt will er der Gentlemandieb sein, nicht wahr?«

»So sonderbar sich die Sache ausnimmt,« entgegnete der Chef der Kriminalpolizei, »ich habe genau denselben Eindruck davon.«

»Was kann ihn aber zu einem so merkwürdigen Auftreten veranlassen?«

Der Gefragte lächelte. »Darüber haben wir uns ja einen Monat den Kopf zerbrochen, ohne daß es uns geglückt wäre, den Grund zu finden.«

»Angenommen, Sie wären dem Grund auf die Spur gekommen,« fragte der Verteidiger den Chef weiter, »glauben Sie dann auch, den Grund gefunden zu haben, weshalb er die übrigen Vergehen nicht eingestanden hat?«

»Sehr wahrscheinlich.«

»Könnte man nicht annehmen, daß der Grund allein darin läge, daß er nichts zu gestehen hat?«

»Niemals wird ein Mann sich freiwillig ins Zuchthaus begeben,« war die Antwort. Der Verteidiger blickte von seinen Akten auf und sagte: »Ja, das wäre möglich! – Ich habe nur feststellen wollen, daß das Geständnis des Angeklagten an und für sich rätselhaft ist. Nicht allein, daß absolut keine Beweise vorliegen: das Geständnis scheint ziemlich sinnlos zu sein. Der Polizei ist es nicht gelungen, irgendeine Auskunft über die Persönlichkeit des Angeklagten zu ermitteln. Er selbst gibt nicht die geringste Auskunft. Er ist uns allen ein großes Geheimnis. Die Vermutung liegt nahe, daß sich hinter dem Namen Nelson ein Mann verbirgt, der zu Unrecht in diesem Saale und auf dieser Anklagebank sitzt. Meine Herren, wir dürfen annehmen, daß sein Geständnis, der Gentlemandieb zu sein, nur darum zustande gekommen ist, um eine gewisse andere Person zu verbergen. Es spielen sich im Menschenleben mancherlei Tragödien ab; es können im Dasein eines Menschen Geschehnisse eintreten, wo selbst die ärgste und herabwürdigendste Lüge der Wahrheit vorzuziehen ist. Hiermit will ich keine Behauptung ausgesprochen haben. Ich weiß nichts. Ich habe damit nur andeuten wollen, daß der Angeklagte vielleicht dies Geständnis gemacht hat, um etwas anderes damit zu verdecken. Vielleicht ist es gar nicht einmal aus egoistischen Gründen geschehen. Ich nehme sogar das Gegenteil an. Halten wir uns vorläufig an dieses winzige Körnchen Sympathie. Später kann darauf näher eingegangen werden. Uns fehlen ja noch die Zeugenaussagen. Sir Cyrus Holmes ist der erste Zeuge. Rufen Sie ihn herein. Bitte, wünscht der Angeklagte sich zu äußern?«

Nelson hatte sich erhoben. Er war nicht imstande, seinen Zorn noch länger zu verbergen.

XXVI.

Es schien, als hätte der Angeklagte zum ersten mal seine sonst zur Schau getragene Ruhe und Selbstbeherrschung verloren. Mit finsteren Blicken hatte er schon die ganze Zeit den Verteidiger angesehen. Er ging auf die Schranke zu, hielt jedoch plötzlich inne und schien sich zu bedenken.

Man erwartete nun allgemein, daß er jetzt endlich den Schleier lüften würde, der die ganze Angelegenheit in Dunkel hüllte, er besann sich jedoch im äußersten Moment, ja man sah es ihm an, daß er sich förmlich Gewalt antun mußte, um nicht diese Dummheit zu begehen. Der Vorsitzende machte eine ermutigende Handbewegung; man war so begierig, seine Worte zu hören, daß man ihn beinahe wie einen Ehrengast behandelte.

»Bitte,« forderte ihn der Vorsitzende auf, »äußern Sie sich nur.«

Währenddessen hatte sich der Angeklagte jedoch besonnen. »Nein,« gab er kurz zur Antwort, wandte sich um und begab sich wieder an seinen Platz. Die Herren vom Gericht sahen sich verdutzt an, während der Chef der Kriminalpolizei den Kopf schüttelte. Diejenigen jedoch, die den Blick gesehen hatten, den Nelson seinem Verteidiger zuwarf, als er vor die Schranke trat, wunderten sich über die Gehässigkeit, die im Blicke lag.

Der alte Herr schien diesem Umstand jedoch nicht die geringste Bedeutung beizulegen. Er blätterte in seinen Akten, als sei nichts geschehen. Kaum hatte der Angeklagte seinen Platz wieder eingenommen, als der Jurist sich an den jungen, leicht ergrauten Herrn wandte, der auf dem reservierten Platz saß. Dieser war kein anderer als Asbjörn Krag. Der Verteidiger nickte ihm zu und der Detektiv antwortete durch bedeutungsvolles Niederschlagen des Blicks. Augenscheinlich hatte die absonderliche Art und Weise des Verhörs Unruhe und Unsicherheit beim Publikum hervorgerufen. – Ein vernehmliches Raunen und Flüstern machte sich im Saal bemerkbar. Man rechnete damit, daß etwas Besonderes bevorstände, daß der berühmte Jurist, der durch überraschende Manöver schon so manche Gerichtsverhandlung zu ungeahntem Abschluß gebracht hatte, irgendeine Sensation in Vorbereitung hielt. Zur allgemeinen Verwunderung konstatierte man, daß zwischen dem Verteidiger und dem Angeklagten nicht gerade das beste Verhältnis herrschte. Man gewann Fühlung mit einer geheimnisvollen Sache, die sich zu entwickeln schien. Sogar der Vorsitzende schien nicht mehr ganz Herr der Situation zu sein. Nach dem Verhör der Kriminalpolizei trat eine Pause ein. Dann fragte der Vorsitzende: »Welche Zeugen wünscht der Herr Verteidiger nun zu vernehmen?«

»Lady Holmes,« entgegnete dieser.

Der Staatsanwalt erhob sich: »Von seiten der Staatsanwaltschaft steht nichts im Wege, daß das Verhör dieses Zeugen in Wegfall kommt. Es sind genug Zeugen, die in dem Augenblick der Ergreifung des Diebes zugegen waren. Diese können aussagen, wie brutal und rücksichtslos der Angeklagte bei seinem Verbrechen vorgegangen ist. Mir ist unter der Hand davon Mitteilung gemacht worden, daß Lady Holmes' Gemütszustand durch das Vorgefallene dermaßen erschüttert ist, daß eine Zeugenvernehmung im Beisein einer solchen sensationshungrigen Menge ihrer Gesundheit im höchsten Grade schädlich wäre. Ich schlage vor, dem Verlangen des Verteidigers, Lady Holmes zu vernehmen, nicht nachzukommen.«

»Ich bestehe darauf, daß diese Dame vernommen wird,« protestierte der Verteidiger.

»Es ist unnötig und steigert nur die Sensation,« entgegnete der Staatsanwalt ironisch.

Plötzlich stand der Angeklagte selbst vor den Schranken. Nicht die geringste Erregung war an ihm zu bemerken. – Wie er so dastand, schlank und elegant, ein Mann von Welt und doch ein großer Verbrecher, war er der Gegenstand aller Blicke. An den Vorsitzenden gewandt, begann er:

»Ich will in keiner Weise versuchen, meine Angelegenheit auszuschmücken. Ich habe alles bekannt. Ich verlange nur, daß man mich verurteilt. Mein brutales Auftreten gebe ich zu. Alle Zeugenaussagen stimmen; ich habe nicht das geringste einzuwenden. Weitere Zeugenvernehmungen bringen nichts Neues zutage, vor allem wird keine Zeugenaussage zu meinen Gunsten ausfallen. Meine Verschwiegenheit über einzelne Punkte, wie z.B. im Hinblick auf meine Motive, hat nicht den Zweck, etwas zu vertuschen, was für mich schlimme Folgen haben könnte. Nehmen Sie an, daß mir daran liegt, in einsamer Zelle über mein Schicksal und mein verlorenes Leben nachzudenken. Meine Herren, ein Mensch, der das Unabwendbare seines unglücklichen Geschickes klar vor Augen sieht, der trägt seine Stimmungen und Gefühle nicht in die Öffentlichkeit Solch ein Mensch bin ich. Der Strafe gehe ich nicht aus dem Wege; aber es ist ganz allein meine Angelegenheit, ob ich meine Handlungen bereue oder nicht. Ich könnte mir denken, daß die Dame, die jetzt als Zeugin vernommen werden soll, bei meinem Anblick aus Mitleid, dieses oder jenes als Entschuldigungsgrund für mich anführen wird; denn sie ist eine edle Frau. Ich will aber kein Mitleid. Ich kann begreifen, daß es Lady Holmes sehr peinlich berühren muß, in dieser häßlichen Sache als Zeuge aufzutreten. Darum bitte ich, sie von der Zeugenaussage zu befreien. Von vornherein verzichte ich auf das, was sie möglicherweise zu meiner Entschuldigung vorzubringen hat. Ich wünsche als Verbrecher verurteilt zu werden, d.h. ohne Barmherzigkeit, damit mein Gemütszustand befriedigt wird.«

Nelson hatte klar und deutlich gesprochen. Sein Auftreten zeugte von Mut und starkem Willen; seine edle Haltung machte den denkbar günstigsten Eindruck auf das Publikum.

Der Staatsanwalt verneigte sich fast unmerklich, jedoch so, daß jeder seine Zustimmung mit den Ausführungen des Angeklagten wahrnehmen konnte. Der Verteidiger war jedoch unbarmherzig.

»Ich plage mich damit ab, diese Angelegenheit, die noch an so vielen Punkten in Dunkel gehüllt ist, aufzuklären,« begann er. »Ich protestiere dagegen, daß Rücksicht auf nebensächliche Umstände mich daran hindern sollen. Im Interesse der Wahrheit verlange ich, daß die Zeugin herbeigerufen wird; denn gerade die Aussagen dieses Zeugen scheinen mir so wichtig zu sein, daß ich mein Mandat sofort niederlege, wenn meinem Wunsche nicht entsprochen wird.«

Nach diesen entschiedenen Worten blieb dem Gerichtshof keine andere Wahl, als die Zeugin zu vernehmen.

Man rief Lady Holmes' Namen auf. Tief verschleiert betrat sie den Gerichtssaal.

Während die Aufmerksamkeit aller auf die junge Dame gerichtet war, nahm Asbjörn Krag die Gelegenheit wahr, dem Verteidiger wenige Worte zuzuflüstern. Dieser nickte ihm verständnisinnig zu.

XXVII.

Lady Holmes war in Begleitung eines Gerichtsbeamten und Sir Cyrus Holmes' in den Gerichtssaal getreten. Der Gesichtsausdruck des berühmten Forschers war sehr ernst, aber seine Züge verrieten nicht im mindesten seine Gemütsverfassung. Seine Forschungen hatten ihn schon ganz andere Auftritte erleben lassen. Das Publikum erkannte ihn nach den Photographien in den illustrierten Blättern.

Ein Stuhl wurde herbeigebracht, auf dem Lady Holmes Platz nahm. Bisher hatte sie die Augen nur auf den Vorsitzenden geheftet. Sie schien sich geborgen zu fühlen, wenn ihre Augen fest auf seiner Person ruhten.

Asbjörn Krag hatte nicht wie die andern Zuhörer ausschließlich seine Aufmerksamkeit auf das Paar vor dem Richterstuhl gerichtet. Beim Eintreten Lady Holmes' hatte er den Ausdruck im Gesicht des Angeklagten genau studiert, Nelson aber hatte keinen Blick für sie. Wie ein Träumender starrte er durch die großen Fensterscheiben des Schwurgerichtssaales. Dort draußen leuchtete die blaue Luft des sonnenhellen Tages, die Freiheit, die ihm vielleicht für lange Zeit versagt blieb. Es fiel dem Detektiv auf, wie der Angeklagte mit Absicht Lady Holmes' Erscheinung zu vermeiden suchte.

Sir Holmes ersuchte den Vorsitzenden, seiner Gemahlin zu gestatten, den Schleier nicht zu entfernen, um ihr die peinliche Situation nicht noch unangenehmer zu machen. Ohne Bedenken erklärte sich der Vorsitzende damit einverstanden; Asbjörn Krag witterte jedoch die Schauspielerin Lizzie, die ihre schöne Erscheinung und ihr hübsches Gesicht dem Londoner Publikum zur Schau gestellt hatte. War der Übergang vom erdichteten zum wirklichen Drama ihr so peinlich?

Mit Hilfe eines Dolmetschers, der neben ihr stand, machte Lady Holmes ihre Aussagen. Allgemein betrachtet, besaßen diese keinen relativen Wert. Im wesentlichen wiederholte sie nur, was schon bekannt war. Daher schien es manchem unverständlich, daß zum Beispiel Asbjörn Krag und der Verteidiger ihren Ausführungen das größte Interesse entgegenbrachten. Vielleicht waren es aber nicht die Worte an sich, die ihr Interesse erregten, sondern die Art und Weise, der Ton, wie alles gesagt wurde. Es hatte den Anschein, als wollte der erfahrene Jurist durch seine Fragen, die sie beantworten mußte, ihre Gemütsverfassung ergründen.

»Aus welchem Grunde hatten Sie sich von der Gesellschaft zurückgezogen?« fragte der Verteidiger.

»Ich war müde,« antwortete sie.

»Wie lange hatten Sie schon geruht, als der Dieb Ihr Zimmer betrat?«

»Ich nehme an, etwa eine halbe Stunde.«

»Schliefen Sie?«

»Ich erwachte erst, als er neben mir im Zimmer stand.«

»Warum riefen Sie nicht gleich um Hilfe?«

»Im Halbdunkel glaubte ich, jemand von der Dienerschaft sei im Zimmer. Ich fragte, was er wollte.«

»Welche Antwort gab er Ihnen?«

»Er erwiderte nichts. Er fiel über mich her.«

»Erzählen Sie, wie dieser Vorfall vor sich ging.«

Hilfesuchend blickte Lady Holmes nach dieser Aufforderung den Vorsitzenden an.

»Es ist nicht nötig, hier die näheren Umstände zu ermitteln,« wandte er ein. »Wir haben hier die schriftliche Erklärung, an die wir uns halten können.« Er holte aus seiner Aktenmappe einige Schriftstücke hervor. Es waren die der Polizei gemachten Angaben, die er vorlas.

Während diese Dokumente verlesen wurden, stellte der Verteidiger wiederum mehrere Fragen, die mehr darauf abzielten, wie die Zeugin die Fragen an sich aufnahm, als daß sie gerade zur Klarlegung dunkler Punkte notwendig waren. Er fragte unter anderem:

»Blieb Ihnen nach Anblick des Täters keine Möglichkeit, um Hilfe zu rufen?«

»Nein,« antwortete Lady Holmes zögernd.

»Das scheint mir sehr sonderbar!« bemerkte der Anwalt.

Nun nahm der Staatsanwalt das Wort: »Es ließe sich doch denken, daß die gnädige Frau beim Anblick des Einbrechers so erschreckt gewesen ist, daß sie die Geistesgegenwart gänzlich verloren hat. So wird es wohl gewesen sein, gnädige Frau?«

»Ja,« entgegnete sie, »so war es.«

Der Vorsitzende fuhr im Verlesen fort. Aber gleich darauf unterbrach ihn der Verteidiger wieder:

»Glauben Sie, daß der Angeklagte, nachdem er Sie in den Lehnstuhl gepreßt und Ihnen das chloroformierte Tuch um den Kopf geschlungen hatte, Sie zu erwürgen beabsichtigte?«

»Nein,« gab sie sehr energisch zur Antwort.

»Wie kommen Sie zu dieser bestimmten Auffassung?«

»Ich merkte den Chloroformgeruch.«

»Sie waren ja fast bewußtlos, als man zu Hilfe eilte. Glauben Sie, daß der Schreck über die gemeine Brutalität des Täters zu Ihrer Bewußtlosigkeit ebensoviel beigetragen hat wie das Chloroform?«

Auf diese Frage gab Lady Holmes keine Antwort; als jedoch der Anwalt die Worte »gemeine Brutalität des Täters« mit besonderem Nachdruck sprach, zuckte sie zusammen und man merkte ihre gesteigerte Erregung. Endlich sagte sie: »Ich kann hier unmöglich über meine damalige Gemütsverfassung Rechenschaft ablegen.«

»Das Vorgehen des Verbrechers war natürlich äußerst frech und brutal. Sind Sie der Meinung, daß er Sie bei etwaigem Widerstand getötet hätte?«

Sie wurde plötzlich wieder sehr eifrig: »Nein, nein!«

»Bei der polizeilichen Untersuchung haben Sie selbst zu Protokoll gegeben, daß der Täter gesagt habe: ›Ruhig oder Sie sind des Todes!‹«

Lady Holmes überlegte, dann sagte sie: »Das war nur eine Redensart, eine Drohung. Ich bin fest davon überzeugt, daß er es nicht ernst gemeint hat.«

Der Verteidiger wandte sich an den Gerichtshof. »Ich bitte die Herren, sich diese Aussage zu merken. Sie spricht zugunsten des Angeklagten.«

Schließlich verlangte der Verteidiger, daß die Zeugin im Gerichtssaal anwesend sein sollte, damit er Gelegenheit hätte, ihr während der Zeugenvernehmung weitere Fragen vorzulegen.

Damit war der Vorsitzende jedoch nicht einverstanden.

Der Verteidiger bemerkte aber: »Mit Rücksicht auf die Interessen meines Klienten halte ich meinen Antrag aufrecht. Die Aussagen dieses Zeugen können dazu beitragen, daß man das Verhalten des Angeklagten milder beurteilt.«

»Ich – bleibe – gern,« sagte Frau Lizzie leise und stotternd. »Und ich will bleiben,« fügte sie hinzu.

»Ich danke Ihnen, gnädige Frau,« sagte der Verteidiger. »Ich habe wohl gedacht, daß ich mich nicht vergebens an Ihr gutes Herz wenden würde. Gerade der gemeinste Verbrecher hat unser Mitleid nötig.«

Der Angeklagte erhob sich. In demselben Augenblick wandte sich Lizzie Holmes um. Hinter dem Schleier leuchteten ihre Augen in sonderbarem Glanze. Einen Augenblick sahen sich die beiden, Angeklagter und Zeugin, an. Lady Holmes trat einen Schritt zurück, um an der Schranke einen festen Stützpunkt zu finden. Mit behandschuhten Händen klammerte sie sich daran. An und für sich war es ja gar nicht so sonderbar, daß sich die beiden – wenn auch zufällig – anblickten, und doch wirkte dieser stumme Auftritt so auf die Menge, daß augenblicklich im ganzen Saale völliges Schweigen herrschte.

XXVIII.

Im Verlaufe des Verhörs wurde die Art und Weise, in welcher die Verteidigung von Blink geführt wurde, immer auffälliger, ohne daß auch nur das Geringste vorgebracht wurde, was sein Vorgehen rechtfertigen konnte.

Diejenigen, die die leitenden Motive seiner Verteidigung verfolgten – die anwesenden Juristen waren mit größtem Interesse bei der Sache – glaubten, der Verteidiger beabsichtige den Anschein zu erwecken, daß Mr. Nelson aus irgendeinem edelmütigen Grunde seine Person in undurchdringliches Dunkel hüllte; vielleicht aus dem Grunde, seine angesehenen, jedoch unbekannten Angehörigen nicht dem Skandal auszusetzen.

Man war allgemein der Ansicht, daß dies Verfahren sehr dazu geeignet war, den Angeklagten sympathischer erscheinen zu lassen; man neigte aber zu der Annahme, daß dies Moment nicht ausschlaggebend sei. Sicher war das Hauptgewicht der Verteidigung darin begründet.

Gleichzeitig stellte man mit Erstaunen fest, daß der Verteidiger in weit höherem Maße unliebsame Bezeichnungen und Redewendungen auf den Angeklagten anwandte als der öffentliche Ankläger. Dadurch entstand eine Inkonsequenz, eine Spaltung in der Verteidigung, die man dem alten, erfahrenen Juristen nie zugetraut hätte. Dies veranlaßte viele, den Gedanken festzuhalten, daß der Verteidiger einen Nebenzweck verfolge, so daß noch eine ganz unerwartete Wendung eintreten würde.

Während der Staatsanwalt immer nur die neutrale Bezeichnung »der Angeklagte« anwandte, benutzte der Verteidiger Bezeichnungen, wie »Verbrecher«, »brutales Verbrechen« und dergleichen. – Hin und wieder wurde Lady Holmes von dem Verteidiger zu erneutem Verhör herbeigerufen. Sonderbarerweise handelte es sich dabei immer um Kleinigkeiten. Wenn jedoch Lady Holmes vor dem Richterstuhl stand, nannte er Nelson immer nur den Verbrecher. Scharfe Beobachter konnten bemerken, daß dieses Wort sie ungemein peinlich berührte.

Die Anklage wurde verlesen. Es zeigte sich nun, daß man in dem Schriftstück von den andern geheimnisvollen Einbrüchen in der Stadt abgesehen hatte und sich darauf beschränkte, dem Angeklagten den vollführten Einbruch bei dem Generalkonsul Spade und den Einbruchsversuch bei Lady Holmes zur Last zu legen, welches Vergehen als Einbruch und Raub bezeichnet wurde. Als verschärfendes Moment wurde die raffinierte Geheimnistuerei angeführt, womit der Angeklagte sich umgab, zweitens seine Weigerung, über den Verbleib des gestohlenen Goldes Auskunft zu geben, und schließlich seine deutlich zur Schau getragene Frechheit. Der Staatsanwalt schloß seine Anklage mit dem Hinweis, daß der Angeklagte gerade jenen Verbrechertypus verkörperte, gegen deren Intelligenz und Verschlagenheit sich die Allgemeinheit nicht genug

wehren könnte. Er fordere die höchste gesetzliche Strafe, nämlich vier Jahre Zuchthaus.

Darauf nahm der Verteidiger das Wort. Schon die einleitenden Bemerkungen steigerten die Verwunderung, womit Sachverständige und Laien dem Gang der Verteidigung gefolgt waren. Unaufgefordert ließ er den Staatsanwalt Terrain gewinnen. Dieses Vorgehen rief unter den anwesenden Juristen eine solche Überraschung hervor, daß geräuschvolles Murmeln seine Rede unterbrach.

Er begann: »Ich spüre, daß die Angelegenheit meines Klienten nicht sehr günstig steht –«

Dies entsprach nun nicht ganz der Wahrheit; denn man merkte deutlich, daß der elegante Dieb nicht nur das Ziel der Neugier seiner Umgebung war, sondern auch das ihres Wohlwollens; also war immerhin ein Zeichen von Sympathie vorhanden.

»Und das ist zu verstehen. Man wird lange in den Annalen der norwegischen Gerichte suchen müssen, um ein Verbrechen ähnlich brutaler Art zu finden. Ich gebe mich daher nicht der Hoffnung hin, den Beweis zu erbringen, dem Angeklagten eine weniger harte Strafe zu erwirken, will aber doch nicht unterlassen –« usw.

Gerade dieser Ausspruch erregte das größte Erstaunen der Anwesenden. Statt auf mildernde Umstände bei Ausführung der Tat aufmerksam zu machen, schilderte der Verteidiger, welchen zerstörenden Einfluß ein mehrjähriger Zuchthausaufenthalt auf den noch jungen Verbrecher ausüben würde. »Wissen Sie denn überhaupt, meine Herren, was das sagen will: vier Jahre Zuchthaus?« rief er pathetisch aus, worauf er in realistischer und doch zugleich fast dichterischer Form ein Bild des Strafanstaltlebens gab. Er malte die entsetzliche Einsamkeit der langen Jahre aus; er sprach von dem zerstörenden Einfluß des Zuchthauses auf freiheitsliebende Individuen. Ganz besonders legte er dem verwundert aufhorchenden Publikum ans Herz, wie durch die Gefängnisluft die Jugend schnell altert, grau und energielos wird, ja fürs ganze Leben verpfuscht ist.

Seine Ausführungen waren im Grunde nicht als Verteidigung anzusehen, sie waren vielmehr ein Appell ans Mitleid. Und doch schien es, als sei er sich gänzlich darüber klar, die Richter nicht umstimmen zu können. Seine Rede war nur eine schmerzliche Klage darüber, daß sich die Gefängnistüren hinter diesem Dasein schließen müßten, um für immer ein Leben zu zertrümmern, dessen seltenen Anlagen doch etwas anderes zu wünschen gewesen wäre als dieser trostlose Ruin.

Der Vortrag des alten, warmherzigen Anwalts war besonders zum Schluß von einer so edlen und echten Bewegung getragen, daß er die Zuhörerschaft mitriß. Es herrschte große Rührung im Gerichtssaal, als er ausrief:

»Somit überantworte ich diesen Unglücklichen dem menschlichen Mitleid!«

Nun aber trat eine Situation ein, dies Märchen, das schon lange im Anmarsch gewesen war, das in der Luft geschwebt hatte, gerade wie geheimnisvolle Ahnungen kommende Katastrophen voraussagen.

Ein Aufschrei. Dann rief eine Stimme voller Verzweiflung: »Nein, nein, das darf nicht geschehen! Er ist unschuldig!«

Dann hörte man nur noch schmerzliches Schluchzen.

XXIX.

Dies traurige und klagende Schluchzen eines Weibes klang herzzerreißend durch den Saal. Die herrschende Stille stand in eigenartigem Gegensatz zum Schluchzen. Sie dauerte aber nicht lange. Erregte Stimmen machten sich plötzlich geltend, und Menschenmassen drängten herbei, um zu sehen, wer den Schrei ausgestoßen. Mit Hilfe der Glocke suchte der Vorsitzende Ruhe und Ordnung wiederherzustellen; es dauerte jedoch lange, ehe es ihm glückte. Nun war allen ersichtlich, wer den Schrei von sich gegeben hatte.

Es war Lady Holmes.

Ihr Mann, der berühmte Forscher, eilte blaß und von dem unerwarteten Auftritt erregt, auf sie zu.

Auch der Angeklagte hatte sich erhoben. Als er begriff, was vor sich ging, wandte er sich in heftigem Zorn dem Verteidiger zu und streckte ihm die Fäuste entgegen. Dieser wandte sich um Schutz an den Vorsitzenden. Daraufhin trat einer der Zivilbeamten hinzu, um den Angeklagten an seinen Platz zurückzuführen.

Endlich war die Ruhe wieder so weit hergestellt, daß der Vorsitzende verkünden konnte:

»Die Gerichtsverhandlung ist gerade in dem Augenblick, wo der Gerichtshof im Begriff war, sich zur Besprechung zurückzuziehen, in außergewöhnlicher Weise unterbrochen worden. Ich bitte um Ruhe. Hat die Zeugin etwas Besonderes hinzuzufügen, so muß es wohl von außerordentlicher Wichtigkeit sein, sonst

würde sie die Verhandlung nicht in derartiger Weise unterbrochen haben.«

Lady Holmes erhob sich. Sie hielt sich am Arme ihres Mannes, der auf seinen Reisen so mancher Gefahr begegnet, aber sicherlich kaum so erregt gewesen war, wie in diesem Augenblick. Sein Gesicht wurde immer fahler; er fühlte, daß etwas Furchtbares im Anmarsch war. Sein Blick irrte ziellos umher, als suchte er Hilfe gegen das unabwendbare Schicksal. Er neigte sich über seine Gattin und flüsterte ihr eindringliche Worte zu. Möglicherweise warnte er sie; vielleicht beabsichtigte er auch, sie hinauszugeleiten. Es schien aber, daß sie einen unwiderruflichen Entschluß gefaßt habe. Sie schüttelte energisch den Kopf und griff mit zitternden Händen nach der Brüstung der Schranke.

»Ich vermag nicht länger zu schweigen,« flüsterte sie, heftig atmend. »Ich kann es nicht mit ansehen, daß ein Unschuldiger für mich leidet.«

Sie wandte sich dem Angeklagten zu, und auf ihn hinweisend, sagte sie:

»Der Mann ist unschuldig! Er hat mein Halsband nicht gestohlen.«

»Ist es mir vielleicht geschenkt worden?« fragte der Angeklagte ironisch und doch zugleich verwirrt.

»Nein,« entgegnete Lady Holmes.

»Nun, dann habe ich es eben genommen. Die Zeugen haben ja gesagt, daß ich bei ihrem Eindringen ins Boudoir im Besitz des Kolliers war. Was wollen Sie denn noch mehr? Wann wird diese Komödie endlich einmal ihr Ende erreichen? Warum wird der Aussage dieser hysterischen Frau mehr Wert beigelegt als dem Geständnis des Angeklagten und den Zeugenaussagen ernster Männer?«

Nun griff der Verteidiger ein.

»Ich verlange, daß Lady Holmes Gelegenheit gegeben wird, sich hier zu erklären.«

Lady Holmes hatte Nelson unausgesetzt angeblickt.

Plötzlich sagte sie:

»Ich wiederhole: Nelson ist unschuldig. Behauptet er das Gegenteil, so tut er es einzig und allein, um mich zu decken.«

»Wir sind auf dem Wege der Wahrheit,« murmelte der Verteidiger, jedoch so laut, daß es die Nächstsitzenden im Publikum hören mußten.

»Ja, die Wahrheit hat sich schon eingefunden,« sagte Lady Holmes, die nun ihre Selbstbeherrschung wiedererlangt hatte, »die Wahrheit gehört nicht hierher, nicht in diesen Gerichtssaal. Hätte ich nur früher meine Schwäche überwunden, dann wäre es nie zu einer Gerichtsverhandlung gekommen.«

»Warum denn nicht?« fragte der Vorsitzende.

»Wenn kein Verbrechen vorliegt, kann das Gericht nicht einschreiten. Der Mann, der dort steht, hat nicht gestohlen. Er ist kein Dieb, er ist unschuldig, meine Herren, gänzlich unschuldig!«

Erschüttert barg sie ihr Antlitz in ihren Händen.

Es schien jedoch, daß die sonderbare Ruhe im Gerichtssaal in ihr wiederum das Gefühl hervorrief, daß Hunderte von Menschen sie in größter Spannung anstarrten. Sie blickte auf; die ganze Angelegenheit sollte so schnell wie möglich erledigt sein.

Der Vorsitzende suchte sie durch eine freundliche und auffordernde Handbewegung zum Sprechen zu bewegen. – Sie begann:

»Zwischen mir und Nelson war an jenem Abend, als mein Mann das Fest gab, eine Zusammenkunft in meinem Boudoir verabredet worden. Ich liebte diesen Mann und liebe ihn noch.«

Dieses Geständnis, worauf fast alle während der letzten Minuten gewartet haben mochten, rief eine wahre Flut von Bemerkungen hervor, die die Anwesenden sich zuflüsterten. Die ganze Versammlung atmete gewissermaßen befriedigt auf; die erwartete Sensation war ihr also nicht entgangen. Und der Mittelpunkt dieses Skandals war die Frau, die menschenverlassen dastand. Ihr Gatte, der bis jetzt an ihrer Stelle gestanden hatte, verließ sie leichenblaß und vor Aufregung zitternd. Hut und Handschuhe raffte er an sich und ging, begleitet von den Blicken der Neugierigen, zum Ausgang. Die Aufmerksamkeit der Anwesenden richtete sich fast noch mehr auf seine magere, englische Erscheinung, als auf die zitternde Frauengestalt vor dem Richterstuhl.

An der Tür wandte er sich noch einmal um und ließ den Blick auf seine Gattin fallen. Nur einen einzigen Blick. Dann zuckte er bedauernd mit den Schultern und ging davon. Mit dumpfem Krach schloß sich die Tür hinter ihm. Päng!

Als er fort war, fragte der Richter:

»Ihr Gemahl ist fortgegangen, Lady Holmes. Vielleicht werden Sie sich jetzt leichter aussprechen können.«

»Das tut nichts zur Sache,« entgegnete sie. »Ich wünsche nur die Wahrheit mitzuteilen, und die Wahrheit habe ich gesagt. Die Zusammenkunft im Boudoir war ein regelrechtes Stelldichein. Als wir meinen Mann und seine Freunde sich nähern hörten, entschlossen wir uns erst zu dieser List, damit mein Mann keinen Grund zur Eifersucht hätte. Nelson hat sich geopfert; um meine Ehre zu retten. Am Anfang war ich schwach genug, dies Opfer anzunehmen. Jetzt kann ich es aber nicht mehr.«

XXX.

Diejenigen, die bei dieser eigenartigen Szene zugegen waren, werden den unauslöschlichen Eindruck dieses Ereignisses im Gedächtnis behalten haben. Alle Anwesenden standen einem Schauspiel von wirklich tragischer Wirkung gegenüber. Die kleinen, neugierigen Damen Kristianias, die gekommen waren, um etwas Einzigdastehendes, etwas Sensationelles zu erleben, sahen nicht nur ihren heimlichen Wunsch erfüllt, die Wirklichkeit übertraf sogar ihre größten Erwartungen. Sie vergaßen vor lauter Aufregung das Flüstern mit den Freundinnen; sie vergaßen fast zu atmen. Ihre Augen traten vor Spannung aus den Höhlen, und es schien, als hätten sie nur das eine Bestreben, ja alles zu sehen, was zu sehen war. Ihre Blicke schössen bald hier-, bald dorthin, damit ihnen auch nicht das geringste entginge. Wie wäre es nur möglich, daß ihnen etwas so Einzigdastehendes, wie das Fortgehen des berühmten Forschers, entgangen wäre! In welch aufrechter Haltung hatte er nicht den Saal verlassen, nachdem seine Gattin den Zusammenhang des Überfalls im Boudoir eingestanden hatte! Ach, alle hatten ihn anblicken müssen, als er aus dem Saale schritt. Alle sahen es, wie er sich noch einmal nach seiner Frau umwandte. Im überfüllten Gerichtssaal herrschte eine solche Stille, daß seine harten Schritte aus dem teppichbelegten Fußboden sich fast brutal anhörten. Aller Augen folgten ihm, bis sich die Türe langsam hinter ihm schloß. Auch die Aufmerksamkeit der Richter war für Sekunden ausschließlich auf den Davoneilenden gerichtet. Ganz von selbst wurde das Verhör unterbrochen. Gleichzeitig mußten aber die Neugierigen darauf bedacht sein, die zitternde und in sich zusammengesunkene Frauengestalt vor dem Richterstuhl nicht aus den Augen zu verlieren. Es war vorauszusehen, daß nach Art des weiblichen Instinkts die Sympathie der zumeist aus Frauen bestehenden Zuhörerschaft sich fast augenblicklich den beiden Männern zuwandte. Besonders war der Ehegatte, der so stolz und würdevoll den Ort seiner Schmach verlassen hatte, Gegenstand der Bewunderung. Aber auch der junge Mann, der in so ritterlicher Weise sich selbst geopfert hatte, um die Ehre einer Frau zu retten, gewann die Sympathie aller. Jetzt sah es ihm jeder an – ach, es galt, ihn in diesen Sekunden, dem Höhepunkt des Dramas, anzublicken – daß dieser Mann unmöglich ein gemeiner Verbrecher sein konnte. Diese elegante Erscheinung, diese feinen aristokratischen Gesichtszüge, diese träumerischen, tiefen Augen waren nicht Merkmale eines Verbrechers. Alles dieses konnte man dem Geflüster entnehmen, das sich nach Sir Holmes' Verlassen des Saales erhob.

Dagegen schien die bedauernswerte Frau vor dem Richterstuhl das unbedingte Mißfallen des Publikums zu erregen.

»Solche Frechheit!« hörte man flüstern.

»Daß sie es so weit hat kommen lassen,« sagten einige.

»Daß sie den vornehmen jungen Mann so ins Unglück hat bringen können!« tuschelten die Damen, während sie mit glühenden Augen Mr. Nelson betrachteten.

Man mußte sich darüber wundern, daß er während dieser aufreibenden Szene die Fassung behalten konnte. Er saß so, daß das Publikum sein Gesicht im Profil sah. Allen fiel es auf, daß er während des ganzen Herganges ganz ruhig dagesessen hatte. Er hatte das eine Bein über das andere gelegt und wippte mit dem Fuß auf und nieder; er beugte sich vornüber und bewegte seine langen, weißen Hände, als hätte er eine Zigarette zwischen den Fingern. Wie schade, wenn einem dieser Anblick entgangen wäre!

Der allgemeinen Aufmerksamkeit war aber dennoch etwas entgangen. Der sehr energisch aussehende Herr, der in der Nähe der Zeugenbank gesessen hatte und dem Gang der Verhandlung mit größtem Interesse gefolgt war, hatte sich während der Katastrophe erhoben und war, Nelson fast streifend, auf den Verteidiger zugegangen und hatte mit ihm, dessen zitternde Finger die Akten zu ordnen begannen, ein Gespräch angeknüpft.

Dieser Mann, den nur wenige der Anwesenden kannten, war der einzige, auf den die Sensation keinen großen Eindruck ausübte.

Wie jeder Anwesende hatte er sich die Verhandlung von Anfang an mit angehört; ein aufmerksamer Beobachter hätte allerdings bemerken können, daß er hin und wieder während der eigenartigen Verteidigung mit dem hervorragenden Juristen vielsagende Blicke tauschte.

Gerade in dem Augenblicke der größten Bewegung im Saale, als der Vorsitzende hin und her überlegte, wie diese außergewöhnliche Angelegenheit am besten anzugreifen sei, trat er auf den Verteidiger zu, der ihm sagte: »Ich hätte nie gedacht, daß ich dermaßen glaubwürdig schauspielern könnte.«

»Sie haben es ausgezeichnet gemacht, Herr Doktor,« gab der Angeredete zur Antwort. »Jetzt erst sind wir den Dingen auf die rechte Spur gekommen. Nur selten habe ich eine so warm empfundene Rede hier vor Gericht gehört!«

»Nun sagen Sie mir aber, lieber Krag, was machen wir mit der armen Frau, die vollständig zusammengebrochen dort auf der Zeugenbank sitzt?«

»Nun, ich denke, wir fordern sie auf, die ganze Wahrheit zu gestehen; und dann stellen wir Nachforschungen an, was an dieser merkwürdigen Affäre Wahrheit und was erlogen ist.«

»Ich bemerkte,« sagte der Advokat, »daß Sie eben sehr nahe an Mr. Nelson vorbeigingen. Allem Anschein nach ist ihm diese Situation nicht ganz recht.«

»Ich hörte ihn etwas murmeln,« entgegnete Krag.

»Was sagte er denn?«

»Nur ein Wort, eine Bezeichnung.«

»Was für eine Bezeichnung?«

»In dem Augenblick, als Lady Holmes alles bekannte, hörte ich ihn deutlich, wenn auch verbissen, das eine Wort ›Idiot‹ sagen.«

Der alte, ehrwürdige Verteidiger zuckte zusammen, begann dann aber seine Akten zu durchblättern, um sich den Anschein zu geben, als ob das, worüber er nun zu sprechen begann, ihn nur wenig interessierte.

»Das tut mir leid,« sagte er. »Ich habe von meinem Klienten sonst einen außerordentlich günstigen Eindruck gewonnen. Noch nie bin ich in der Lage gewesen, einen Mann zu verteidigen, der in dem Maße einem ritterlichen Einfall sein Leben, sein Schicksal opferte.«

Krag legte ihm die Hand auf die Schulter. »Wie meinen Sie?« fragte er.

»Ich meine, daß dieser Mann, um die Ehre einer Frau zu retten, sich dem aussetzen wollte, als ganz gemeiner Einbrecher verurteilt zu werden. Ich bin der Ansicht, daß der Angeklagte ein edler und ritterlicher Mensch ist.«

»Mein Bester,« sagte Krag lächelnd, »dieser edle und ritterliche Mensch ist tatsächlich Einbrecher. Das ist das ganze Geheimnis. Doch hören wir, was der Vorsitzende zu verkünden hat.«

XXXI.

Dr. Blink schien über Asbjörn Krags Auffassung sehr erstaunt; seinen Ärger darüber konnte er nur schlecht verbergen. »Diese Worte deuten darauf hin, daß alle Mühe vergeblich war, und daß ich diese anstrengende Komödie umsonst gespielt habe. Sie sehen, wie die Richter dort eifrig bemüht sind, eine Form zu finden, wonach der Angeklagte freigesprochen werden kann. Ist er jedoch schuldig –«

Hier unterbrach ihn Krag: »Beruhigen Sie sich. Sie haben Ihre Pflicht getan. In dieser Angelegenheit trifft Nelson keine Schuld. Sie haben gar nicht nötig, daran zu zweifeln, daß Lady Holmes die volle Wahrheit gesagt hat.«

Der Verteidiger warf einen Blick auf die unglückliche Frau. Man sah es ihr an, daß sie sich alle Mühe gab, um nach dieser furchtbaren Erregung wieder die Herrschaft über sich zu gewinnen. Gebeugten Hauptes saß sie da, um ihr Gesicht zu verbergen. Das vom neugierigen Publikum verursachte Geräusch brauste über ihren Kopf hinweg, und schaudernd krümmte sie den Rücken wie unter Peitschenhieben.

Der Verteidiger wandte sich an Krag.

»Nein, ich zweifle nicht daran, daß sie die Wahrheit gesagt hat. Während meiner vierzigjährigen Praxis habe ich genug Menschen studieren können. Ich glaube nicht, daß es mir an Menschenkenntnis mangelt.«

Krag jedoch konnte sich des Gedankens nicht erwehren, daß Lady Holmes wahrscheinlich schon oft in ihren Glanzrollen im Strand-Theater so dagesessen hatte.

Er gab seinen Gedanken aber keinen Ausdruck. Es lag ihm nicht daran, den Verteidiger noch mehr zu beunruhigen. Im geheimen wunderte er sich jedoch über seine eigene Härte. Hatte nicht diese unglückliche Frau sein Herz zu rühren vermocht? Warum verließen ihn seine Zweifel nicht?

Der Vorsitzende wandte sich nun an den Verteidiger mit dem Ersuchen, ihm zu sagen, wie in dieser gänzlich veränderten Situation vorgegangen werden sollte.

Auf Nelson hinweisend, gab er zur Antwort: »Bevor ich mich darüber auslasse, möchte ich hören, was dieser Herr mir mitzuteilen hat.«

Als Nelson sich nun plötzlich erhob, herrschte Totenstille im ganzen Saal. In diesem Moment war er von einem solchen Eifer beseelt, daß man glaubte, er hätte die Absicht, den Richtern gehörig seine Meinung zu sagen, oder er würde nochmals auf die Richtigkeit seines Bekenntnisses hinweisen, allein aus dem Grunde, um recht zu behalten. Im letzten Augenblick bezwang er sich jedoch und war wieder der ruhige, kaltblütige Mensch von vorhin. Vielleicht war er um eine Schattierung blasser geworden. Die Damen unter den Zuhörern verschlangen ihn mit den Augen und begannen ihn anzuschwärmen wie einen Lieblingsschauspieler vom Theater oder Kino.

Der Vorsitzende wiederholte die Frage: »Was haben Sie dazu zu sagen?«

Indem er kaum merklich in einer Weise lächelte, die sowohl Sarkasmus als auch Verachtung ausdrückte, erwiderte er: »Ich erkenne die Richtigkeit der Aussage Lady Holmes' an.«

»In allem?«

»In allem.«

»Folglich nehmen Sie Ihr Geständnis zurück?«

»Es bleibt mir ja nichts anderes übrig.«

»Folglich müssen wir Richter davon ausgehen, daß Sie als Täter nicht in Betracht kommen?«

Nelson verneigte sich. »Nach den strengen Gesetzen der Logik kommt man zu diesem Schluß,« sagte er ironisch. »Leider muß ich Ihnen beipflichten.«

»Leider? Ich begreife nicht, wie Sie bedauern können, daß Ihre Unschuld endlich erwiesen ist.«

»Nun gut; ich habe mir erlaubt, Ihnen etwas vorzumachen,« erklärte Nelson.

»Da haben Sie Ihre Rolle meisterhaft gespielt.«

»Hat jemand es einmal übernommen, eine so tragische Rolle zu spielen, so muß es ihm auch gelingen, sie durchzuführen. Andernfalls macht er sich lächerlich. Ich fühle, daß ich unmöglich gemacht bin, meine Herren. Ich wünsche nur, vor diesem Publikum nicht gänzlich zu verspielen. Das läßt mein Selbstgefühl nicht zu. Es fehlte nicht viel, dann hätte ich erröten müssen. Ein

Engländer meines Standes darf aber nicht erröten. Verlasse sich einer auf die Frauen!«

Die höhnische Art, womit die letzten Worte gesagt wurden, veranlaßten Lizzie Holmes, den Kopf noch tiefer in den Händen zu verbergen. Der Vorsitzende eilte ihr jedoch zu Hilfe.

»Wie können Sie ein Weib, das soviel durchgemacht hat, in dieser Weise verhöhnen! Seien Sie ihr doch dankbar dafür, daß sie sich so schonungslos an den Pranger gestellt, um Sie vor dem Zuchthaus zu bewahren! Sie hat doch bewiesen, daß sie Sie liebt.«

Nelson zuckte die Schultern. »Ich denke, ich habe es doch wohl nicht nötig, im Beisein des Publikums über meine Gefühle Rechenschaft abzulegen?«

Mit vornehmer Würde wandte er sich dann an die Zuhörer mit den Worten: »Im übrigen wünsche ich dies Schauspiel nicht zu verlängern. Ich verabscheue alles, was Theater heißt.« Dann setzte er sich.

Unmittelbar darauf ergriff der Verteidiger das Wort und wandte sich an die Richter.

»Die Art und Weise meiner Verteidigung ist den Herren Richtern wahrscheinlich etwas unverständlich gewesen. Nach dem Geständnis der Zeugin werden Sie sich darüber klar geworden sein, warum ich gerade diese Art der Verteidigung gewählt habe. Aus verschiedenen Gründen konnte ich annehmen, daß sich die Lage der Dinge genau so verhielt, wie es sich nun tatsächlich herausgestellt hat. Ich ging von der Annahme aus, daß sich von Mr. Nelson, dessen ritterlichen und festen Charakter Sie schätzen gelernt haben, kein wahres Geständnis erzwingen ließ. Andererseits konnte ich auch Lady Holmes öffentlich einer falschen Aussage nicht bezichtigen. Dagegen war mir die Möglichkeit gegeben, das Schicksal dieses Unglücklichen in so starken Farben zu schildern und dabei Lady Holmes' Gewissen aufzurütteln, daß sie sich gezwungen fühlen mußte, die Wahrheit zu gestehen. Darum verlangte ich die Anwesenheit der Zeugin; denn mir lag daran, durch die Beschreibung eines Gefängnisaufenthaltes das Geständnis herbeizuführen. – Wie Sie sehen, glückte mir der Plan.«

»Meine Herren, ich stelle den Antrag, daß wir die Qualen dieser armen Frau nicht in die Länge ziehen. Ich sehe, daß der Herr Staatsanwalt und, ich glaube, auch die Herren Richter mir zustimmen. Das Schicksal dieser beiden Menschen ist jetzt in ein Stadium eingetreten, wo Gesetze und Verordnungen nicht mehr herrschen. Meines Erachtens gehört ein Schicksal, das so viel Unglück und Kummer enthält, nicht vor die Öffentlichkeit!«

Der Gerichtshof schien dieselbe Ansicht zu vertreten und beeilte sich daher, die Sache für abgeschlossen zu erklären.

»Gnädige Frau,« nahm der Vorsitzende das Wort, »in Anbetracht der Umstände sieht das Gericht davon ab, Sie wegen Ihrer zuerst vorgebrachten Erklärung zur Verantwortung zu ziehen. Sie befinden sich auf freiem Fuß. Gehen Sie, wohin Sie wollen.«

Lizzie Holmes erhob sich langsam und wandte sich mit suchendem Blick dem Zuschauerraum zu, als ob sie jemand zu finden hoffte; aber sie suchte vergebens.

Da stand auch Mr. Nelson von seinem Platz auf, trat auf sie zu und ergriff ihren Arm.

Der Zufall wollte es, daß Krag sich in diesem Augenblick ganz in der Nähe der beiden befand, als Nelson sagte: »Dein Mann ist fortgegangen. Du bist allein. Folge mir!«

Krag dachte in seinem Sinn: »Sie wird nicht die einzige sein, die dir von nun an folgt.«

Zum ersten Male wandte sich Nelson mit einer Frage an den Vorsitzenden: »Bin ich nun vollkommen frei?« – Sehr zuvorkommend, mit einer Geste, als hätte er alle Herrlichkeiten der Welt zu verschenken, antwortete dieser: »Sie können jederzeit gehen!«

Jetzt hörte man das Publikum mit großem Geräusch den Saal verlassen. Man mußte doch unter allen Umständen das Paar davongehen sehen.

Lady Holmes schien von dem Lärm sehr unangenehm berührt; ängstlich blickte sie ihren Freund an. Der Vorsitzende hatte sofort die Lage überschaut und rief einen Gerichtsdiener herbei. »Sagen Sie den Herrschaften Bescheid, daß am Nebeneingang ein Auto für sie bereit steht.«

In dieser Weise wurde dem Publikum ein Schnippchen geschlagen. Das hochinteressante Paar, der Gegenstand ihrer Neugier, gelangte durch Geheimgänge nach dem Ausgang, wo es ganz unauffällig ein Auto besteigen und verschwinden konnte. Vorher hatte Krag jedoch Gelegenheit gefunden, seinem Agenten einen Wink zu geben, und daher kam es, daß das Auto, das die beiden Hauptpersonen dieses eigenartigen Dramas davonführte, von einem anderen Auto verfolgt wurde, worin Krags Agent saß.

Der Detektiv hatte die Absicht, von dem Augenblick an, wo Nelson das Justizgebäude verlassen, ihn ununterbrochen zu verfolgen.

Noch lange stand die Menge, meist Damen, vor dem Haupteingang des Justizpalastes und wartete auf die Hauptpersonen des Dramas.

Die Stimmung war wie nach einer glänzenden Theatervorstellung. Man konnte glauben, daß das sensationsbegeisterte Publikum beabsichtigte, Hurra zu rufen oder die Pferde auszuspannen. – Krag betrachtete die lärmende Menge von einem Fenster des Justizgebäudes.

In diesem Moment kam der alte Verteidiger vorbei. Krag hielt ihn an und zeigte auf den Platz hinunter.

»Ich pflichte dem Schriftsteller bei, der von Kristiania sagt, daß hier keine Gelegenheit zur Begeisterung unbenutzt vorübergeht. Die Stadt an sich ist so kalt und rauh, daß etwas Glut und Lärm nötig ist. Jetzt begeistern sich die Leute für diesen Verbrecher. Wir leben wirklich in einer romantischen Stadt.«

Der alte Anwalt war plötzlich sehr ernst geworden. »Nennen Sie ihn noch Verbrecher?«

Krag nickte. »Ja, nun nenne ich ihn so; denn jetzt ist alles geschehen und es läßt sich nichts mehr ändern.«

»Ist man ihm denn nicht gerecht geworden?« fragte der Anwalt streng.

»Ganz und gar,« erwiderte Krag. »In dieser Sache trifft ihn keine Schuld, und einen Unschuldigen verurteilt man nicht. Lady Holmes hat ja die Wahrheit gesagt. Fand man denn außer seinem Geständnis auch nur einen einzigen Anhaltspunkt für eine Anklage?«

»Nein, keinen einzigen.«

»Nun, was blieb denn zu tun übrig, als bei Lady Holmes' Aussagen sein ganzes Geständnis in nichts zerfiel?«

»Man konnte ihn eben nur auf freien Fuß setzen.«

»Dann ist man ihm ja auch gerecht geworden. Wie könnte man einen Mann wegen einer Tat verurteilen, die er gar nicht begangen hat.«

»Und doch nennen Sie ihn einen Verbrecher. Warum tun Sie das?«

Statt einer direkten Antwort gab Krag dem Anwalt einen Brief, den er soeben geschrieben hatte.

Der Anwalt stutzte. »Ein Gesuch um Urlaub?« sagte er fragend. »Wollen Sie ein wenig ausspannen?«

»Nein, im Gegenteil,« war die Antwort. »Bis auf weiteres möchte ich mich jedoch nur mit einer einzigen Aufgabe befassen. Ich will den Beweis für meine Behauptung erbringen.«

»Ah, ich verstehe –«

»Eine Behauptung, die ich Ihnen gegenüber gemacht habe. Die Behauptung nämlich, daß derjenige, der heute freigesprochen wurde, doch ein großer Verbrecher ist.«

Forschend und zugleich unsicher sah der Jurist den Detektiv an. Plötzlich fragte er: »Er allein?«

»Nein,« antwortete Krag, »nicht er allein.«

XXXII.

Den ganzen Vormittag war Krag damit beschäftigt, seine persönlichen Angelegenheiten zu ordnen, um sich ganz der Affäre Nelson widmen zu können. Gegen abend hatte er eine Unterredung mit dem Agenten, der von ihm mit der Überwachung des Engländers beauftragt war. Ein anderer hatte ihn abgelöst. Zweierlei konnte ihm sein Agent erzählen, worüber er sehr erstaunt war.

»Die Herrschaften begaben sich nach Nelsons Wohnung am Parkweg,« erzählte der Agent, »wohin etwa eine Stunde nach ihrer Ankunft einige Speisen und etwas Wein gebracht wurden.«

»Sahen Sie den Herrn und die Dame, als sie den Wagen verließen?« fragte Krag.

»Ja. Sie schienen nicht gerade von ihrer Lage entzückt zu sein. Soviel ich bemerken konnte, machte Nelson der Dame wegen ihres Verhaltens Vorwürfe. Allem Anschein nach wäre er lieber ins Zuchthaus gewandert, als daß sie sich bloßstellte. Diese Engländer haben wirklich merkwürdige Ansichten. Im Nationaltheater habe ich einmal einen Engländer gesehen, der direkt vom Angeln kam. Nachdem er seine Angeln in die Ecke vor der Bühne gestellt hatte, nahm er im Orchestersitz Platz. – Ich hatte den Eindruck, daß die Dame total zusammengebrochen war – sie ging wie eine Schlafwandlerin – während Nelson verdrießlich und ärgerlich schien, als hätte er geschäftlichen Verlust gehabt. Um drei Uhr erschien Besuch.«

»Wer?«

»Ich kannte den Betreffenden nicht. Ein junger, ziemlich eleganter Herr von etwa fünfunddreißig Jahren. Er schien Ausländer zu sein, vielleicht ein Franzose. Ich habe ihn noch nie gesehen, und dabei meine ich, doch die meisten Gesichter der Boulevards zu kennen.«

»Woher wissen Sie denn, daß der Besuch Nelson galt?«

»Ich horchte auf seine Schritte, als er die Treppe hinaufstieg.«

»Das ist kein sicherer Beweis.«

»Nelson begleitete ihn selbst zur Tür, als der Besuch nach etwa einer halben Stunde das Haus wieder verließ. Zwischen dem Fremden und Nelson schien ein recht freundschaftliches Verhältnis zu bestehen, denn beim Abschied reichten sie sich herzlich die Hand.«

»Sind Sie dessen gewiß, daß der Abschied sehr herzlich war?«

Der Polizeiagent überlegte. »Nun, ich kann es auch höflich nennen, von beiden Seiten übermäßig höflich. Selten habe ich zwei Männer sich verabschieden sehen, wobei die gegenseitige Hochachtung so zum Ausdruck gebracht wurde.«

»Was machten Sie dann?«

»Ich weiß, was Sie jetzt denken,« antwortete der Agent. »Ja, ich bin dem Fremden nachgegangen.«

»Und die Bewachung des Hauses?«

»Halvorsen war ja da. Während der Fremde sich in Nelsons Wohnung aufhielt, überlegte ich mir, daß es wohl notwendig sei, ihm zu folgen; daher rief ich Halvorsen telephonisch herbei. Im Hause war ein Zigarrengeschäft; dort telephonierte ich. Er kam auch sofort. Er war in Zivil.«

»Ausgezeichnet!« rief Krag. »Wohin ging denn der Unbekannte?«

»Können Sie das nicht erraten?«

»Zu Sir Cyrus Holmes?«

»Jawohl, zu Sir Cyrus Holmes. Diese Engländer sind doch sonderbare Menschen! Habe ich nicht recht?«

XXXIII.

Eine Weile saß Asbjörn Krag schweigend da. »Wenn man es sich recht überlegt, ist dieser Besuch doch nicht so sonderbar.«

»Glauben Sie denn, daß dieser Unbekannte die Rolle des Vermittlers zwischen der Dame und ihrem gekränkten Gemahl spielt?«

»Ich glaube, daß ihn Sir Cyrus Holmes ins Haus geschickt hat. Eine Frau kann doch nicht so ohne weiteres ihr Heim verlassen; es gibt doch noch mancherlei zu ordnen. Es ist doch noch ein Kind da. Ein Sohn von zwölf bis dreizehn Jahren. Ich kann es dem Manne sehr gut nachfühlen, daß er nach dem Geschehenen nur durch eine Mittelperson verhandelt. Sie folgten also dem Fremden bis vor die Tür des Forschers. Wie lange haben Sie draußen gewartet?«

»Etwa eine Stunde. Er kam jedoch nicht wieder.«

»Das stimmt mit meinen Vermutungen. Der Unbekannte wird wahrscheinlich ein intimer Freund Sir Cyrus Holmes' sein. Passierte sonst etwas, während Sie vor der Villa warteten?«

»Ja, sonst wäre ich da stehen geblieben. Ich war aber gezwungen, einer Person zu folgen, die das Haus verließ.«

»Kannten Sie diese Person?«

»Ja, es war Sir Cyrus Holmes.«

»Ah! Allein?«

»Ganz allein. Er schien spazieren zu gehen. Aber nicht, wie man annehmen sollte, am Drammensweg. Er bog in eine der Nebenstraßen ein, wahrscheinlich, um die Aufmerksamkeit der Leute nicht auf sich zu lenken.«

»Hatte er denn ein bestimmtes Ziel?«

»Ja, das zeigte sich nachher. Er ging durch mehrere Straßen, bis er zur Carl-Johann-Straße gelangte, wo er in Cooks Reisebüro eintrat. Da es gerade in der Dämmerung war, bemerkte ihn niemand.«

»Ist es nicht sonderbar, daß er persönlich dorthin ging?«

»Nun ja, aber die Engländer sind nun einmal komische Menschen. Ich denke mir, er hat doch seinen täglichen Spaziergang machen wollen. Er hielt sich nur wenige Augenblicke im Reisebüro auf. Als er wieder herauskam, rief er einen Wagen herbei; ich hörte ihn seine eigene Adresse aufgeben, nämlich Drammensweg 225. Auf meine Erkundigungen im Reisebüro erfuhr ich, daß Sir Cyrus Holmes zwei Karten erster Klasse nach Paris gelöst hatte. Er wird den Expreßzug morgen früh benutzen.«

»Er schüttelt also den Staub von seinen Füßen.« –

»Das ist auch jedenfalls das beste; denn diese aufsehenerregende Gerichtsverhandlung wird viel Staub aufwirbeln. Was wird aber aus seiner Expedition?«

»Das weiß ich nicht. Er wird wohl wieder zurückkehren.«

Der Agent griff nach seinem Hut.

»Ich muß fort. Halvorsen hat das Herumstehen gewiß satt.«

Er wollte gerade zur Tür hinausgehen, als sich im Vorzimmer ein wüster Lärm erhob.

Krags Diener kam herbeigeeilt und meldete, daß Halvorsen eben angekommen sei.

»Zum Teufel noch mal,« rief der Agent, »es muß etwas passiert sein.«

»Haben Sie Ihren Posten verlassen?« fragte Krag mit strenger Miene den Eintretenden.

»Ja, antwortete dieser. »Aber statt meiner treibt sich Petersen nun da herum. Er trägt zwar Uniform; aber das schadet ja wohl nichts. Ich habe Nelson nämlich verfolgen müssen!«

»Ach so! Hat der vielleicht auch seinen täglichen Spaziergang machen müssen?«

»Nein, er fuhr. Na, ich kann Ihnen sagen, das war keine Kleinigkeit, in so kurzer Zeit einen Wagen zu bekommen, der die Verfolgung seines Wagens aufnehmen konnte.«

»Fuhr Lady Holmes mit?«

»Nein, er fuhr allein. Vor Cooks Reisebüro hielt der Wagen. Meiner natürlich auch.«

Krag und der Agent blickten sich an. Der Detektiv sagte gelassen: »Er verlangte wohl eine Fahrkarte nach Paris?«

»Ja, zwei. Aber woher wissen Sie das?«

Ohne die Frage zu beachten, fragte Krag: »Für den Erpreßzug morgen früh?«

»Ja.«

»War das alles, was Nelson zu besorgen hatte?«

»Nein, er war noch in einigen Geschäften, um Besorgungen zu machen. Unter anderem kaufte er auch Damenbedarfsartikel. Dann fuhr er wieder nach Hause. Jetzt befindet er sich dort.«

Der Polizeiagent konnte sein Lachen nicht länger unterdrücken. »Was haben die Menschen aber ein Pech!

Wie ist die Welt doch klein!« konnte er endlich hervorbringen.

»Was sagen Sie?« fragte Krag.

»Ich sagte nur, daß die Welt so klein ist, daß man immer wieder zusammentrifft, wie sehr man sich auch dagegen sträubt.«

»Ich verstehe Sie immer noch nicht.«

»Nehmen wir an,« sagte der Agent, »daß der berühmte Forscher nicht nur deswegen Hals über Kopf wegreist, um dem Gerede zu entgehen, sondern auch, um ein Zusammentreffen mit seiner Frau zu vermeiden. Nun, auch Lady Holmes geht ihrem Manne und dem Klatsch lieber aus dem Wege. Sie reist auch schleunigst ab. Beide gehen sie nach Paris, um dort in der Menschenmenge zu verschwinden. Beide haben dieselbe Idee. Beide wollen so schnell wie möglich fort. Und beide benutzen denselben Zug. Kann ich da nicht mit Recht behaupten, daß die Welt nur klein ist und die beiden entschieden Pech haben?«

»Es steht Ihnen auch das Recht zu, sich zu irren,« entgegnete Krag. »Das Recht steht jedem zu.«

Der Agent blickte ihn fragend an.

»Sie vergessen einen Umstand in Betracht zu ziehen, und das macht gerade, daß es sich ganz anders verhält, als Sie glauben.«

»Was für ein Umstand wäre das?«

»Sie vergessen den Besuch des Unbekannten, des Abgesandten Sir Cyrus Holmes' in Nelsons Villa.«

»Darin sehe ich nichts Besonderes. Ich finde es ganz selbstverständlich, daß Sir Cyrus Holmes vor seiner Reise gewisse Abmachungen mit seiner ihm untreu gewordenen Frau zu treffen hat und dazu einen Vermittler braucht. Sie sagen ja selbst, das Ehepaar hätte einen Sohn.«

»Es könnte doch auch anders sein,« entgegnete Krag. »Wir müssen annehmen, daß der Besuch des Unbekannten vielleicht einen anderen Grund haben kann.«

»Meinen Sie denn, daß die bevorstehende Begegnung der beiden Parteien im Zuge nicht zufällig ist?«

»Ich rechne stark mit dieser Eventualität.«

»Sie glauben also, daß alles verabredet ist?«

»Ja.«

»Nun reiten Sie wieder Ihr altes Steckenpferd, Herr Krag. Glauben Sie denn noch immer nicht an Nelsons Schuldlosigkeit?«

»Daran habe ich nie geglaubt. Im Gegenteil.«

»Sie hegen noch immer Verdacht, daß zwischen Cyrus Holmes, dem berühmten Forscher, seiner Familie, den Diebstählen und dem Engländer Nelson eine gewisse Verbindung besteht?«

»Ja.«

»Warum haben Sie denn seine Freilassung beantragt?«

»Säße er im Gefängnis, käme ich meinem Ziele nicht näher; denn so fehlte ihm jede Gelegenheit, sich zu verraten. Nun er die Freiheit genießt, muß er seine Rolle weiterspielen. Man sagt ja von mir, ich verstände es ausgezeichnet, den Leuten in die Karten zu sehen.«

»Was wollen Sie aber anfangen, wenn alle fortreisen?«

Krag sah nach der Uhr. »Es ist am besten, Sie begeben sich wieder auf Ihren Posten und lösen den Polizisten ab. Vorher gehen Sie aber bei Cook vor,« sagte Krag.

»So, so, noch eine Fahrkarte nach Paris?«

»Ja.«

»Na, das kann ja im Zuge noch recht heiter werden!«

»Vielleicht! Jedenfalls reise ich morgen mit den andern. Wir werden dann ja sehen, ob die Reise direkt nach Paris geht – oder ob man irgendwo eine Unterbrechung macht. Ist das der Fall, dann ist das Mysterium Nelson aufgeklärt.«

XXXIV.

Als Krag am anderen Morgen eine Viertelstunde vor Abgang des Kontinentalzuges den Bahnsteig des Ostbahnhofes betrat, bemerkte er den Polizeiagenten Holmsen, der schon nach ihm ausgeschaut hatte. – An diesem Morgen war Krag bei der Toilette sehr sorgsam zu Werke gegangen. Er wollte von Nelson nicht erkannt werden; als er jedoch vorm Spiegel saß und sich maskierte, hatte er das eigenartige Gefühl, daß es unnütze Arbeit sei. Nelson werde ihn auf alle Fälle wiedererkennen. Zum Schein wollte er die Verkleidung nun aber doch durchführen, und zwar so sorgfältig wie möglich.

Wie er so auf dem Bahnsteig stand, konnte man ihn für einen Deutschen oder Dänen halten, der geschäftlich in Norwegen zu tun gehabt hatte und nun auf der Rückreise sei. – Bei Bestellung der Fahrkarte hatte er den Namen Salomon Blichenstein angenommen. Sein etwas jüdisches Aussehen ließ den Vornamen berechtigt erscheinen. – Holmsen blickte ihn einen Augenblick scharf an. Als Krag nickte, trat er auf ihn zu. »Herr Salomon Blichenstein, wie ich vermute?«

»Ja, erkannten Sie mich?«

»Wohl kaum,« entgegnete Holmsen, »wenn Sie nicht das Zeichen gegeben hätten. Ich beginne aber an Ihrer Phantasie zu zweifeln,« fügte er halb spaßend, halb mißvergnügt hinzu. »Diese ewigen jüdischen Geschäftsreisenden werden bald gar zu allgemein.«

»Gerade aus diesem Grunde habe ich diese Verkleidung gewählt. Ich wünsche, recht unauffällig zu sein. Es ist ja gleichgültig, wie ich aussehe; wenn ich nur verkleidet bin. Ich nehme nämlich an, daß man mich doch erkennt. Ich wünsche aber nicht, aufdringlich zu erscheinen. Sind Sie über die Plätze orientiert?«

»Jawohl, alles in bester Ordnung. Im ersten Wagen haben sich Sir Cyrus Holmes und sein Begleiter Plätze reservieren lassen. Ein Diener hat das Gepäck schon dorthin befördert. Sein Begleiter heißt Roger Pemberton und ist Marineoffizier. Im zweiten Wagen hat Cooks Beauftragter soeben die Plätze für Mr. Nelson und seine Begleiterin reserviert. Für Sie, Herr Krag, habe ich Platz im dritten Wagen belegen lassen. Sie wünschten ja selbst, Ihren Platz nicht so nahe den Plätzen der anderen zu haben. Das ist zwar eine eigenartige Methode, wenn man Leute verfolgen will; das aber ist ja Ihre Sache.«

»Augenblicklich ist das nun einmal meine Methode,« entgegnete Krag.

Sie begaben sich ins Abteil. Krag setzte seine Handtasche auf den bezeichneten Platz. Als die Abfahrtszeit heranrückte, gingen beide Herren auf die Plattform hinaus. Da die Zahl der Reisenden nicht so übermäßig groß war, konnten sie ziemlich ungestört beobachten.

Nelson und Lizzie Holmes langten zuerst an. Sie beeilten sich sehr, ihre Plätze einzunehmen und ließen sich nicht wieder sehen, nachdem sie das Abteil betreten hatten. Sir Cyrus Holmes und sein Freund, der englische Marineoffizier, kamen etwas später. Ein Zeitungsjunge, der die neuesten Nachrichten feilbot, hielt sie an. Der Marineoffizier wollte einige Zeitungen kaufen, unwillig hinderte Cyrus Holmes ihn daran. Scheinbar fühlte er kein Verlangen danach, sich die ganze Angelegenheit wieder ins Gedächtnis zu rufen. Die Zeitungen strotzten von Referaten über die gestrige Gerichtsverhandlung.

Krag beobachtete, daß keine der beiden Parteien sich nach der anderen umsah. Niemandem war die geringste Neugier anzumerken. Aber beide Parteien schienen sich eifrig in ihren Abteilen zu verstecken.

Ob die eine Partei wohl von der Gegenwart der anderen wußte?

Der Zug fuhr ab.

Nicht überall wird einem so günstige Gelegenheit geboten, sich für sich zu halten, wie gerade auf einer Eisenbahnfahrt; besonders, wenn viele mitreisen. Man sitzt in einer Ecke des Abteils, umgibt sich mit recht vielen Zeitungen und behandelt die Mitreisenden als wären sie Luft. Dadurch fühlt sich niemand gekränkt. Man ist im Grunde genommen nicht einmal verpflichtet, auf eine Anrede zu reagieren. Der Schaffner ist in dieser steifen Umgebung eine seltsame Erscheinung, weil er höflich und zuvorkommend ist. Wäre der Umgangston im Zuge nicht ein derartiger, dann würden viele, die die Einsamkeit lieben und es verabscheuen, Bekanntschaften zu stiften, einfach davon ausgeschlossen sein, dieses Verkehrsmittel zu benutzen.

Krag hatte also nicht nötig zu befürchten, daß er Gegenstand der Neugier seiner Mitreisenden sein würde. Deswegen hätte er sich nicht zu verkleiden brauchen. Er konnte jedoch nicht die ganze Zeit in seinem Abteil verbleiben. Sowie der Zug hielt, mußte er von der Plattform Ausschau halten. Es ließ sich ja denken, daß eine der vier Personen, die er verfolgte, möglicherweise aussteigen konnte. Nur einmal ging Mr. Nelson den Gang entlang; da war man schon im südlichen Schweden. Er warf einen Blick in Krags Abteil hinein und streifte auch ihn mit den Augen. Sein Gesicht drückte aber nicht die leiseste Überraschung aus, nicht einmal Neugier. Nelson ahnte gewiß nicht die Gegenwart des Detektivs. Vielleicht dachte er gar nicht mehr an Krag. Oder?

Als Krag einmal auf einer Station ausgestiegen war, um sich an einem Verkaufsstand einige Zeitungen geben zu lassen, fühlte er einen Stoß im Rücken. Jemand entschuldigte sich. Als Krag sich umwandte, sah er, daß es Nelson gewesen war. Dieser beachtete ihn aber gar nicht. Es schien ein Zufall gewesen zu sein. Der Engländer kaufte auch Zeitungen, natürlich englische.

So um die Mittagszeit herum unterhielt sich Krag mit dem Bedienten einige Minuten, der von Abteil zu Abteil ging, um Bestellungen fürs Diner entgegenzunehmen. – Durch jahrelange Übung hatte Krag sich die Kunst angeeignet, Leute zum Sprechen zu bringen. Wollte er etwas wissen, so gelangte er auf Umwegen dahin, daß die Leute darauf losredeten, ohne selbst zu merken, daß sie ihm Auskünfte gaben, wie er sie wünschte.

Es dauerte gar nicht lange, da erfuhr er, daß der würdige, englischredende Herr im ersten Wagen an der zweiten Mahlzeit teilnehmen würde; dagegen hätten der englische Herr und die Dame im zweiten Wagen sich für die erste Mahlzeit entschieden. Ohne weiter darüber zu verhandeln, hatten sie bestellt, als wären sie vorher darüber einig gewesen. Krag entschloß sich zur zweiten Mahlzeit. Er überlegte sich die Sache. Es mochte ja ein Zufall sein; möglicherweise bestand auch eine gewisse Übereinkunft Dann hatte diese gemeinschaftliche, plötzliche Abreise einen ganz bestimmten Zweck; dann war alles genau überlegt.

Während des Diners bemerkte Krag nichts Auffälliges. Er saß dem Engländer gegenüber, und zwar so nahe, daß er ihn genau beobachten konnte. Das Essen nahm die beiden Herren vollkommen in Anspruch; sie wechselten kein Wort miteinander. Selbst für Engländer war dies Schweigen auffällig. Man konnte glauben, daß ein jahrhundertaltes Schweigen von diesen Holzgesichtern ausging.

Sir Cyrus Holmes bezahlte. Das Klirren des Geldes war der einzige Ton, den man vom Tische dieser Söhne Albions vernahm. Im Schweigen macht es keiner dem Engländer gleich.

Krag konnte ein gewisses Gefühl des Grauens nicht los werden. Sir Cyrus hartes Gesicht war zwar ausdruckslos gewesen; aber noch nie war dem Detektiv aufgefallen, daß Ausdruckslosigkeit so grauenhaft wirken kann. Als die hagere Gestalt des Lords durch die Tür verschwand, kam es Krag in den Sinn, daß gerade derartige Menschen oftmals zielbewußte Forscher und unerschrockene Jäger waren. In den Augen des Engländers lag etwas, was ihn an den Ausdruck der Augen hinter einem Gewehrlauf erinnerte.

Auf der Strecke durch Seeland, eben bevor sich der Zug in der Dämmerung Kopenhagen näherte, geschah etwas Unerwartetes.

Krag war gerade damit beschäftigt, vom Gang aus die flache dänische Landschaft zu betrachten, als jemand ihm die Hand auf die Schulter legte. – Krag drehte sich um.

Vor ihm stand – Nelson.

»Ich komme mit einer Bitte zu Ihnen,« sagte er.

»Kennen Sie mich denn?« fragte Krag.

»Ja.«

»Was wünschen Sie?«

»Sie müssen mir helfen,« entgegnete Nelson sehr ernst. – »Das geschieht nur selten, daß ich mich an jemand um Hilfe wende.«

XXXV.

Dem Detektiv fiel plötzlich der todernste und unheilverheißende Gesichtsausdruck des Lords ein. Es mußte entsetzlich sein, einen Mann, der sich hinter einer so undurchdringlichen Steinmaske zu verbergen wußte, zum Feinde zu haben.

Soviel stand fest, der mächtige Engländer haßte Nelson von ganzer Seele.

»Und nun steht dieser Nelson vor mir,« dachte Krag, »und ersucht mich um Hilfe.«

Er fragte: »Fürchten Sie etwas?«

Nelson zog die Augenbrauen hoch, wie er zu tun pflegte, wenn er Erstaunen markierte.

»Sie verstehen mich falsch,« entgegnete er, »ich fordere Ihre Hilfe, wie ein Gentleman den andern um eine Handreichung in einer schwierigen Situation bittet.«

»Ich habe Sie nicht mißverstanden,« entgegnete Krag. »Aber ich verstehe Sie auch nicht. Fürchten Sie sich vor Sir Cyrus?«

»Keineswegs.«

»Vielleicht ist Sir Cyrus nicht einmal die Veranlassung Ihrer Bitte?«

»Ja doch.«

»Dann erklären Sie sich, bitte!«

»Ich will Ihnen zunächst verraten, daß wir eine anstrengende Reise vor uns haben. Vertragen Sie lange Reisen?«

»So gut wie Engländer wohl kaum. Aber ich werde schon aushalten.«

»Schön! Wir werden nämlich unsere Reise nach Paris nur im äußersten Notfall unterbrechen.«

Krag nickte. »Darauf bin ich vorbereitet.«

»Weiter möchte ich Ihnen sagen, daß ich Sie auf dem Bahnhof sofort wiedererkannt habe.«

»Damit überraschen Sie mich gar nicht. Ich hatte mit dieser Wahrscheinlichkeit gerechnet.«

»Warum haben Sie sich denn maskiert? Und dazu noch so sorgfältig. Mein Kompliment!«

»Weil ich nicht aufdringlich wirken wollte.«

Nelson lächelte anerkennend. – »Es freut mich, daß ich doch wenigstens von einem vollkommenen Gentleman verfolgt werde. Welches Hotel beabsichtigen Sie in Paris zu bewohnen?«

»Mir scheint,« sagte Krag ungeduldig, »Sie kommen von der eigentlichen Sache ganz ab, Sie haben mich um Beistand gebeten, was ich wahrscheinlich auch nicht ablehnen werde. Nun muß ich Sie aber sehr bitten, mir Ihre Wünsche zu nennen.«

Sie irren,« erwiderte Nelson, »ich gehe absolut nicht um die Sache herum. Ich muß nämlich notwendig wissen, wo Sie in Paris zu wohnen beabsichtigen.«

Krag lächelte. »Ich kann Ihnen ja gern eine Adresse angeben. Ich habe schon früher im Elysée-Hotel gewohnt; dort werde ich wieder hingehen.«

»Ich werde im Hotel Meurice Wohnung nehmen. Mein Ehrenwort, daß ich dort wohnen werde. Nun Sie es wissen, können Sie sich die Nachforschungen nach mir ersparen. Schon am ersten Tage beabsichtige ich, Ihnen in Ihrem Hotel einen Besuch zu machen.«

»Wozu denn diese ausgesuchte Höflichkeit?« fragte Krag laut lachend. »Wäre es nicht besser, wir wären weniger höflich, dagegen aber deutlicher?«

»Sir Cyrus will mich töten,« sagte Nelson.

»Na, nun kommen wir endlich zur Sache.«

»Haben Sie ihn im Zuge gesehen?«

»Ja.«

»Haben Sie jemals einen Menschen gesehen, dessen bestimmten Willen man so vom Gesicht lesen kann?«

»Er ist ja Forschungsreisender,« entgegnete der Detektiv. »Er sieht genau aus wie ein Engländer, der sich ein bestimmtes Ziel gesetzt hat, und vor nichts in der Welt zurückweicht. Seine Ruhe und sein Schweigen muten aber furchtbar an.«

»Das ist sehr richtig,« bemerkte Nelson mit angenommener oder wirklicher Gleichgültigkeit, entzündete eine Zigarette und bot auch Krag eine an. »Nun kennen Sie also seine Absicht. Sir Cyrus hat keinen anderen Gedanken als den, mich zu töten.«

»Das würde vom juristischen Standpunkt aus ein Verbrechen sein. Es ist nicht nur meine Aufgabe, Verbrechen zu entdecken und die Bestrafung des Täters zu veranlassen; es ist auch meine Pflicht, möglichst jedes Verbrechen zu verhindern. Ich bin also gewillt, Ihnen gegen Sir Cyrus beizustehen. Ich muß mich aber erst davon überzeugen, daß es auch wirklich seine Absicht ist.«

Nelson lachte wieder. Dies Lachen schien Krag doch sehr merkwürdig.

»Ich habe Ihre Hilfe nicht nötig, bevor wir nach Paris kommen.«

»Er beabsichtigt also nicht, Sie im Zuge zu töten?«

»Nein; Sir Cyrus ist kein Eisenbahnmörder. Wenn ich mich in Paris in Ihrem Hotel an Sie wende, dann werden Sie sich von seinen Absichten überzeugen können. Werden Sie bestimmt dort anzutreffen sein?«

»Ja.«

»Sie sollten sich darüber freuen, daß ich Sie um Beistand bitte, denn dadurch bleibt Ihnen manche mühevolle Stunde erspart, die meine Verfolgung Ihnen verursachen würde. Ich vermute nämlich, daß ich das verfolgte Wild bin. Vorläufig danke ich Ihnen. Schmeckt die Zigarette? Echt Raschnau. Ich fand noch einige in meiner Wohnung vor.«

»Der Tabak ist ganz vorzüglich,« antwortete Krag.

»Auf Wiedersehen!«

»Auf Wiedersehen!«

Während des zweistündigen Aufenthaltes in Kopenhagen hatte Asbjörn Krag Gelegenheit, seinem Agenten, Herrn Holmsen, eine Depesche nach Kristiania zu senden. Als Adresse gab er das Elysee-Hotel an.

Kaum zwei Stunden nach seiner Ankunft im Hotel ließ sich Nelson bei ihm melden. Er war elegant wie immer, ja, er hatte schon das Aussehen des waschechten Parisers.

»Ich bin auf dem Wege nach dem Atlantis-Variété,« waren seine ersten hastigen Worte. »Ich habe nur wenig Zeit. Darf ich Sie meinem Freunde vorstellen?«

»Sie hatten mir eine andere, und zwar interessantere Mitteilung als Zweck Ihres ersten Besuches in Aussicht gestellt,« sagte Krag unwillig. »Mir liegt nicht daran, meinen Bekanntenkreis zu erweitern.«

»Ich komme ausschließlich in der Sache Cyrus Holmes zu Ihnen. Es ist seine Absicht, mich morgen früh um sieben Uhr zu töten.«

Der Detektiv rückte näher heran.

»Ich muß sagen, Sie sind vorzüglich unterrichtet.«

»Ja, ich habe soeben die Mitteilung bekommen.«

Nelson sprach in leichtem, überlegenen Ton, worin aber doch ein gewisser geschäftsmäßiger Ernst lag. Alle Ironie hatte er abgestreift.

»Wie rücksichtsvoll von Sir Cyrus, sein Opfer zu benachrichtigen,« sagte Krag.

»Aber mein Bester, so ist es doch einmal Brauch unter Gentlemen. Dies veranlaßt mich auch, Sie mit meinem Freunde bekannt zu machen. Augenblicklich ist er mein bester Freund in Paris. Und Sie natürlich. Darum habe ich mich an Sie gewandt. Für meinen Freund garantiere ich. Sein Name ist Zephyr Hamard. Wenn meine Garantie Ihnen nicht genügt, mag nur gesagt sein, daß er Mitglied des Jockeyklubs ist. Das ist der exklusivste Klub der Welt. Kann man sich als Mitglied des Jockeyklubs legitimieren, steht einem das Bankkonto aller Filialen der Credit Lyonnais offen. Genügt Ihnen das?«

»Ja, voll und ganz,« antwortete Krag, der zu ahnen begann, daß zwischen Sir Cyrus Holmes und Nelson ein Duell ausgefochten werden sollte. Dann war ja auch Nelsons Behauptung, daß Sir Cyrus ihn zu töten beabsichtige, stichhaltig. In einem Duell, worin der Mann mit dem steinernen Gesicht Gegner war, konnte von einem Scheinkampf nicht die Rede sein.«

»Sie wünschen mich zu Ihrem Sekundanten?«

»Ganz recht. Sie haben mir Ihre Beihilfe schon von vornherein zugesagt.«

»Und hiermit bestätige ich mein Anerbieten. Also morgen früh um sieben Uhr.«

»Ja. Alles weitere besprechen Sie bitte mit meinem zweiten Sekundanten, Monsieur Zephyr, und Sir Cyrus' Freunden. Ich werde mich nun zurückziehen. Um eines aber möchte ich Sie bitten. Sorgen Sie dafür, daß der Abstand mindestens vierzig Schritt beträgt.«

»Das ist sehr viel,« entgegnete Krag. »In einem ernsten Duell pflegen zwanzig Schritt das Maximum zu sein. Ich habe schon von Duellen über ein Taschentuch hinweg gehört. Sollten Sie sich doch vielleicht fürchten?«

»Bei zwanzig Schritt Abstand treffe ich das Zentrum. Vergessen Sie aber nicht, daß ich derjenige bin, den man töten will. Möglicherweise bekomme ich aber den ersten Schuß. Ich möchte kein Unglück anrichten.«

»Und Sir Cyrus?«

»Der hat mit dem Revolver schon Tiger erlegt. Fragen Sie jeden britischen Offizier zwischen Delhi und Singapore, wie Cyrus Holmes mit dem Revolver umgeht. Man wird Ihnen Wunderdinge erzählen.«

»Ich höre Schritte; es wird Monsieur Zephyr sein.«

XXXVI.

Der Herr, der nun eintrat und dem Detektiv als Monsieur Zephyr Hamard vorgestellt wurde, kam Krag bekannt vor. Nicht gerade, daß er meinte, ihn früher gesehen zu haben, sondern mehr, weil er das Gefühl hatte, von ihm gelesen zu haben. Er kam ihm vor als der Held einer französischen Novelle. Der Typ eines Boulevardiers, wie ihn Balzac und Abel Hermant beschrieben. Vielleicht ein wenig karikiert, oder besser gesagt, soviel karikiert, daß er seinen Mitmenschen ein gewisses literarisches Interesse abgewann. Sein strohgelbes und außerordentlich spärliches Haar war mit einer beinahe phantastischen Kunstfertigkeit so arrangiert, daß es seinen ziemlich kahlen Schädel fast bedeckte. Man hatte das Gefühl, als wäre jedes Haar gezählt und ließe sich mit Gold nicht aufwiegen. Die Schläfen waren hohl und sein Gesicht hatte jene graue Farbe, die eine Folge von zu großem Absinthgenuß und zu wenig Aufenthalt in frischer Luft ist. Schloß Monsieur Zephyr die Augen halb – was er in seiner Blasiertheit oft tat –, dann machte er den Eindruck eines Greises. Klemmte er jedoch das Monokel ins Auge und lächelte dabei – er hatte ein hübsches Lächeln –, dann bekam sein Gesicht trotz des gelben Haares und der schlechten Hautfarbe einen jugendlich heiteren Ausdruck. Ein echter Pariser.

»Ich werde mich zurückziehen,« sagte Nelson. »Ich habe die Absicht, mich heute abend hier in Paris ein wenig zu amüsieren. Treffen wir uns morgen früh um halb sieben Uhr in meinem Hotel in der Rue de Rivoli. Ich werde für Fahrgelegenheit sorgen. Meine Herren, ich verspreche Ihnen eine erfrischende Morgenfahrt.«

Damit ging er.

Krag und Monsieur Zephyr waren allein.

»Dieser Nelson ist doch ein ganz kaltblütiger Mensch,« sagte Krag.

Monsieur Zephyr wußte nicht, was Krag damit meinte.

»Jetzt geht er aus, um sich zu amüsieren, obwohl er weiß, daß er die beste Aussicht hat, morgen von der Kugel getroffen zu werden.«

Monsieur Zephyr zuckte mit den Achseln und ließ sein Monokel fallen. Er verstand nicht, wie man anders auftreten konnte.

»Betrachten Sie die Sache vom geschäftlichen Standpunkt,« sagte er. »Ich würde es aufrichtig bedauern, wenn mein alter Freund von dem morgigen Ausflug nicht zurückkommen sollte. Es liegt aber doch keine Veranlassung vor, sentimental zu werden. Heut trifft's dich, morgen mich. Ich glaube, dies Duell wird das fünfundzwanzigste sein, woran ich als Sekundant teilnehme. Selbst habe ich achtmal duelliert. Ich habe drei Menschen getötet. Ich vermute, daß das Ihr erstes Duell ist.«

»Ja.«

»Sie glücklicher Mensch.«

»Warum denn das?«

»Ich erinnere mich, welch unheimliche Freude ich empfand, als ich das erste mal Sekundant war. In dieser sensationsarmen Zeit wird man ja nicht gerade verwöhnt. Aber schon beim dritten Duell langweilte mich die Sache. Ich stellte mich nur meinen allernächsten Freunden zur Verfügung. Meine eigenen Duelle langweilen mich schon.«

Krag, der seinen Prahlereien gern Einhalt tun wollte, sagte schließlich: »Vergessen Sie nicht, daß es diesmal Engländer sind, die sich duellieren.«

Sofort verstand Monsieur Zephyr die Zurechtweisung. Pikiert klemmte er das Monokel ins Auge.

»Mein Herr,« begann er sehr gemessen, »ich habe Sie ausdrücklich darauf aufmerksam gemacht, daß drei meiner acht Duelle tödlich verliefen. Mit Scheinduellen habe ich mich nie befaßt. Einmal hatte ich das zweifelhafte Vergnügen, Sekundant eines französischen Politikers zu sein. Das werde ich nie wieder tun. Politiker verstehen sich nicht aufs Duellieren. Denken Sie, er bekam einen Schuß in ...« schrie Monsieur Zephyr beinahe. Noch jetzt entsetzte er sich bei dem bloßen Gedanken an das Geschehene, »einen Streifschuß in ...« Es war ihm nicht möglich, das Wort über die Lippen zu bringen. »Nie im Leben tu ich es wieder,«

sagte er noch einmal und schüttelte so energisch den Kopf, daß das Monokel wieder herabfiel.

»Sie sagten vorhin, daß Sie sich nur Ihren nächsten Freunden zur Verfügung stellen. Dann ist Mr. Nelson wohl ein guter, alter Freund von Ihnen?«

»Gewiß. Ich kenne ihn seit der Baccaratschlacht im Zansibarklub vor zwei Jahren. Sie hätten nur sehen sollen, wie er damals spielte. Von dem Augenblick an war er mein Freund.«

»Gewann er denn?«

»Nein, er verlor. Aber das hat doch wirklich nichts zu sagen.«

»Dann gewannen Sie wohl?«

»Nein, ich verlor auch.«

»Wer gewann denn?«

Mit seinem aristokratischen Zeigefinger klopfte sich Monsieur Zephyr gegen die Stirn. Es klang hohl.

»Mein Herr,« sagte er, »mein Geist beschäftigt sich nicht mit Kleinigkeiten.«

Krag merkte, daß mit dem Manne nicht zu verhandeln war; er lebte in einer ihm vollständig fremden Welt. Es war ihm eine Erleichterung, als der Diener ihm eine neue Karte überreichte.

Roger Pemberton war es, der nun mit dem zweiten Sekundanten Sir Holmes' eintrat.

Die Begrüßung war höflich, aber von eisiger Höflichkeit.

»Wie ich höre, ist Monsieur Zephyr Hamard Mitglied des Jockeyklubs, das genügt mir,« sagte Sir Roger.

Sich an den Detektiv wendend, fuhr er fort: »Ihre Wahl hat Sir Cyrus selbst akzeptiert. Das genügt erst recht.«

Monsieur Hamard fragte beleidigt:

»Wollen Sie damit sagen, Sir, daß Sie Zweifel gegen meine Person hegen?«

Krag fürchtete ein neues Duell und versuchte darum, sich in das Gespräch zu mischen, um ihm eine andere Wendung zu geben. Bevor er jedoch zu Worte kam, hatte Sir Roger schon geantwortet.

»Ich bin hier fremd. Nun bin ich aber beruhigt.«

Monsieur Hamard kniff die Lippen zusammen und runzelte gedankenvoll die Stirn. Krag wußte, daß sein Geist augenblicklich damit beschäftigt war, etwas zu überlegen, was mit den gewöhnlichen gleichgültigen Kleinigkeiten des Lebens nicht zu vergleichen war; nämlich ob Sir Rogers Worte eine Beleidigung enthielten oder nicht:

Schließlich machte er eine tiefe Verbeugung, sagte aber nichts.

Sir Rogers Worte hatten zwar die Grenze des Erlaubten gestreift, waren aber nicht darüber hinausgegangen.

Nun ging man dazu über, die Bedingungen für das Duell festzulegen. Man einigte sich ziemlich schnell auf Pistolen.

»Vierzig Schritt Abstand!« sagte Krag.

Sir Roger, der sicherlich Instruktionen hatte, machte Einwendungen. »Fünfundzwanzig, scheint mir, genügen.«

Monsieur Hamard bemerkte: »In Frankreich ist es Sitte, daß man auf den Wunsch des Geforderten Rücksicht nimmt.«

Vierzig Schritt wurden also vereinbart.

Nachdem noch über Einzelheiten verhandelt war, gingen die Herren auseinander.

Die formelle Höflichkeit, die beim Abschiednehmen beobachtet wurde, rief Krags größtes Erstaunen hervor.

Als sich Krag zur festgesetzten Stunde im Hotel Meurice einfand, erwarteten Nelson und Hamard ihn schon im Vestibül. Ein dritter Herr war auch noch hinzugekommen. Wahrscheinlich der Arzt. In der Hand trug er ein kleines, schwarzes Etui.

Hamard war steif, korrekt und formell wie immer.

Nelson, der sich eine noch taufrische Blume ins Knopfloch gesteckt hatte, war in bester Laune. »Ich fühle mich so wohl wie ein Fisch im Wasser,« sagte Nelson. »Ich habe heute nacht auch ganz vorzüglich geschlafen, nachdem ich um drei Uhr nach Hause kam. Nach der Reise war ich natürlich auch müde.«

Präzis sieben Uhr erreichte der Wagen die verabredete Stelle im Bois de Boulogne. Dieser Park verdankt seine Weltberühmtheit weniger seiner Schönheit als dem Umstand, daß hier so viele Duelle stattgefunden haben. Duelle im Bois de Boulogne sind in Tausenden von Romanen beschrieben und haben dazu beigetragen, daß Leihbibliotheken so fleißig benutzt werden.

Hatte die Höflichkeit der Sekundanten Krag schon in Staunen versetzt, so überstieg die Höflichkeit bei der Begrüßung hier im Walde alle Begriffe. Man hätte glauben können, daß vier Diplomaten hier zusammengekommen waren, um sich in tadellosen Formen zu überbieten. Mit unvergleichlicher Sicherheit gab Monsieur Hamard den Ton an.

Zunächst entnahmen die Gegner dem goldgeschmückten Etui Sir Roger Pembertons die Pistolen, die die Sekundanten luden.

Danach wurde der Abstand gemeinschaftlich von Sir Roger und Monsieur Zephyr abgeschritten. Hierbei ließ sich nicht vermeiden, daß sie einander stießen, was Veranlassung gab, daß stahlharte Blicke und höfliche Entschuldigungen gewechselt wurden.

Man loste, wer den ersten Schuß abgeben sollte.

Mr. Nelson war dazu ausersehen.

»Hazardspieler wie gewöhnlich,« sagte er. »Diesmal habe ich Glück gehabt.«

Er ging an seinen Platz und feuerte. Er schoß in die Luft.

XXXVII.

Monsieur Zephyr Hamard war über ein derartiges Benehmen Mr. Nelsons ganz entsetzt. Für Sekunden verlor der elegante Franzose seine Fassung. Krag betrachtete seinen Gesichtsausdruck. Das Erstaunen des Franzosen ließ den Detektiv stutzen. Erst später sollte ihm Aufklärung werden. Das Gesicht des Franzosen drückte nämlich nicht allein Erstaunen aus, es lag darin auch ein gewisser Schreck und Ärger; ein Ärger, der so auffallend war, daß zu seiner Erklärung nicht bloß der Umstand genügte, daß Nelson die Regeln des Duells mißachtet hatte, indem er in die Luft schoß. Es war überhaupt ein Vergehen gegen die geheiligten Gesetze des Duells. Aber im Kampf mit Sir Cyrus zeugte sein Verhalten von Mut.

Nelson starrte in die Baumkronen, wie man einem abgeschossenen Pfeil nachblickt. Es sah aus, als wartete er darauf, die kleine Metallkugel zwischen den Zweigen der Bäume in der Morgensonne zu sehen, die ihre ersten Strahlen auf den Bois de Boulogne warf. Er lächelte, lächelte verschmitzt und triumphierend, als er vollkommen ruhig mit gesenktem Revolver den Schuß des Gegners abwartete.

Sir Cyrus, der Engländer mit dem unbeweglichen Gesicht, zeigte auch nicht die geringste Erregung, als Nelson die Waffe zum Schuß erhob. Das flotte und elegante Auftreten seines Gegners hatte jedoch für Augenblicke den sonst so phlegmatischen Mann aus seiner Ruhe gebracht. Eine gewisse Überraschung konnte Sir Cyrus nicht verbergen. Nach den Regeln des Duells wäre er berechtigt gewesen, sofort zu schießen, nachdem Nelson seine Kugel in die Wipfel der Bäume geschickt hatte. Statt dessen ließ er eine Pause eintreten, um näher über die Lage nachzudenken. Hier aber zeigte es sich wiederum, daß der Haß die edelste Handlungsweise schlecht auslegt. Sir Cyrus faßte Nelsons Auftreten als Hohn auf, als eine schmähliche Beleidigung.

Als er den Revolver hob, hörte man ihn murmeln: »Auch dies noch, solche Infamie!«

Es waren kaum Worte; mehr ein Zähneknirschen.

Asbjörn Krag, der dem Briten direkt gegenüberstand, konnte ein leichtes Grauen kaum unterdrücken. Wußte er doch, daß Sir Cyrus in diesem Moment nur den einen Gedanken hatte, seinen Gegner zu töten.

Der Abstand war jedoch groß. Als ausgezeichneter Schütze kam ihm der Gedanke: »Dies hier ist nicht nur ein Duell, sondern auch eine Sportleistung Das Leben ist die Prämie. Wer wird diesen herrlichen Preis gewinnen?«

Sir Cyrus schoß. – Nelson stand. Ein kleines Loch im Hemdärmel zeigte die Stelle, wo die Kugel durchgegangen war. – Es war ein Meisterschuß.

Nun war Nelson wieder an der Reihe. Würde er den Preis gewinnen?

»Mein Kompliment!« rief er, sich vor Sir Cyrus verbeugend, diesem zu. »Sie besitzen keinen unverdienten Ruhm.«

Der Gegner antwortete nicht. »Neue Pistolen!« rief er.

Mit diesem ernsten und steifen Engländer verglichen, machte Nelson den Eindruck eines fröhlichen Jünglings, der vor lauter Übermut lachte und spaßte.

Die Sekundanten brachten die Waffen.

Als Monsieur Zephyr seinem Freunde die geladene Pistole reichte, flüsterte er ihm einige Worte zu, darunter recht vernehmlich ein Wort, das eher in den Wortschatz eines Pariser Straßenjungen hineinpaßte, als daß es ein feingebildeter Herr und Mitglied des hochvornehmen Jockeyklubs benutzte. Der entsetzte Detektiv meinte gehört zu haben: »Sei kein Idiot, du Schweinehund!«

Nelson sah ihn an und sagte nur: »Das Monokel.«

»Wie, bitte?« fragte Monsieur Hamard.

»Das Monokel,« wiederholte Nelson. »Es baumelt hin und her. Das steht Ihnen nicht, mein Herr. Es gehört ins Auge.«

Monsieur Zephyr zitterte vor Ärger, er war jedoch so sehr Sklave seiner Eleganz, daß er das Monokel einklemmte. Dabei machte er ganz gewohnheitsmäßig die Grimasse, wie ein wirklicher Lebemann sie machen muß, wenn er für voll gerechnet werden will. Trotz des Ernstes der Stunde wirkte diese Komik auf Krag.

Die Duellanten waren bereit. Diesmal schoß Nelson nicht daneben. Er zielte auf Sir Cyrus und traf ihn auch.

Dessen Gesicht wurde plötzlich aschfahl. Er hob den Arm, um den Schuß zu erwidern, mußte ihn aber wieder sinken lassen. Dann wankte er. Seine Freunde und die Ärzte eilten herbei und legten ihn auf den Rasen nieder. Der Arzt riß das Hemd auf. An der rechten Brustseite war es von Blut gerötet.

Nelson lächelte nicht mehr. Er stand und wartete.

Monsieur Zephyr trat auf ihn zu. »Endlich, mein Junge,« sagte er.

»Gehen Sie,« war Nelsons harte Antwort.

Sir Cyrus lebte. Nach einigen Minuten kam der Arzt mit der Meldung: »Schulter verwundet. Nur einen Zentimeter weiter nach links, dann wäre der Tod sofort eingetreten.«

Nachdem man ihm ein Glas Kognak gegeben hatte, erholte sich Sir Cyrus so, daß er ohne Hilfe sein Auto besteigen konnte. Er ging an Nelson vorüber, ohne ihn auch nur anzusehen.

»Ist es nicht Sitte,« fragte Monsieur Zephyr, »daß sich die Gegner nach dem Duell die Hände reichen?«

»Ich wagte den Versuch nicht,« entgegnete Nelson.

»Warum nicht?«

»Ich fürchtete eine Abweisung.«

»Das würde eine Verletzung der Regeln bedeuten,« wandte Monsieur Zephyr ein, der nun wieder die Rolle des Wächters über Innehaltung der wahren Ehrbegriffe übernahm. Er begab sich zu den Sekundanten des Gegners, die gerade im Begriff waren, im Auto Platz zu nehmen. Er war wieder Herr der Situation; sein artiges Wesen konnte abermals Triumphe feiern.

Krag sah mit an, wie zwischen Sir Cyrus und seinen Sekundanten hin und her gesprochen wurde, worauf diese Monsieur Zephyr das Resultat ihrer Unterhaltung weitergaben.

Monsieur verneigte sich.

»Ich sehe schon, es ist eine Ablehnung,« sagte Nelson. »Die Herren machen sich zur Abfahrt bereit.«

Ein wenig niedergeschlagen kam Monsieur Zephyr von der Besprechung mit den Sekundanten der Gegenpartei mit der Meldung zurück: »Sir Cyrus läßt Ihnen bestellen, daß er Sie innerhalb eines Monats, von heute an gerechnet, zu töten beabsichtigt, Mr. Nelson.«

»Was entgegneten Sie ihm?« fragte Krag.

»Nichts, ich zuckte nur mit den Schultern. In einem solchen Augenblick fängt ein Gentleman keine Unterhaltung an. Ich hätte ihm aber die rechte Antwort geben können.«

»Nun, was hätten Sie denn sagen wollen?« fragte Nelson.

»Ich hätte sagen können, daß es Sir Cyrus wahrscheinlich nicht schwer fallen würde, sein Vorhaben auszuführen, wenn ihm ein Mann gegenüberstünde, der während des Duells nach Spatzen schießt.«

»Das geschah nur das eine Mal,« wandte Nelson ein.

»Der zweite Schuß war dagegen ein Meisterstück,« sagte Krag.

Nelson wandte sich an Krag. »Ja, es war wirklich ein Meisterschuß. Ich habe niemals besser geschossen.«

»Zwei Zentimeter,« zischelte Monsieur Zephyr.

»Ich mußte ihn ja kampfunfähig machen; sonst hätte er mich getötet.«

»Mein Herr,« rief Zephyr Hamard indigniert. »Ich werde mich Ihnen nie mehr zur Verfügung stellen. Solche Komödien sind mir zuwider.«

Nelson sah nach der Uhr. Mit vor Erregung zitternder Stimme sagte er zu Hamard: »Ich weiß aus Erfahrung, daß die Zeit eines Gentleman sehr kostbar ist. Vermutlich haben Sie eine Besprechung mit Ihrem Schneider oder vielleicht mit dem Parfümhändler.« Er wies auf Krag. »Außerdem habe ich Wichtiges mit diesem Herrn zu besprechen.«

»Das trifft sich gut,« erwiderte Hamard, indem er sich mit sehr viel Anstand verneigte. »Ich gehe ins Restaurant la Boiselle; dort habe ich eine Verabredung.«

Als Krag und Nelson allein durch den Park zurückfuhren, bereitete Nelson dem Detektiv eine Überraschung, die alle früheren in den Schatten stellte.

Nelson hatte lange schweigend neben dem Detektiv gesessen. Plötzlich senkte er den Kopf. Krag blickte ihn an. Nelson weinte.

XXXVIII.

Krag war der festen Überzeugung, daß Nelson der gerissenste aller Schurken sei, mit denen er während seiner Tätigkeit als Detektiv zu tun gehabt hatte. Aber trotzdem, oder vielleicht gerade deswegen, hegte er eine gewisse Sympathie für den Mann. Seine Frechheit und sein Wagemut und nicht zum wenigsten die sportsmäßige Eleganz, womit der Engländer sein Vorhaben ins Werk setzte oder sich der strafenden Gerechtigkeit entzog, imponierten ihm. Nelsons Fähigkeit, sich beherrschen zu können und seine phänomenale Zähigkeit und Ausdauer, eine Rolle zu Ende zu spielen, waren Eigenschaften, die Krag Bewunderung abzwangen.

Sir Cyrus' Pistole hatte ihn nicht aus dem Gleichgewicht bringen können.

Und derselbe Mensch saß nun neben ihm und weinte, während der Wagen nach den Champs-Elysées einbog.

Dies war wahrhaftig für Krag die größte Überraschung in der ganzen Sache.

Nelson schluchzte nicht; aber er weinte still vor sich hin, wie nur ein starker Mann weinen kann, wenn ein gewaltiger und tiefgehender Schmerz ihn übermannt. Dies war kein Theaterspielen. Er versuchte auch gar nicht, seinen Kummer zu verbergen; aber als er die Schwäche niedergekämpft hatte, zuckte er nur mit den Achseln. »Es ist schon gut,« sagte er nur. Bald nahm sein Gesicht auch wieder den halb verbitterten, halb ironischen Ausdruck an, der ihm im Grunde gut stand.

Asbjörn Krag hatte die ganze Zeit das Gefühl, als hütte Nelson ihm etwas anzuvertrauen, doch drang er nicht auf ihn ein.

Im Restaurant Petit Riche, das in der Nähe der großen Boulevards liegt, nahmen sie das Frühstück ein.

Während sie frühstückten, fragte Krag: »Ist das Duell Ihnen wirklich so nahegegangen? Erst setzen Sie sich mit Fleiß der todbringenden Kugel Ihres Gegners aus, und nachher weinen Sie?«

»Das Duell?« entgegnete Nelson wie geistesabwesend; »nein, das Duell nicht. Absolut nicht. Ich habe Sir Cyrus die Chance geben wollen, mich zu töten. Ich wollte ehrenhaft handeln.«

Nelson blickte den Detektiv fest an und wiederholte mit Nachdruck: »Ich wollte ehrenhaft handeln.«

»Sie haben mehr als ehrenhaft gehandelt,« antwortete Krag. – »Es schien mir aber, daß Ihr sonst so stilvoller Freund, Monsieur Zephyr, für Sekunden aus der Rolle fiel. ›Idiot‹ und ›Schweinehund‹ sind doch sicherlich keine Ausdrücke, die im Jockeyklub gang und gäbe sind. Ich glaube sogar. Sie beleidigten ihn beim Abschied.«

Nelson lachte laut. »Den kann ich gar nicht beleidigen,« sagte er.

»Er kennt Sie vielleicht zu genau?«

»Nein, im Gegenteil: ich kenne ihn zu genau.«

Die Verachtung, mit der diese Worte ausgesprochen wurden, konnte Krag nachfühlen. Er ging aber nicht wieder auf dies Thema ein.

»Was halten Sie von Sir Cyrus' Drohungen?« fragte Krag. »Er hat ja die Absicht, Sie innerhalb eines Monats zu töten. Dem fürchterlichen Engländer traue ich alles zu.«

»Ich auch,« entgegnete Nelson, »aber es wird ihm nicht gelingen. Einmal habe ich ihm Gelegenheit gegeben, mich über den Haufen zu schießen; aber ich tu es nicht wieder. Selbst einem Entdeckungsreisenden soll es nicht gelingen, mich zu finden, wenn ich mich verberge.«

Die letzten Worte ließen Krag aufhorchen.

»Sie können davon überzeugt sein,« sagte Nelson, »daß es mir gelungen wäre, mich vor Ihnen zu verbergen, wenn ich es nur gewollt hätte. Bisher ist mir Ihr Beistand immer nötig gewesen, aber nun ist mir Ihre Freundschaft nötiger, möchte ich fast sagen,« fügte er in sentimental vertraulichem Ton hinzu. »Ich begreife wohl, aus welchem Grunde Sie mich verfolgen. Sie glauben nämlich immer noch, daß ich der Erzgauner bin, für den Sie mich von Anfang an gehalten haben. Gesetzt der Fall, ich gäbe zu, daß Sie im Recht sind, was dann?«

»Dann würde ich Sie ohne Bedenken unter diplomatischem Beistand verhaften lassen. Und das sofort.«

»Nun gut, dann bekenne ich eben nicht,« rief Nelson lachend aus. »Sie müssen aber doch zugeben, daß Sie ohne dies Bekenntnis gegen mich nichts ausrichten können.«

»Ich werde aber doch nicht unterlassen, Sie zu verfolgen.«

»Sollte ich Sie einmal täuschen müssen,« sagte Nelson, »dann habe ich jedenfalls die Genugtuung, daß ich Ihnen während dieses Frühstücks zu verstehen gab, daß ich Ihnen dankbar bin. Sie werden noch daran denken.«

»Ich muß Sie aber doch bitten, nicht erst zu versuchen, mir aus dem Wege zu gehen. Ein solcher Versuch würde schließlich nur dahin führen, sowohl Ihnen als auch mir unnötige Bemühungen zu verursachen. Vergessen Sie nicht, daß Sie nicht mehr für sich allein einstehen; Sie sind zwei. Auch sind Sie gesundheitlich nicht mehr auf der Höhe. Ich gebe es nicht auf, dem Geheimnis auf die Spur zu kommen. Zwei Menschen, darunter eine Dame, entgehen mir nicht so leicht.«

Dies Gespräch fand nach Beendigung des Frühstücks im Vestibül statt, als die Herren im Begriff waren, das Restaurant zu verlassen.

Mr. Nelson beantwortete Asbjörn Krags Bemerkung nicht gleich. Er zündete sich eine Zigarette an, wobei er sein Gesicht vor Krag zu verbergen suchte. Dem Detektiv kam es aber doch so vor, als wollte Nelson nur seine innere Bewegung verbergen.

Er faßte ihn am Arm. »Wie kommt es, daß ich Frau Lizzie nach ihrer Ankunft hier in Paris nicht gesehen habe?«

»Frau Lizzie ist nicht mehr hier, lieber Freund. Nun muß ich Sie aber verlassen. Morgen werden Sie Näheres von mir hören. Ich kann Ihnen jedoch nur sagen, daß Lizzie fortgegangen ist; ich weiß nicht einmal, wohin.«

Mit diesen Worten tauchte er im Gedränge unter.

Der nächste Morgen brachte dem Detektiv neue Überraschungen

Die erste Überraschung war ein Brief des Agenten Holmsen in Kristiania, der ihm kurz mitteilte, daß der gemeingefährliche Verbrecher nach Freilassung des Gentlemandiebes sofort wieder aufgetaucht sei. Ein Juwelengeschäft im Zentrum der Stadt sei noch in der Nacht, als Krag am Morgen Nelson und Sir Cyrus nach Paris gefolgt sei, ausgeraubt.

Ein Verzeichnis und eine Beschreibung der gestohlenen Gegenstände hatte Holmsen beigefügt. Dies Verzeichnis studierte Krag genau. Unter anderem waren einige außerordentlich wertvolle Ringe mit kostbaren Steinen in altindischer Fassung aufgeführt.

Kaum hatte er dies Schreiben sehr nachdenklich beiseite gelegt, als ihm auch schon ein Brief gebracht wurde, worauf der Name des Hotels, wo Nelson wohnte, gedruckt stand.

Gespannt öffnete Krag ihn.

Ein Gegenstand fiel klirrend aus dem geöffneten Umschlag heraus auf den blankpolierten Tisch. Krag hob ihn auf. Es war ein Ring. Sofort wußte der Detektiv, daß dies einer der von Holmsen beschriebenen charakteristischen Ringe war.

In diesem Augenblick fiel sein Verdacht nicht nur auf Nelson, sondern auch auf Monsieur Zephyr, auf Lizzie, ja sogar auf den berühmten Forscher.

Noch größer war sein Erstaunen über die beifolgenden Zeilen.

XXXIX.

»Lieber Freund,« schrieb Nelson, »wenn Sie dies lesen, bin ich schon auf und davon. Unternehmen Sie nichts zu meiner Auffindung. Sie werden nur Unannehmlichkeiten haben und zu keinem Resultat kommen. Alles wäre anders gewesen, wenn nicht dieser besondere Umstand eingetroffen wäre, von dem ich Ihnen gestern erzählte. Hätte Lizzie mich nicht schon vor dem Duell verlassen, wäre es mir ein Vergnügen, hier in der schönsten Stadt der Welt einen Monat mit Ihnen zu verbringen. Ich weiß nicht, wohin sie gegangen ist, und Nachforschungen darf ich nicht anstellen. Lieber Freund – erlauben Sie mir diese Anrede –, vielleicht sind Ihre Ansichten über mich nicht so falsch; aber ich bin doch auch ein Mensch, der menschlich fühlt. Sie wissen ja selbst, daß ich mich der Kugel meines Gegners aussetzte. Es geschah aus Verzweiflung über das Vorhergegangene. Warum hat sie mich verlassen? Fragen Sie mich nicht. Sie werden es nie erfahren. – Weil Sie in schwieriger Lage mir als Freund Beistand leisteten, gebe ich Ihnen noch eine Auskunft. Monsieur Zephyr ist nicht Mitglied des Jockeyklubs Wie schon gesagt, beleidigen kann ihn niemand. Nun wissen Sie genug. Vermeiden Sie aber jegliches Duell mit ihm; im Schießen ist er nicht sicher. Dazu sitzen seine Finger zu lose. Es kommt vor, daß im entscheidenden Moment der eine schießt und der andere nicht.

Als Beweis meiner Freundschaft und Dankbarkeit bitte ich Sie, lieber Asbjörn Krag, beiliegendes kleines Schmuckstück anzunehmen. Sollte dieser Ring Sie sehr in Erstaunen setzen, dann diene zu Ihrer Beruhigung, daß ich bei meiner Ehre versichere, diesen Ring nicht gestohlen zu haben.

Ihr
Nelson.«

Nachdem Krag unter ständig zunehmender Verwunderung den Brief gelesen hatte, konstatierte er, daß er dank der Schnelligkeit seines Agenten schon feststellen konnte, woher der Ring stammte.

Es war gestohlenes Gut. Das hatte Nelson auch gewußt. Die letzten Worte seines Briefes deuteten darauf hin. Sicherlich hatte er ihn nicht selbst gestohlen. Wie war er aber in den Besitz des Ringes gelangt? Krag rechnete aus, daß er sehr wohl die letzte Nacht in Kristiania zur Ausführung des Diebstahls benutzt haben könnte. Gerade in der Nacht, wo niemand ihn in Verdacht hatte, ließ sich ein Einbruch am besten bewerkstelligen. Und das noch gerade eben vor seiner Abreise nach Frankreich, um Sir Cyrus Holmes' Forderung nachzukommen. Diese Möglichkeit lag ja immerhin vor. Dann wäre Nelson aber mit einer einzig dastehenden Dreistigkeit zu Werke gegangen. Unwillkürlich wurden Krags Gedanken auf Helfershelfer gelenkt. Die Szene auf der Rückfahrt vom Bois de Boulogne und Nelsons Niedergeschlagenheit nach dem Frühstück im Petit Riche kamen ihm wieder in den Sinn. Diese Ausbrüche kamen von Herzen. So konnte sich auch der beste Schauspieler nicht verstellen.

In dieser Sache war alles unwahrscheinlich. Hatte vielleicht Lizzie mit den Diebstählen zu tun? Wer war Lizzie überhaupt? Ja, wer war der Forschungsreisende Cyrus Holmes? War er wirklich der berühmte Entdecker? Dem Detektiv wurde ganz heiß. Das ganze, überaus sinnreiche Gebäude, das er konstruiert hatte, schien zu wanken; er sah schon die Umrisse eines ungeheuren Schwindels, deren Urheber Nelson und Lizzie und der Mann waren, der sich Cyrus Holmes nannte, aber unmöglich der bekannte Forscher sein konnte. Krag versuchte, diese Gedanken von sich zu weisen. Nein, nein, so hing die Sache nicht zusammen. Er begab sich schleunigst nach dem Hotel Continental, wo er sofort feststellte, daß Nelson morgens früh ohne Hinterlassung einer Adresse sich nach dem Süden begeben hatte.

»Reiste er allein?«

»Ja.« Neugier und angeborene Lust der Franzosen, Polizei zu agieren, veranlaßten den Portier, zu fragen:

»War etwas mit ihm los?«

Krag zeigte ihm seine Legitimation, worauf er erfuhr, daß die Dame, die Nelson begleitet hatte, ihn in der verflossenen Nacht verlassen habe, nachdem in ihren Zimmern ein lauter Wortwechsel, von Weinen unterbrochen, vorangegangen war. Die Dame hatte das Hotel ohne jegliches Gepäck, nur mit einem schwarzen Regenmantel bekleidet, verlassen.

Asbjörn Krag kam jetzt auf den Gedanken, sofort Cyrus Holmes aufzusuchen. Als er sein Hotel erreicht hatte, erfuhr er, daß auch dieser Herr abgereist sei. Ja, er erfuhr noch mehr. Am frühen Morgen des gestrigen Tages hatte sich im Hotel eine sehr peinliche Szene abgespielt.

Eine junge, scheinbar sehr erregte und nervöse Dame hatte um eine Unterredung mit Cyrus Holmes gebeten. Man hatte sie in das Zimmer des berühmten Forschers geführt, wo sie etwa zehn Minuten mit dem Herrn gesprochen hatte. Dann war sie aber noch aufgeregter und heftig weinend wieder herausgekommen. Sir Cyrus selbst führte sie. Anfänglich hatte es den Anschein, als ob er sie am Arme festhielt, um sie zu stützen; aber bald darauf merkte das erstaunte Hauspersonal, daß er sie an die Luft gesetzt hatte. In diesem Augenblick sah er entsetzlich aus. Bis vor die Haustür brachte er die Dame; dann ging er in sein Zimmer zurück, verlangte seine Rechnung und reiste einige Stunden später – wahrscheinlich nach England – ab.

Krag fragte den Portier, ob er von früheren Besuchen her Sir Cyrus kenne.

Der Portier lächelte. »Den berühmten Forscher kennt doch jeder Pariser.«

»Kannten Sie denn auch die schwarzgekleidete Dame?«

»Nein, gar nicht.«

Dieser dreitägige Aufenthalt in Paris hatte bewirkt, daß Asbjörn Krag vollständig darüber im Zweifel war, was er nun tun sollte.

Und doch war seine Laune nicht die schlechteste; denn mit Hilfe des Ringes und Holmsens Brief war es ihm gelungen, festzustellen, daß Nelson wirklich ein Dieb war oder doch wenigstens in Verbindung mit Dieben stand. Den Beweis hatte er ja in der Hand. Nur war es ihm nicht klar, welche Rolle die übrigen Personen eigentlich gespielt hatten. – Sollte er Nelsons Verfolgung wieder aufnehmen? Würde es ihm in dem dichten Eisenbahnnetz Südfrankreichs gelingen, ihn zu finden? Wäre es nicht besser, den Spuren der schwarzgekleideten Dame zu folgen? – Oder Monsieur Zephyr? – Oder gar Cyrus Holmes? – Krag hegte Zweifel, ob es ihm gelingen würde, dieser Sache auf den Grund zu kommen. Es sollte ihm gelingen.

XL.

Bisher war es Asbjörn Krag gelungen, die dunklen Angelegenheiten Nelsons ans Licht zu bringen, so daß er verhaftet werden konnte; nun hieß es noch das Verschwinden des ganzen Komplotts in Paris aufzudecken. Das sollte zwar noch etwas dauern.

Als Asbjörn Krag in Paris von einem Hotel zum andern wanderte, hatte er das beklemmende Gefühl, nicht recht zu wissen, wo er die Schuldigen suchen sollte; denn daß alle drei unter einer Decke spielten, davon war er überzeugt. Einige Zeit glaubte er, daß jeder nach einer anderen Richtung gereist sei, um später zusammenzutreffen; darum wußte er nicht recht, wem er folgen sollte. Mittlerweile wurde ihm aber die Gewißheit, daß Sir Cyrus derjenige war, für den er sich ausgab. Dann richtete er sein Augenmerk auf Nelson, um möglicherweise sein Versteck ausfindig zu machen; aber Nelson war und blieb verschwunden, wie eine Nadel in einem Fuder Heu. Vorläufig ließ sich in der Sache gar nichts unternehmen.

Dann und wann beschäftigten sich seine Gedanken aber doch mit dieser Angelegenheit, ja, er hatte das bestimmte Gefühl, daß ihm die Lösung dieses Rätsels früher oder später doch gelingen würde.

Da kam der Zufall ihm zu Hilfe, und zwar so, daß auch er bei der Lösung eine Rolle zu spielen bekam.

Es mag hier festgestellt werden, daß Nelsons Name in den norwegischen Gerichtsprotokollen tatsächlich vorkommt; Sir Cyrus' Name und der seiner Gattin sind jedoch fingiert und decken den berühmten Namen eines Forschers.

Zu den drei schon bekannten Hauptpersonen tritt nun noch die Erscheinung des jungen Herbert, Sir Cyrus' Sohn.

Als die aufsehenerregende Gerichtsverhandlung, worin seine Eltern eine so peinliche Rolle spielten, in Kristiania stattfand, war der junge Mann erst fünfzehn Jahre alt. Nun, da das Drama seinem endlichen Abschluß entgegengeht, ist er zwanzig Jahre alt, und seit kurzem als Attaché im britischen Ministerium des Äußeren angestellt. Fünf Jahre sind also vergangen, seitdem Asbjörn Krag von Nelson nichts mehr gesehen noch gehört hatte. Da geschah es, daß er, als er an einem dämmrigen Augustabend am Grand Hotel in Ostende vorüberging, mit Lizzie Holmes zusammentraf.

Er erkannte sie sofort; aber er erschrak über ihr verändertes Aussehen. In dieser verhältnismäßig kurzen Zeit war sie auffallend gealtert; ihre Erscheinung, die früher ganz ladylike gewesen war, hatte nun etwas Degradiertes an sich. Wohl besaß sie noch das Auftreten einer Dame von Welt; aber ihr Gesicht, ihre Kleidung, die Schmucksachen, die sie trug, zeugten von Katastrophe und Ruin. Der Detektiv folgte ihr unbemerkt in ein Restaurant, wo sie an einem abseitsstehenden Tisch ihr Diner einnahm. Er setzte sich so, daß ihr Gesicht ihm zugewandt war.

Trotzdem die verheerende Wirkung der Zeit auf dem Gesicht Spuren hinterlassen hatte, war es dennoch schön zu nennen. Ihre Augen aber hatten jenen unheimlichen Glanz, dem man so oft am Spieltisch begegnet, und den Morphinisten oder solche Menschen haben, die durch betäubende Mittel Elend und Unglück zu vergessen suchen. Sie war der Typ jener älteren Damen, die von Badeort zu Badeort reisen, teils um ihren Unterhalt durch Spielen zu gewinnen, teils um in einer Welt zu leben, der sie im Grunde nicht mehr zugehören.

Gegen Ende der Mahlzeit sah sie öfter nach der Uhr über dem Büfett. Die Uhr war fast neun. Um diese Zeit wurden die Spielsäle gewöhnlich geöffnet. Krag wußte nun, wo sie anzutreffen war. Er stand auf und ging an ihrem Tisch vorüber; im Vorbeigehen grüßte er. Sie stutzte und schien nachzudenken, wo sie ihn früher gesehen hätte. Plötzlich erblaßte sie und starrte hinter Krag her, der im Palmengarten sich ihren Blicken entzog.

Dieses Zusammentreffen sollte für Krag jedoch nicht die einzige Überraschung sein. Als er wenige Minuten später sein Hotel betrat, erfuhr er vom Portier, daß man ihm Zimmer Nummer Z7 angewiesen hatte. Auf der Fremdentafel sah er nach, ob sein Name vermerkt war. Als er noch damit beschäftigt war, die vielen hundert Namen zu studieren, trat der Portier hinzu und schrieb den Namen eines eben angekommenen Gastes an, dieser lautete: Herbert Cyrus Holmes.

Der Detektiv stutzte. Ein junger Mensch, eine elegante dunkelbraune Handtasche in der Hand, wurde gerade in den Fahrstuhl hineingelassen. Nur ein Blick genügte, und Krag hatte ihn wiedererkannt. Dies war tatsächlich der Sohn des Forschers, derselbe, den Krag zuletzt in Kristiania als fünfzehnjährigen Knaben gesehen hatte. Nun war aus ihm ein eleganter junger Mann geworden. Die Neugier, womit er seine Umgebung betrachtete, verriet, daß er sich nicht nur in Geschäftsangelegenheit aufzuhalten beabsichtigte.

Am sonderbarsten schien Krag der Umstand, daß er an ein und demselben Tage sowohl die Mutter, die er in fünf Jahren nicht gesehen hatte, als auch den Sohn treffen sollte, den er auch seit jenen unseligen Tagen in Kristiania nicht gesehen hatte. Er überlegte, ob einer wohl von der Anwesenheit des andern wußte. Stellte er sich den unglücklichen Ausdruck im Gesicht der Mutter vor, und dann wiederum das frohe Antlitz des Sohnes, konnte er es kaum für möglich halten.

Er nahm sich vor, den Abend im Spielsaal zu verbringen, wo er jedenfalls die Mutter, Frau Lizzie, anzutreffen hoffte, vorher sah er jedoch die Lokalzeitungen Ostendes durch, die im Lesezimmer auslagen. Er las die Nachrichten über den Fremdenverkehr, einige interessante Mitteilungen über die vornehmsten Gäste, kleine Skandalgeschichten, Tips usw. Unter anderen fiel sein Blick auf eine Mitteilung, die sein lebhaftes Interesse hervorrief. Sie lautete:

»Herbert Holmes, ein Sohn des bekannten Forschers Sir Cyrus Holmes, Attaché im Ministerium des Äußeren in London, hat seine Ankunft in Ostende angemeldet.«

Eine andere Notiz, die er nur flüchtig las, sollte später für ihn von größter Bedeutung werden. Die Zeitung meldete nämlich:

»Großfürst Sergius von Rußland, der auf der Durchreise von Paris heute in Ostende hätte eintreffen sollen, hat seine Ankunft um vier Tage verschoben.«

Krag ließ die Zeitungen liegen, um sich in den Spielsaal zu begeben. Vom Vestibül aus sah er den jungen Herbert mit einer Zigarette im Munde aus dem Speisesaal schlendern. Er blickte sich neugierig um und studierte dann die Theateranzeigen. »Er langweilt sich,« dachte Krag, »da wird es gar nicht lange dauern, daß er mir in den Spielsaal folgt.«

In den prächtigen Sälen war das Spiel noch nicht recht im Gange. Unter den Spielern am ersten Roulette bemerkte Krag Frau Lizzie. Vor sich hatte sie ein Stückchen Papier liegen, worauf sie Zahlen notierte. Sie spielte sehr vorsichtig. Krag mußte lächeln. »Der Typ stimmt,« dachte er, »sie kennt das System. In dieser Weise verbringt sie nun ihr Leben; wandert von einer Spielbank zur andern, überall ihr Glück versuchend, überall dem Rate älterer Grafen und ruinierter Lebemänner folgend, aber auch immer neue Erfahrungen sammelnd. Bald ganz mittellos, dann auch wieder im Besitz großer Summen – – und doch von den Vornehmen nicht gerechnet. Welch ein ödes und trauriges Leben! Womöglich auch noch jeden Tag Absinth, vielleicht sogar Morphium.«

Der junge Herbert stand am Eingang zum Saal.

XLI.

An dem von Frau Lizzie benutzten Roulette ging der junge Mann vorüber und schlenderte mit auffallendem Gleichmut durch den Saal. Dann und wann warf er ein Goldstück auf ein Spielfeld; aber weder Gewinn noch Verlust schienen ihm besonderes Interesse abzugewinnen. Er war kein Spieler; er war noch ein reines Kind. In seinen Augen aber lag der Schimmer einer gewissen Erwartung der mannigfachen Versuchungen, denen er keineswegs aus dem Wege zu gehen beabsichtigte. Diese Reise mochte die erste kontinentale Vergnügungstour des jungen Mannes sein, die er auf eigene Hand unternahm. Es kam Krag gar kein anderer Gedanke, als daß der junge Herbert, wie tausend andere, nur zu dem Zweck hier nach Ostende gekommen sei, um sich zu amüsieren und zu zerstreuen. Erst später wurde es dem Detektiv klar, daß der Zweck dieser Reise ein ganz anderer, viel ernsterer war. Er hatte hier eine Aufgabe zu erfüllen, und diese Aufgabe sollte ihn noch in ungeahnte Schwierigkeiten verwickeln.

Frau Lizzie hatte den Sohn nicht bemerkt; sie blieb aber dabei, mit kleinem Einsatz zu spielen, vorsichtig und augenscheinlich nach einer ganz bestimmten Rechnung, denn sie verglich ununterbrochen die Zahlen in ihrem Notizbuch.

Krag stand direkt hinter ihrem Stuhl. Dies fiel um so weniger auf, als die Spieler immer von Neugierigen umgeben waren. Mitten im Spiel jedoch sah sie ihn im gegenüber hängenden Spiegel. Sie erkannte ihn sofort wieder, drehte sich nm und blickte ihn an. Sie schien erstaunt zu sein; aber Furcht oder Angst sah man ihrem Gesicht nicht an, eher eine gewisse Müdigkeit, die ausdrückte, daß sie sich darüber klar war, daß ein solches

Leben, wie sie es durchgemacht hatte, ihr nichts Erschütterndes mehr bieten konnte. Mit verbissenem Lächeln fragte sie:

»Haben Sie es noch nicht aufgegeben, mich zu verfolgen?«

Sie hatte sich der norwegischen Sprache bedient, welche sie in Kristiania erlernt hatte. Ihre Umgebung verstand keinen Ton von dem, was sie gesagt hatte; aber der Croupier hatte das Gespräch bemerkt, und schien zu glauben, daß er es mit Betrügern zu tun hätte.

Indem Krag sich zu ihr niederneigte, flüsterte er:

» Sie habe ich nie verfolgt, gnädige Frau. Ich habe Sie immer zu schützen gesucht.«

Sie lächelte nur und wandte sich wieder dem Spiel zu. Als sie den Gewinn eingestrichen und neu gesetzt hatte, fragte sie ihn:

»Sind Sie schon lange hier?«

»Nein; aber in dieser kurzen Zeit habe ich doch schon einen gemeinsamen Bekannten entdeckt.«

Mit dieser Bemerkung beabsichtigte er, festzustellen, ob sie von der Anwesenheit ihres Sohnes unterrichtet war.

Diese Worte ließen sie zusammenzucken; ihre Hände begannen zu zittern.

» Ihn«, flüsterte sie entsetzt. »Meinen Sie ihn?«

Krag wußte, daß sie Nelson meinte.

Sie ahnte also nicht die Gegenwart ihres Sohnes.

»Nein,« antwortete Krag. »Nelson nicht. Es ist ein anderer. Möglicherweise werden Sie ihm noch begegnen.«

Der Gedanke, Nelson könnte in ihrer Nähe sein, hatte genügt, sie so nervös zu machen, daß sie dem Spiel nicht mehr folgen konnte, sondern auf gut Glück ihre Einsätze über den grünen Tisch schob.

Leise flüsternd suchte Asbjörn Krag sie zu beruhigen. Plötzlich entdeckte sie jemand, so daß sie auch den letzten Ruf ihrer Fassung verlor. Sie schrie leise auf, von tiefem Schmerz übermannt. Dann bedeckte sie ihr Gesicht mit dem Schleier. Viele hatten ihren Schmerzensausbruch gehört; im Spielsaal war man aber so daran gewöhnt, Ausbrüche der Freude, des Schmerzes und der Enttäuschung zu hören, daß sich niemand darum kümmerte. Der Croupier ließ sich nicht stören; gefühllos wie immer, rief er: »Ihre Einsätze, meine Damen und Herren!«

Frau Lizzie hatte ihren Sohn erblickt.

Er stand ganz in der Nähe, wo er schon eine Unterhaltung angeknüpft hatte. Er sprach mit einigen jüngeren Lebemännern und einer Dame von eigenartiger Schönheit, einer zierlichen Frauengestalt mit rotblondem Haar, aber von ganz unbestimmbarem Alter. Sie war eine jener Frauen, deren ganzes Wesen Raffinement ist, und deren Bewunderer man unter ganz jungen Menschen oder alten, schlaffen Lüstlingen findet. Krag bemerkte, daß sie es auf den jungen Herbert abgesehen und daß der Jüngling schon Feuer gefangen hatte, noch etwas scheu, aber doch über die Gunst der Dame erfreut. Es fiel Krag auch auf, wie vorteilhaft Herbert sich von seiner Umgebung abhob, so frisch und jung sah er aus. Dem jungen Briten sah man den Sportmenschen an.

Frau Lizzie erhob sich. Als sie sich einen Moment auf Krags Arm stützte, merkte er, wie sie zitterte.

»Haben Sie ihn gemeint?« flüsterte sie.

»Ja.«

»Ich will fort. Diesen Anblick ertrage ich nicht.«

Der Detektiv bot ihr seine Begleitung an; sie aber schüttelte nur den Kopf und sagte:

»Bleiben Sie hier, ich möchte allein sein.«

Dann ging sie.

Gleich darauf näherte sich der junge Herbert mit seiner neuen Bekanntschaft dem Spieltisch. In diesem Augenblick dachte Krag über diese eigenartige Begegnung zwischen Mutter und Sohn nicht weiter nach. Seine Gedanken beschäftigten sich mit Lizzies Hand. Es kam ihm so vor, als sähe er wieder diese Hand den Schleier vor das Gesicht ziehen. Wie hatten die diamantbesetzten Finger gezittert! Und doch, wie alt und abgemagert hatte die Hand ausgesehen. Diese Hand erzählte ihre ganze Leidensgeschichte.

Herbert und die rotblonde Dame nahmen ihm gegenüber Platz und machten ziemlich gleichgültig einige Einsätze.

Herbert verlor.

Gleichgültig entnahm er seiner Tasche mehrere Goldstücke, er legte darüber sogar einen gewissen kindlichen Stolz an den Tag, daß er mit Gold, als hätte es für ihn gar keinen Wert, so flott umging. Seine Dame merkte das, hatte aber nur ein spöttisches Lächeln dafür.

Asbjörn Krag hatte den von Frau Lizzie verlassenen Platz eingenommen. Zu seiner Verwunderung sah er, daß der Croupier auf Nummer 14 vor ihm einen Haufen Geld aufgestapelt hatte; er hatte ja noch gar nicht gesetzt. Aber niemand strich das Geld ein. Der Croupier sah ihn fragend an und nickte dann.

»Ihre Einsätze, meine Damen und Herren!«

Krag setzte zehn Franken auf Nummer 14 und nickte ebenfalls.

Der Croupier gab das Signal; die Kugel wurde in Bewegung gesetzt.

Plötzlich starrten ihn alle Spieler an und Ausrufe der Verwunderung wurden laut.

Gleichzeitig machte er die Entdeckung, daß er eine große Dummheit begangen hatte.

Bevor Frau Lizzie fortgegangen war, hatte sie ein Zwanzigfrankenstück auf Nummer 14 gesetzt. Diese Nummer hatte gewonnen, und dieses war die Ursache, daß vor ihm so viel Geld lag. Die eingesetzte Summe hatte sich um das Sechsunddreißigfache verdoppelt; das hatte 720 Franken ausgemacht.

Statt diese 720 Franken einzustreichen, hatte Krag sie auf 14 stehenlassen.

»Nun,« dachte er, »das Geld wird verloren sein. Daran läßt sich nun nichts ändern. Ich muß mich schon darein finden, für kurze Zeit die Rolle des verrückten Engländers zu spielen.«

Und doch betrachtete er die Sprünge und Drehungen der Kugel mit gewisser Neugier.

Als die Kugel endlich zur Ruhe gekommen war, herrschte allgemeine Überraschung am Grünen Tisch.

Das Ungewöhnliche war geschehen; die Kugel war wiederum auf 14 liegengeblieben.

Krag überschlug die Summe. Seine Dummheit hatte im Laufe von zwei Minuten Frau Lizzie 920 Franken eingebracht.

XLII.

Nun zögerte Krag auch nicht länger, den Gewinn an sich zu nehmen. Sein kolossales Glück lenkte die Aufmerksamkeit aller Mitspieler auf ihn. Auch die Gunst der Rotblonden wandte sich ihm zu. Sie betrachtete ihn mit neugierigen Blicken.

Ihr Begleiter, der junge Herbert, vergaß alle angelernte Überlegenheit und erging sich in Bewunderung über das unerhört gewagte Spiel. Plötzlich merkte man ihm aber an, daß er von irgendeiner Erinnerung gepackt wurde. Asbjörn Krags Gesicht war ihm aufgefallen. Hatte er das Gesicht nicht schon früher gesehen? »Ob er wohl die Lösung dieses Rätsels finden wird?« dachte Krag. Es schien nicht so; denn der junge Engländer schüttelte nur unbefriedigt den Kopf. Er gab das Grübeln auf; sein Gedächtnis ließ ihn doch im Stich. Krag konnte es wohl verstehen: damals war Herbert ja noch ein Kind gewesen und man hatte ihm vernünftigerweise nichts von den Ereignissen erzählt, die für seine nächsten Angehörigen von so großer Tragik waren.

Um durch zu eiligen Aufbruch nicht das Mißtrauen seiner Mitspieler zu erregen, blieb Krag noch eine Zeitlang am Spieltisch sitzen. Mit Willen verlor er einige hundert Franken, schüttelte dann bedenklich mit dem Kopf, als hätte er die Sache aufgegeben, strich seinen Gewinn ein und ging. Bevor er jedoch den Spieltisch verließ, konnte er feststellen, daß der junge Herbert für seine rothaarige Dame sehr entflammt war, und wie sie es darauf anlegte, ihn für sich zu gewinnen. Die zwei waren nur allein; ihre beiden Freunde hatten sich zurückgezogen.

Die beiden Freunde standen in geheimnisvoller Unterredung nahe der Eingangstür. Als Asbjörn Krag an ihnen vorüberging, fing er einige Worte ihres Gespräches auf. Auf englisch redeten sie von dem Paar am Spieltisch. Er hörte gerade die Bezeichnung die »Rote«, worauf er stehen blieb und sich den Anschein gab, als ob er einige Notizen in seinem Taschenbuch hervorsuchen müßte.

Der ältere der beiden, ein Mann mit goldenem Kneifer und schneeweißen Schläfen sagte: »Sie bringt es fertig, die Rote. Nach Verlauf einer Stunde zappelt er schon in ihren Netzen. Es geht fast zu glatt.«

»Er ist ja auch sehr jung,« meinte der jüngere, der sich anscheinend Mühe gab, in Haltung und Erscheinung einen Offizier in Zivil zu markieren.

»Und unerfahren,« fügte der mit dem Kneifer hinzu. »Dazu kommt noch, daß er ihr schon einmal früher auf einem Karneval in London begegnet ist. Einem alten Bekannten gegenüber fühlt man sich immer geborgen.«

»Ist es nicht eigentlich unverantwortlich, daß man in dieser wichtigen Angelegenheit die Sache einem grünen Jungen anvertraut?«

Der andere zuckte mit den Achseln.

»Na, einmal muß doch der Anfang gemacht werden. Übrigens pflegen diese jungen englischen Attachés außerordentlich gewissenhaft zu sein. Erinnerst du dich noch ... Hahaha!«

Der Offizier mußte diese Pille einstecken.

»Man hat wohl auch nicht damit gerechnet,« sagte er, »daß der Großfürst bei seiner Ankunft nicht hier wäre.«

Mochte Krag, als vom Großfürsten die Rede war, geräuschvoller als bisher in seinem Buch geblättert haben; jedenfalls wurden die beiden auf ihn aufmerksam und dämpften ihre Stimmen. Soviel verstand Krag aber noch, daß man verabredete, im »Roten Truthahn«, dem Zentrum des nächtlichen Lebens Ostendes, zu soupieren. Die beiden zogen sich dann zurück, und Asbjörn Krag verließ auch den Saal.

Nun trug er also 25.000 Franken bei sich, die von Rechts wegen Frau Lizzie gehörten und die er abliefern mußte. Daß dies mit Schwierigkeiten verknüpft sein würde, war ihm von vornherein klar. Zunächst: wo sollte er sie suchen? Wo wohnte sie? Und unter welchem Namen hatte sie sich eingemietet. Es schien ihm nicht sehr wahrscheinlich, daß sie als Namen Lady Holmes angegeben hatte. Welchen Namen konnte sie aber angenommen haben?

Dann war noch eins in Betracht zu ziehen. Wie sollte er ihr begreiflich machen, daß sie durch ein liegengelassenes Zwanzigfrankenstück in den Besitz dieses Haufen Geldes gelangt sei? Kannte er sie recht, würde es ihm auch Schwierigkeiten verursachen, sie dazu zu bewegen, das Geld anzunehmen. Er war aber jedenfalls dankbar, daß er sich ihr unter einem wichtigen Vorgeben nähern konnte.

Zunächst wechselte er in der Bank, die in Ostende ebenso lange wie die Spielbank geöffnet ist, Scheine und Goldstücke in Anweisungen um. Dann ging er von Hotel zu Hotel, von Café zu Café, um Lizzie zu entdecken. Nach ihr zu fragen, hätte keinen Zweck, denn er wußte ihren Namen ja nicht.

Als er etwa um zehn Uhr über die Esplanade ging, wo die Musik, die verschiedenartigsten Sprachen und das Rascheln des Windes in den Baumkronen zu einer rhythmischen Melodie sich einigten, begegnete er ihr endlich. Sie saß einsam auf einer Bank bei den Fontänen. Er setzte sich zu ihr. Als er jedoch merkte, daß es ihr nicht paßte, sagte er: »Ich habe Ihnen Wichtiges mitzuteilen; Sie dürfen nicht fortgehen.«

Sie blickte ihn an.

»Als Sie Ihren Platz am Spieltisch verließen, vergaßen Sie ein Zwanzigfrankenstück, das auf Nummer 14 liegen blieb,« begann er.

»Ich danke Ihnen für diese Mitteilung,« sagte sie in einem etwas spöttischen Ton. »Sie sind auch gar zu liebenswürdig.«

»Das Zwanzigfrankenstück brachte Ihnen 720 Franken ein,« fuhr er fort.

»Die gehören also mir,« rief sie voller Entzücken. »Ach ist das aber ein Glück!« Plötzlich schwieg sie verlegen.

»Ich bin nämlich nicht mehr reich,« sagte sie, »einige hundert Franken sind für mich eine große Summe.«

»Ich habe Ihnen das Geld mitgebracht; aber nicht 720 Franken, viel, viel mehr. Anfänglich ist es mir gar nicht zum Bewußtsein gekommen, daß es Ihr Geld war. Der Croupier glaubte, wir spielten gemeinsam und machte mich auf das Geld aufmerksam. Da war es aber schon zu spät; die Kugel war schon in Bewegung.«

»Während die 720 Franken auf Nummer 14 standen?« fragte sie vor Ungeduld zitternd. Im Geiste saß sie wieder am Spieltisch.

Krag bejahte.

»Es klingt beinahe wie ein Märchen,« fuhr er fort. »Denken Sie nur, die Kugel blieb zum zweiten Male auf 14 liegen. Sie haben mehr als 25.000 Franken gewonnen, gnädige Frau. Ich habe Bankanweisungen dafür eingewechselt. Hier ist das Geld.«

Diese Mitteilung war für sie von fast betäubender Wirkung. Sie machte Einwendungen und wollte das Geld nicht nehmen. Schließlich machte sie einen Vorschlag, der deutlich bewies, daß sie sich den Jargon internationaler Spieler angeeignet hatte.

»Wir wollen teilen,« sagte sie.

Krag lehnte jedoch bestimmt ab.

»Den wichtigsten Grund meines Kommens habe ich Ihnen noch nicht mitgeteilt,« sagte er nach einer Pause. »Es handelt sich um Ihren Sohn.«

»Gott im Himmel!«

»Waren Sie von seinem Kommen unterrichtet?« fragte Krag.

Sie schüttelte energisch den Kopf.

»Er ist in Gefahr,« sagte Krag kurz.

XLIII.

Schon die Erwähnung ihres Sohnes hatte Lizzie beunruhigt. Die Erinnerung jener schrecklichen Stunden stand mit einem Male wieder klar vor ihrer Seele und ließ sie erschauern. Als sie das Wort »Gefahr« hörte, wäre sie am liebsten aufgesprungen und weggelaufen, obgleich sie nicht recht wußte, wohin. Vielleicht hatte sie nur die Empfindung, in all ihrem Elend sich verbergen zu müssen. Krag hielt sie jedoch sanft zurück und forderte sie auf, sich wieder zu setzen.

»Ich würde es Ihnen nicht gesagt haben, wenn ich nicht davon überzeugt wäre, daß sich Ihr Sohn in großer Gefahr befindet, die man aber gewiß von ihm abwenden kann. Er ist noch sehr jung.«

»Ja, er ist nur zwanzig Jahre alt. – Fünf Jahre sind es nun her. Glauben Sie, daß er mich wiedererkennen wird?« fragte sie wie im Traum

»Zweifellos.«

»Dann will ich fort.«

»Das dürfen Sie nicht; sie müssen ihm helfen.«

»Ich?«

»Ja. Sie und ich.«

»Ich will aber nicht; er darf mich nicht sehen. So, wie ich jetzt bin, darf er mich nicht sehen.«

Krag ergriff ihre Hände.

»Gnädige Frau, wie sind Sie denn jetzt? Noch immer sind Sie schön; und Ihr Blick und Bewegungen verraten mir, daß Sie eine gute Mutter sind.«

Ein bitteres Lächeln umspielte ihren Mund.

»Ich?« rief sie aus. »Eine Frau, die von einem Badeort zum andern reist und ihren Lebensunterhalt am Spieltisch sucht! Ich bin arm und schlage mich nur so eben durch. Hat man Ihnen gesagt, daß ich in Variétés gesungen habe? Sehen Sie nicht, daß die Diamanten an meinen Fingern unecht sind? Die echten Steine sind längst ins Leihhaus gewandert. Alles dies ist keine Schande; aber seine Mutter bin ich nicht mehr.«

»Sie haben recht,« entgegnete Asbjörn Krag, »das ist keine Schande. Wünschen Sie keine Begegnung mit Ihrem Sohn, so läßt sich das ja umgehen. Sie können ihn heimlich beobachten. Glauben Sie mir, er ist ein prächtiger Mensch geworden.«

»Ich möchte es gern,« sagte sie leise. »Was ist aber mit ihm? Warum glauben Sie, daß er sich in Gefahr befindet?«

»Hat er nicht eine Stellung an der Gesandtschaft in London?«

»Ja, soviel wie ich gehört habe.«

»Nun, nach dem, was ich gehört habe, ist er zum ersten Male mit einer diplomatischen Mission betraut.«

»So-o. Was mag das wohl für eine diplomatische Mission sein, die ihn nach Ostende, diesem Vergnügungsort führt?«

»Man erwartet heute einen russischen Großfürsten, nämlich den Großfürsten Sergius, der dafür bekannt ist, in der russischen auswärtigen Politik stark interessiert zu sein. Nach einigen Äußerungen, die mir zufällig zu Ohren gekommen sind, vermute ich, daß zwischen dem Großfürsten und Ihrem Sohn eine Zusammenkunft stattfinden wird, wobei gewisse Dokumente überreicht werden sollen. Die Ankunft des Großfürsten hat sich leider um zwei Tage verzögert, aus diesem Grunde verlängert sich Herberts Aufenthalt in Ostende. Ich fürchte aber, Feinde sind von seiner Mission unterrichtet und suchen ihn ins Verderben zu stürzen. Derartige Intrigen werden Sie wohl kennen.«

Frau Lizzie nickte.

»O ja, darin habe ich Erfahrung. In solchen Angelegenheiten wendet man sich an Damen meiner Art. Mir ist schon oft das Angebot gemacht worden. Ich will Ihnen ehrlich gestehen, daß ich mich auch in der Rolle versucht habe; aber es blieb beim Versuch. Ich gab die Sache bald auf; sie war mir zu schmutzig.«

Krag hatte ihr Bekenntnis schweigend angehört, auch jetzt sagte niemand von ihnen ein Wort. Mit ihrem Schirm zeichnete Lizzie Figuren in den Sand.

»Ist denn schon etwas geschehen?« fragte sie langsam.

»Kaum, die Sache soll sich erst entwickeln.«

»Mir fällt es schwer, zu glauben, daß Herbert so dumm ist, sich übertölpeln zu lassen. Sie nehmen also an, daß Leute ihm die Dokumente stehlen wollen, während er den Russen erwartet?«

»So ungefähr denke ich es mir.«

»Nun, jedenfalls besitze ich jetzt soviel Geld, daß ich die Nachstellungen hintertreiben kann. Derartige Leute kann man kaufen. Damit weiß ich Bescheid,« fügte sie mit einem Seufzer hinzu.

»Möglicherweise ist der Preis aber ein solcher, daß keine Summe der Erde genügen würde.«

»Wie meinen Sie das?« fragte sie beunruhigt.

»Angenommen, er verlöre die Dokumente, und wir wüßten, wer sie gestohlen hätte?«

»Darum sagen Sie es ihm. Die Polizei wird dann – – –«

»Nun sind Sie doch gar zu naiv, gnädige Frau. Mit solchen Angelegenheiten darf man der Polizei nicht kommen. Verliert er die Dokumente, dann hat er sich eines argen Vertrauensbruches schuldig gemacht. Seine Ehre wäre dann verloren.«

»Du großer Gott!«

Jetzt wies Krag mit dem Spazierstock nach der Musiktribüne.

»Sehen Sie die beiden Männer, die dort vorübergehen?« fragte Krag.

Lizzie nickte eifrig.

»Den einen kenne ich,« sagte sie, »er ist Spion. Ich habe schon einmal mit ihm in Unterhandlung gestanden.«

»Ist das der mit dem goldenen Kneifer?«

»Ja,« erwiderte sie, »er heißt von Sixten. Der andere ist ein verabschiedeter Offizier der Fremdenlegion. Unvorteilhaftes wüßte ich von ihm nicht zu sagen; aber ich habe ihn schon an vielen Orten gesehen, z. B. in Baden-Baden und Monte Carlo.«

»Gerade diese beiden Männer waren es, die sich über Ihren Sohn unterhielten. Soviel ich ihrem Gespräch entnehmen konnte, handelte es sich um Anschläge gegen ihn.«

»Ich glaube kaum, daß Herbert sich von solchen Leuten überlisten läßt. Bei dem verdächtigen Aussehen! Sehen Sie nur den Burschen mit dem Kneifer und den weißen Schläfen an!«

»Es sind ihrer drei, die den Raub teilen wollen.«

»Den Raub, sagen Sie?«

»Ja.«

»Wer ist denn der Dritte?«

»Eine Dame. Ich hörte, wie gesagt wurde, daß sie ihre Rolle verstände. Eine rothaarige, magere Dame, nicht gerade hübsch, aber sehr pikant.«

»Das wird der ›Engel‹ sein,« sagte Lizzie mit Entsetzen.

»Der ›Engel‹?« fragte Krag.

»Ja, so wird sie genannt. Die reine Ironie. Eigentlich müßte sie der ›Teufel‹ heißen. Sie hat viele Schicksale auf dem Gewissen. Genaues weiß man nicht über sie; aber sie hat immer sehr viel Geld, und steht mit sehr vielen Menschen in geheimer Verbindung. In Paris ist sie eine bekannte Persönlichkeit. Man glaubt, daß sich der Dramatiker Piard ihretwegen das Leben nahm. Wie ist mein Sohn bloß zu dieser Bekanntschaft gekommen?«

»Das kann ich Ihnen nicht sagen. Tatsache ist, daß beide im Spielsaal sehr intim taten.«

»Glauben Sie, daß Herbert leidenschaftlich spielt?«

»Den Eindruck habe ich nicht. Da liegt die Gefahr auch gar nicht. Die Gefahr liegt in dem Spiel, das der ›Engel‹ im Einverständnis mit den beiden Schurken mit ihm treibt. Heute abend wird Herbert mit dem ›Engel‹ im ›Roten Truthahn‹ soupieren.«

»Was wollen wir denn dabei machen?« fragte Lizzie.

»Vorläufig werden wir die Gesellschaft beobachten,« entgegnete Krag, »so daß wir im gegebenen Augenblick eingreifen können. Darf ich Sie einladen, heute abend mit mir im ›Roten Truthahn‹ zu soupieren?«

»Er darf mich nicht sehen.«

»Das ist auch nicht nötig. Wir suchen uns die Plätze am Eingang aus. Von da aus kann man das ganze Lokal übersehen, ohne selbst gesehen zu werden. Also abgemacht!«

»Ja. Holen Sie mich dann bitte vom Hotel Trinacria um elfeinhalb Uhr ab.«

»Gut, ich komme.«

Sie stand auf.

»Ich gehe lieber allein,« sagte sie, als Krag Miene machte, sie zu begleiten. »Sagen Sie mir nur eins: Wie kommt es, daß Sie plötzlich für meinen Sohn ein so großes Interesse an den Tag legen?«

»Ich wittere ein Verbrechen.«

»Das erklärt Ihren Eifer nicht zur Genüge.«

Krag lächelte.

»Sie haben recht,« sagte er. »Sie wissen, daß vor fünf Jahren eine uns beiden bekannte Affäre nicht ihren Abschluß fand. Diese Sache ist mir aber nie aus dem Sinn gekommen. Ich habe das eigenartige Gefühl, daß die Angelegenheit Ihres Sohnes die Veranlassung dazu sein wird, daß ich endlich die Wahrheit erfahre.«

Frau Lizzie reichte ihm die Hand zum Abschied.

»Deswegen habe ich mir schon so viele Vorwürfe gemacht; jetzt habe ich es aufgegeben. Ich habe ja so viel durchmachen müssen. Aber Sie sollen es erfahren. Darüber mehr im ›Roten Truthahn‹. Auf Wiedersehen!«

Sie verschwand im Schatten der Bäume.

Dem Detektiv stand aber noch eine Überraschung bevor.

Als Asbjörn Krag nach etwa einer Stunde sich dem Hotel Trinacria näherte, um Frau Lizzie abzuholen, bemerkte er im Grandhotel einen Herrn, der aus dem Vestibül heraustrat, dann aber mitten auf dem Trottoir stehenblieb und nach der Uhr blickte.

Krag erkannte ihn sofort.

Es war Nelson.

XLIV.

Die unerwartete Begegnung mit Nelson kam Krag so überraschend, daß er für einen Moment die ihm eigene Sicherheit verlor. Während er im Schutze der Palmen Nelson beobachtete, der dem Portier hinsichtlich seines Gepäcks Anweisungen gab, durchjagten tausend Gedanken das Gehirn des Detektivs. Es war doch ein merkwürdiger Zufall, daß ihm nach so vielen Jahren Lizzie und Nelson an demselben Ort begegnen sollten. Für Sekunden regte sich in ihm der Verdacht, dies Zusammentreffen könne verabredet sein. »Arbeiten« sie vielleicht noch zusammen? Handelt es sich um den jungen Herbert? Krag wies diesen Gedanken jedoch von sich; er ließ sich psychologisch nicht rechtfertigen. Ganz gewiß war Lizzie ehemals eine bedeutende Schauspielerin gewesen, eine gefeierte Schönheit des Piccadilly-Theaters, die traurigen Augen aber und das kummervolle Gesicht, das sie jetzt zur Schau trug, das alles war keine Verstellung. Ja, bei längerem Nachdenken schien ihm dies Zusammentreffen doch nicht so wunderlich zu sein. In Ostende war Hochsaison, und sowohl Nelson als auch Lizzie waren fahrende Leute, die dort zu finden waren, wo das Leben pulsiert, Schwärmern gleich, die das Licht heranlockt.

Krag begnügte sich mit der Feststellung, daß Nelson soeben in Ostende angelangt sei und im Grandhotel wohnte. So wußte er doch, wo er zu finden war. Zufällig bemerkte er noch, daß Nelson an der Hotelkasse amerikanisches Geld einwechselte; aus den an seinen Koffern angebrachten Zetteln ging auch hervor, daß er im Kongreßhotel in Chicago gewohnt hatte. Vermutlich war er lange nicht in Europa gewesen; vielleicht hatte er einen Southamptondampfer benutzt, und da Ostende für seine weitere Fahrt durch Europa am gelegensten war, hatte er hier Aufenthalt genommen.

Ehe er Lizzie abholte, begab sich Krag nach dem ›Roten Truthahn‹. Ein Goldstück, das er dem Oberkellner in die Hand drückte, bewirkte, daß er selbst einen Tisch aussuchen konnte, der ihm reserviert wurde.

Durch vorsichtiges Ausfragen erfuhr er auch, an welchem Tisch der »Engel« soupieren würde. Man hatte für sechs Personen decken lassen.

»Baron Sixten hat das Souper bestellt,« sagte der Ober. »Kennen Sie den Herrn?«

Krag schüttelte den Kopf. Der forschende Blick des Obers ließ ihn jedoch vermuten, daß dessen Neugier begründet war. Ein Gast, der die Neugier des Oberkellners herausfordert, hat selten einwandfreie Papiere.

Dann begab sich Krag zu Lizzie.

Freundlich lächelnd trat sie ihm entgegen, als sie den überraschten und bewundernden Blick des Detektivs gewahr wurde. Mit außerordentlicher Sorgfalt hatte sie heute Toilette gemacht. Ihrer Erscheinung sah man die letzten schweren Jahre nicht an; sie war wieder Lady Holmes, wie Krag sie in Kristiania kennengelernt hatte. Ihr ganzes Wesen und ihre Erscheinung zeugten von auserlesenem Geschmack, wie es nur die Dame von Kultur besitzt. Sie ging dorthin, wo alle vergnügt waren, und doch war ihre Kleidung einfach und vornehm. Krag dachte bei sich: So wie sie jetzt ist, ist sie die typische englische Mutter.

Noch vor einer Viertelstunde war das Restaurant fast menschenleer gewesen, als aber Krag mit Frau Lizzie am Arm den Saal betrat, war es schon schwierig, sich den Weg durch die Menge zu bahnen. Eine Zigeunerkapelle spielte die neuesten und beliebtesten Tänze.

Der Oberkellner führte das Paar an den reservierten Tisch; Lizzie saß so versteckt, daß das Publikum sie kaum sehen konnte. Krag konnte dagegen das ganze Lokal überblicken. Der rote »Engel« war noch nicht gekommen, konnte Krag Lizzie mitteilen.

»Ich habe Warten gelernt,« sagte sie. »Nur Geduld.«

»Sie sagt nicht die Wahrheit,« dachte Krag. »Ihr Herz zittert vor Sehnsucht und Ungeduld.«

Nach dem leichten Souper erhob Lizzie das Champagnerglas und trank einen Schluck daraus. Dann bat sie: »Fragen Sie mich, dann fällt mir's leichter.«

»Das ist nicht nötig. Ist es Ihnen peinlich, darüber zu sprechen, dann schweigen Sie. Ich werde das, was damals in Kristiania passierte, als nicht geschehen betrachten. Jetzt haben wir Wichtigeres zu unternehmen.«

»Ich will aber doch, daß Sie alles erfahren,« sagte sie. »Muß ich Ihnen erst sagen, daß wir uns liebten?«

»Nein.«

»Keine andere Frau ist von Nelson so geliebt worden wie ich. Ich habe Ursache, so zu sprechen, denn sein Tun und Handeln sagten es mir. Sie kennen die Szene im Gerichtssaal,« sagte sie mit bebender Stimme. »Sie erinnern sich wohl auch meines Bekenntnisses.«

»Die Minuten werde ich nie vergessen,« entgegnete Krag.

»Nun, zweifeln Sie noch daran, daß ich damals die Wahrheit sprach?«

»Nein.«

»Ich mußte doch von seiner Unschuld überzeugt sein. Darum zerriß ich den Schleier und bekannte alles. Als mein Mann den Gerichtssaal verließ, wußte ich, daß mir nichts anderes übrig blieb, als dem Manne zu folgen, den ich liebte.«

»Das taten Sie ja auch.«

»Ja, nach Paris. Hier verließ ich ihn.«

»Warum?«

Ein wehmütiges Lächeln huschte über ihr Gesicht.

»Wundern Sie sich nicht darüber, wie ruhig und unangefochten ich jetzt über diese Dinge zu sprechen vermag. Damals wußte ich nicht, wie ich das Leben ertragen sollte. Schon am ersten Tage, den wir in Paris verbrachten, fiel es mir auf, daß Nelson mehrere geheimnisvolle Personen empfing. Sie wissen ja wohl, daß mein Mann ihn gefordert hatte. Eben bevor Nelson sich auf den Weg machte, um im Bois de Boulogne das Duell mit meinem Manne auszufechten, stießen wir ernstlich aneinander. Nelson gestand mir, daß er tatsächlich der Gentlemandieb sei. Der einzige ihm zur Last gelegte Einbruch, an dem er unschuldig war, war der in meinem Boudoir. Ich gebe Ihnen mein Wort, bis zu dem Augenblick seines Geständnisses habe ich felsenfest an ihn geglaubt. Ich konnte ja gar nicht anders. Ich wußte doch, daß er den Diebstahl einzig und allein nur zugegeben hatte, um mich zu decken. Es war ritterlich von ihm; aber ach, er war doch ein Verbrecher. Und er wird es jetzt noch sein; einer der geriebensten, der immer Helfershelfer zur Hand hat. Als ich die Wahrheit erfuhr, beschloß ich, ihn zu verlassen. Er beschwor mich zu bleiben und versprach, seine Lebensweise zu ändern und ein ehrlicher Mensch zu werden. Aber es war mir

unmöglich. Ich verließ ihn und verbot ihm, mir zu folgen. Er versprach es mir, und ich wußte, er würde sein Wort halten; denn er liebte mich immer noch.«

Krag mußte an die Rückfahrt aus dem Bois de Boulogne denken. Nun wußte er, warum Nelson geweint hatte.

»Sie suchten Ihren Mann auf?« fragte er.

»Wissen Sie es?« sagte sie flüsternd.

Krag nickte.

»Was sollte ich machen? Ich war ja so unglücklich. Und ich hatte doch mein Kind. Er wies mich aber ab, trotz Bitten und Bettelns. Ich flehte ihn an, mich als seine Magd ins Haus zu nehmen. Er aber blieb hart.«

Krag legte beruhigend seine Hand auf ihren Arm.

»Verlieren Sie sich nicht in Erinnerungen,« bat er. »Es regt Sie auf. Ich will gar nichts mehr wissen.«

Er ließ einen Blick durch den Saal schweifen.

»Gnädige Frau,« sagte er plötzlich, »Ihr Sohn ist angekommen. Ich höre sein fröhliches Lachen.«

Sie blickte auf. Ihre Augen suchten den Sohn voller Angst und Erwartung.

Krag flüsterte ihr jetzt zu: »Es ist noch jemand hier, den Sie kennen.«

»Mein Mann?« fragte sie erbebend.

»Nein, Nelson.«

XLV.

Krags Mitteilung machte auf Lizzie nicht den von ihm erwarteten Eindruck.

»Hält er sich wirklich wieder in Europa auf?« sagte sie nur. »Ich glaubte, er wäre noch in Amerika. Als wir uns zuletzt sahen, wollte er nach San Franzisko.«

Asbjörn Krag machte große Augen.

»Haben Sie denn nach den aufregenden Erlebnissen noch mit ihm gesprochen?« fragte er erstaunt.

»Das ließ sich nicht vermeiden,« antwortete sie mit müder Stimme. »Wir trafen uns immer wieder zufällig bei den großen Rennen und in den Spielsälen Europas. Er tat jedoch immer sehr geheimnisvoll und kühl mir gegenüber, als fürchtete er, mir Schwierigkeiten zu bereiten. Zuweilen wurde er verfolgt, aber merkwürdigerweise kann ihm niemand etwas anhaben. Wo sitzt er?«

»Ich sehe ihn jetzt nicht,« entgegnete Krag. »Vorhin schlenkerte er durchs Lokal. Er schien jemand zu suchen.«

»Dann ist er wahrscheinlich im Spielsaal.«

»Interessiert ihn denn das Spiel so sehr?«

»Absolut nicht; es hat gar keinen Reiz für ihn.«

Die Zeit war mittlerweile vorgeschritten und der Lärm im Lokal hatte sich gesteigert. Dieser festliche Lärm, der von den vielen Stimmen herrührte, dies Durcheinander fröhlichen Lachens, heiterer Musik und dem lauten Hin und Her der Menschen. Sogar Lizzie schien sich für einen Moment ganz der herrschenden Stimmung hinzugeben; dieser Lebenslust, die den gewaltigen Raum erfüllte. Oder sollte es nur die Nähe ihres Sohnes sein, die ihre Augen glänzen ließen. Sie erbat sich mehr Champagner und genoß ziemlich viel davon. »Die Ärmste,« dachte Krag, »sie ist fieberhaft aufgeregt.« Mehrere Male fragte sie nach Herbert. »Sehen Sie ihn jetzt? War das sein Lachen?« In der Weise fragte sie unausgesetzt.

»Er spricht immer nur mit dem ›Engel‹. Nun trinkt er ihr zu. Nun begibt er sich mit dem ›Engel‹ in den Tanzsaal. Nun kommt er zurück. Er ist vom Tanzen erhitzt. Er liegt ganz in den Fesseln der Roten.« So mußte Krag andauernd berichten.

Ihre Erregung stieg; ein paarmal sagte sie: »Ich kenne sie. Sie ist kein Engel; eher ein Teufel. Was macht der Baron?«

»Er schürt das Feuer,« gab Krag zur Antwort. »Er selbst trinkt fast nichts, doch Herberts Glas läßt er nicht leer werden.«

Für kurze Zeit wurde sie schweigsam, dann flüsterte sie: »Sicher ist das ein Komplott.«

Bald darauf fügte sie hinzu: »Ich muß ihn sehen.«

»Wenn Sie aufstehen und sich hinter dem Pfeiler verstecken, werden Sie ihn sehen können.«

Sie tat, wie Krag ihr geraten hatte.

Mit der einen Hand hielt sie sich an dem Pfeiler fest und blickte nach dem Tische ihres Sohnes hinüber.

Dort hatte die Ausgelassenheit ihren Höhepunkt erreicht. Herbert trank gerade aus dem Glas des »Engels« und schmückte dann ihr Haupt mit Blumen.

Krag sah nur Lizzies zuckende Hand. Ihr Gesicht konnte er nicht sehen; doch schien es ihm, daß diese Hand, die sich so fest an den Marmor preßte, den heftigen Zwiespalt ihres Innern deutlich zum Ausdruck brachte. Ihre Schultern hoben und senkten sich in tiefen Atemzügen.

Krag rief sie wieder zurück.

»Lassen Sie mich trinken; viel, viel Wein trinken!« sagte sie und ergriff mit zitternden Händen das Glas. Sie war sehr bleich und ihre Augen glänzten. Man sah es ihr an, sie kämpfte mit den Tränen.

Nach einer Weile sagte Krag: »Jetzt gehen sie fort.«

»Alle?«

»Ja, Herbert mit dem ›Engel‹ am Arm an der Spitze. Er singt und wirft mit Gold um sich.«

»Werden sie von den Menschen beobachtet?«

»Nein, niemand kümmert sich um sie. Alle sind vergnügt und lustig. Hören Sie den ohrenbetäubenden Lärm?«

»Sind sie fort?« fragte sie.

»Ja, jetzt sind sie fort.«

Krag versuchte, um sie zu beruhigen, dem Gespräch eine andere Wendung zu geben. Sie kam ihm aber plötzlich so geistesabwesend vor.

»Sie haben recht,« sagte sie nach einiger Zeit, »hier ist ein ohrenbetäubender Lärm. Es greift mich hier zu sehr an. Lassen Sie uns gehen.«

Es war schon recht spät geworden. Lizzie und Krag gerieten mitten in eine aufbrechende Gesellschaft hinein. In der großen Halle herrschte entsetzliches Gedränge. Nur sehr langsam kam man vorwärts; in diesem Lärm verstand man kaum sein eigenes Wort. Von einem der Säle her ertönte Tanzmusik. Blumenduft und Parfüm schwängerte die Luft.

Erst unter den großen Bäumen vor dem Kasino, in denen der Nachtwind spielte, ließ sich wieder tief Atem schöpfen. Auch hier wimmelte es von Menschen, hier gingen sie zu Paaren, in Haufen, einzeln, hier fuhren sie in Wagen und Autos. Als sie den Ausgang passierten, fühlte Krag deutlich, daß jemand ihn anstarrte. Er sah sich forschend in der Menge um, und es schien ihm, er hätte Nelsons Gesicht gesehen. Genau wußte er es aber nicht. Ihn im Gedränge wiederzufinden, war unmöglich.

Krag brachte Lizzie ins Hotel. Er hätte gern noch einiges über Herbert gehört, doch schien es ihm, daß Lizzie darüber nicht sprechen mochte.

»Glauben Sie nun nicht auch, daß er in Gefahr ist?« fragte Krag sie.

»Ja,« war ihre kurze Antwort.

»Ich finde, Sie müssen schnell handeln.«

»Das finde ich auch. Aber nur nicht heute abend. Lassen Sie mich jetzt allein. Ich kann nicht mehr.«

»Wann sind Sie morgen für mich zu sprechen?«

»Um zwölf Uhr.«

»Nicht vor zwölf?«

»Nun, dann um elf Uhr. Kommen Sie hierher ins Hotel.«

Mit diesen Worten ließ sie ihn stehen und eilte die teppichbelegten Treppen hinauf.

Krag hatte das sichere Gefühl, daß Frau Lizzie irgendeinen Entschluß gefaßt habe, und er fürchtete, sie könnte einen übereilten Schritt tun. Augenscheinlich war es ihr eben ganz gleichgültig gewesen, zu welcher Zeit er sich bei ihr einstellte. Würde sie auf eigene Faust etwas unternehmen? Wie mochte ihr Plan sein? Sie kannte ja den »Engel«. Aber wie mochte das Verhältnis zwischen ihnen sein. Krag sah deutlich, daß hier eine Mutter für ihren Sohn kämpfte, und er wußte, daß Lizzie zu allem fähig war. Ihr fehlte aber das seelische Gleichgewicht, um klug vorzugehen.

Krag war in einer Weise von diesem Abend gar nicht befriedigt. In recht schlechter Laune begab er sich wieder zurück, um noch für ein paar Stunden im Menschengewirr unterzutauchen. Er hoffte im stillen, Herbert irgendwo zu finden; aber nirgends sah er den jungen Mann. Dagegen traf er Baron Sixten mit seinem Freund am Spieltisch. Die beiden schienen ganz im Spiel aufzugehen, was Krag sehr beruhigte. Auch Nelson kam ihm nicht zu Gesicht.

Endlich begab sich Asbjörn Krag zur Ruhe.

Er mochte wohl etwa drei Stunden geschlafen haben, als ein heftiges Klopfen ihn weckte.

Er sprang auf und fragte, was los wäre.

Eine Stimme – es war die des Hoteldieners – antwortete:

»Ein wichtiger Bescheid!«

»Ein Brief?« fragte Krag.

»Ja,« entgegnete der Diener.

Krag zog sich an. Er sah nach der Uhr, die Zeiger wiesen auf fünfeinhalb Uhr. Graue Dämmerung stahl sich durch die Gardinen von draußen herein und erfüllte das Zimmer mit gespensterhaftem Zwielicht.

Krag öffnete und der Hoteldiener überreichte dem Detektiv einen Brief.

Lizzie hatte ihn geschrieben. Er überflog die Zeilen.

»Ein Unglück ist geschehen. Ich warte im Vestibül,« las er.

»Sagen Sie, daß ich sofort kommen werde,« rief er dem Diener zu.

Nach wenigen Minuten stand Krag im Vestibül. In der Portiersloge brannte ein einsames Licht. Einige Männer waren damit beschäftigt, die Steinfliesen des Fußbodens zu besprengen.

Eine schwarzvermummte Gestalt ging ihm entgegen. Lizzie.

»Um Gottes willen, wo kommen Sie her?« rief Krag aus.

»Vom Telegraphenamt,« antwortete sie.

Möglicherweise war es nur das trübe Licht, das Lizzie alt und müde erscheinen ließ; Krag erschrak über ihr verändertes Aussehen.

»Nehmen Sie Ihren Überzieher mit,« sagte sie traurig. »Es regnet.«

XLVI.

Das Bild, das sich ihnen bot, als sie vor dem Hotel standen, war ein ganz anders, als das, welches man mitten am Tage oder gegen abend zu sehen gewohnt war.

Jetzt war es die arbeitende Bevölkerung, welche die Stadt in Besitz genommen hatte. Dort sah man die Bauern der Umgegend, die mit großen Wagen oder Karren zu Markte zogen. Handwerker mit ihrem Werkzeug über der Schulter beeilten sich, ihre Arbeitsstätten zu erreichen; ebenso eilig hatten es die Hafen- und Lagerarbeiter. Ein reges Leben herrschte auch vor dem Hotel, wo die Hausknechte mit ihren blaugestreiften Schürzen damit beschäftigt waren, die Bürgersteige zu spülen und Tische und Stühle zurechtzusetzen. Nur hier und da tauchte eine übernächtige Erscheinung auf, die eiligst nach Hause strebte. Meistens waren es Herren in Gesellschaftskleidung, die mit aufgeschlagenem Kragen und hochgehobenem Spazierstock sich durch die Menge schoben, aschfahl im Gesicht, mit schweren Augenlidern. Man ging solchen Nachtschwärmern aus dem Wege und blickte ihnen ärgerlich oder mit jenem überlegenen Lächeln nach, das vom Schlaf erquickte und arbeitsfreudige Menschen für einen solchen übrig haben, der schlafen geht, wenn andere ihr Tagewerk beginnen. Asbjörn Krag verglich unwillkürlich den gestrigen Abend im »Roten Truthahn« mit dieser Kehrseite der Medaille. »Wie töricht solch ein Leben doch ist,« dachte er. »Wie verächtlich kommt solches Leben den Menschen mit gesunden Sinnen vor.« Dann fiel ihm wieder die Mitteilung ein, die er soeben von Lizzie erhalten hatte. Ein Unglück sei geschehen, hatte sie geschrieben. Lag es nicht an dieser nervösen Sucht nach Vergnügen, daß ein Unglück nach dem andern geschah? Lange Zeit schritt er schweigend neben Lizzie her und wartete darauf, daß sie zu reden anfinge. Endlich brach sie das Schweigen.

»Ich bitte Sie nicht einmal um Entschuldigung,« sagte sie in nervösem Eifer, »daß ich Sie so früh herausjage. Ich kann jetzt unmöglich Rücksicht nehmen. Oh, ich fühle es, etwas Schreckliches wird geschehen.«

»Oder ist schon geschehen,« unterbrach Krag. »Sie teilen mir ja mit, daß – – –«

»Ja, ja,« rief sie ungeduldig. »Ein Unglück ist sicher schon geschehen. Wenn nur nicht noch etwas viel, viel Schlimmeres passiert ist. Ich komme soeben vom Telegraphenamt,« fügte sie heftig und unmotiviert hinzu.

»Wem haben Sie denn depeschiert?« fragte Krag.

»Dem Vater,« erwiderte sie.

»Ihrem Manne?« rief Krag erstaunt aus.

»Ja.«

»Was haben Sie telegraphiert?«

Sie zog ein Stückchen Papier aus ihrem Handschuh hervor.

»Sehen Sie. Ich schickte es als Eildepesche.«

Krag las: »Ihr Sohn befindet sich in dringender Gefahr. Sofort kommen.«

»Keine Unterschrift?« fragte er.

»Nein, keine,« erwiderte sie.

»Es muß sehr Ernstes vorgefallen sein, wenn Sie ein derartiges Telegramm abschicken.«

»Sie haben recht,« gab sie zur Antwort, indem sie ihre Schritte beschleunigte, wobei Krag gleichsam mitgerissen wurde. Er ahnte nicht, wohin sie ihn führte. Nachdem mehrere Straßen des inneren Stadtteils passiert waren, machten sie vor einem Gebäude halt, allem Anschein nach ein kleines, jedoch vornehmes Familienhotel.

Sie schellte.

Während sie darauf warteten, daß jemand ihnen öffnen würde, gab sie Krag die nötige Aufklärung.

»Dies ist das Hotel des ›Engels‹. Sagen Sie dem Portier, daß Sie polizeilich beauftragt sind, festzustellen, wohin die rotblonde Dame gereist ist.«

Asbjörn Krag hätte gern Näheres erfahren; dazu fehlte aber die Zeit. Die Tür wurde geöffnet und ein sehr würdig aussehender Portier mit langem, grauem Bart und Tressenmütze erschien in der Tür.

Als er Lizzie erblickte, bekam sein sonst so unbewegliches Gesicht einen ärgerlichen Ausdruck.

»Sind Sie wieder da,« sagte er. »Ich habe Ihnen ja schon gesagt, daß ich keine Ahnung habe, wohin die Dame mit dem roten Haar gereist ist. Vermutlich nach Paris. Sie benutzte den D-Zug heute morgen um vier Uhr. Mehr weiß ich nicht. Auf Wiedersehen, gnädige Frau.«

Mit diesen Worten wollte er die Tür von innen verschließen; Lizzie stemmte sich jedoch mit aller Energie dagegen und sagte, indem sie auf Krag wies:

»Nehmen Sie sich in acht: Dieser Herr kommt im Aufträge der Polizei.«

Der Portier verzog keine Miene. Er blickte Krag so forschend an, daß dieser sich über die Ruhe und Sicherheit des Alten wunderte.

»Ich kenne alle Polizeibeamten Ostendes,« sagte er. »Diesen Herrn kenne ich nicht.«

»Ich komme von auswärts,« entgegnete Krag, »kann mich aber an die zuständige Polizei wenden. Ich habe auch die Ehre, die Polizei Ostendes zu kennen.«

»Sind Sie vielleicht auch Engländer?«

»Auch?«

»Ja, wie der verrückte, junge Engländer, der vor kurzem hier war?«

»Er meint Herbert,« flüsterte Lizzie ihm zu.

»Ich bin kein Engländer,« sagte Krag.

»Nun, mir ist es vollkommen gleichgültig, welcher Nation Sie angehören,« fuhr der Portier fort, indem er mit großartiger Handbewegung auf seine breite Brust wies. »Mir ist es auch ganz egal, wer Sie sind, meinetwegen mögen Sie der Großmogul von Sansibar sein. Einem belgischen Bürger haben Sie absolut keine Vorschriften zu machen. Empfehle mich, meine Herrschaften.«

Er verbeugte sich tief.

»Auf Wiedersehen,« stieß Krag drohend hervor. Im Augenblick fiel ihm nichts anderes ein. Auch war er in der Sache noch gar nicht orientiert.

»Auf Wiedersehen,« sagte auch der Portier, machte noch einmal eine tiefe Verbeugung, lächelte ironisch und machte die Tür zu.

Als die beiden weiterschritten, war Frau Lizzie dem Weinen nahe.

»Der ›Engel‹ ist aber ausgerückt,« sagte Krag.

»Ja,« erwiderte sie. »Das ist gerade das große Unglück.«

Sie begaben sich in eine kleine Konditorei. Nachdem sie einen Platz gefunden hatten, wo sie ungestört reden konnten, bestellte er Kaffee.

»Der Kaffee soll Ihnen gut tun. Fühlen Sie sich danach besser, dann erzählen Sie mir, was geschehen ist. Solang ich nicht alles weiß, kann ich auch nicht helfen. Warum sind Sie heute so früh auf?«

»Früh auf?« wiederholte sie erstaunt. »Ich bin überhaupt noch nicht zu Bett gewesen. Die ganze Nacht habe ich vor dem Hotel gestanden.«

»Vor dem Hotel des ›Engels‹?«

»Nein, vor Herberts Hotel. Ich versichere Sie, niemand hat mich gesehen. Ich hatte mich zwischen den Büschen versteckt; denn ich wollte ihn nach Hause kommen sehen. Der Portier hatte mir gesagt, wo sein Zimmer war. Ich wollte ihn zu gern noch einmal sehen; dazu bot sich dort die beste Gelegenheit. Ich hätte dann noch stehenbleiben wollen, bis das Licht in seinem Zimmer ausgemacht worden wäre. Ach, Sie werden das für eine verrückte Idee halten; dann verstehen Sie aber keine Mutter. Ich hatte die größte Sehnsucht, in seiner Nähe zu sein; denn ich fühlte ja, daß er in Gefahr war.«

»Ich verstehe Sie sehr gut,« sagte Krag. »Wie lange mußten Sie denn auf den jungen Herrn warten?«

Bei dem kalten Ton des Detektivs zuckte sie zusammen.

»Bedenken Sie, er ist kaum zwanzig Jahre alt. Ich mußte lange warten. Die Uhr der St. Stephanskirche hatte längst vier geschlagen, als er angelaufen kam.«

»Er lief?«

»Ja, er hatte große Eile. Ich stand ganz nahe am Eingang zum Hotel im Schatten der Bäume; sein Gesicht sah ich ganz deutlich. Er war ganz blaß, und sein Haar war feucht von Schweiß. Er hatte nicht einmal einen Hut auf dem Kopfe. Als er an mir vorüberlief, stöhnte er schmerzlich: Mein Gott, mein Gott! Ich hörte, wie er die Hotelglocke zog und sah, wie das Personal zusammenlief. Er schrie fast, daß ihm etwas gestohlen sei, sei ruiniert, er müsse sich erschießen und dergleichen mehr. Bald darauf stürzte er wieder aus dem Hotel heraus, noch ebenso blaß und ebenso verstört. Da hörte ich ihn sagen: Der ›Engel‹, mein Gott, es muß der ›Engel‹ sein. Nun hielt es mich nicht mehr; ich rannte hinter ihm her.«

XLVII.

Lizzie hatte immer erregter gesprochen. Krag suchte sie, so gut er vermochte, zu beruhigen; aber vergebens. In überstürzender Weise erzählte sie, was vorgefallen war. Sie schien ihre Angst durch hysterische Hast betäuben zu wollen. Dem Detektiv gelang es aber dennoch, ein Bild der ganzen Sachlage zu gewinnen.

Nachdem Herbert das Hotel, wo er alles auf den Kopf gestellt hatte, in fassungslosem Zustande verlassen hatte, hatte Lizzie ihn sagen hören: Das muß der »Engel« gewesen sein; niemand anders kann es getan haben. Lizzie war ihm dann, ohne von ihm gesehen zu werden, gefolgt.

Am Eingang des Hotels Treviso hatte er geschellt. Von einem gegenüberliegenden Torweg aus hatte Lizzie mit angehört, daß er in heftiger Weise den »Engel« oder Madame Conneau, wie sie in Wirklichkeit hieß, zu sprechen verlangte. Der Portier, jene martialische Erscheinung, hatte ihm dasselbe gesagt, was er später Lizzie gegenüber wiederholte, nämlich, daß Madame um vier Uhr mit dem Pariser Zug abgereist sei, er wüßte aber nicht wohin. Möglicherweise nach Paris; vielleicht würde sie auch schon unterwegs aussteigen. Nähere Adresse hätte sie nicht hinterlassen.

Einigen ziemlich laut gesprochenen Bemerkungen hatte Lizzie entnommen, daß Herbert dort im Hotel übernachtet hatte.

»Der Herr schlief gegen ein Uhr auf seinem Stuhl ein,« hatte der Portier gesagt. »Es war nicht möglich, Sie zu wecken. Sie schienen ziemlich viel getrunken zu haben.«

Bei diesen Worten hatte Herbert aufgeschrien.

»Das ist nicht wahr. Ich war gar nicht betrunken. Man hat mir ein Schlafmittel in den Wein gemischt.«

Die Antwort bestand nur in einem überlegenen und infamen Lächeln.

Herbert hatte auch dem Portier gesagt, daß ihm etwas sehr Wichtiges abhanden gekommen wäre. Es schien Lizzie, er hätte von einem Schlüssel gesprochen. Daraufhin ließ ihn der Portier hereinkommen, damit er selbst in dem Zimmer nachsuchen konnte, wo er übernachtet hatte. Nach wenigen Minuten war Herbert aber ebenso verzweifelt wieder herausgekommen.

In einer gerade vorüberfahrenden Droschke, die er herbeigerufen hatte, war er zu seinem Hotel gefahren. Nun hatte Lizzie versucht, vom Portier Auskunft zu erhalten; als dieser sie jedoch mit kaltem Hohn zurückgewiesen hatte, war sie zu Asbjörn Krag geeilt, hatte aber doch noch erst das Telegramm an den Vater aufgegeben. Dies war der Inhalt ihrer Rede.

»Machen Sie mir noch Vorwürfe über die Absendung der Depesche?« fragte sie.

Krag überlegte einen Augenblick.

»Nein,« sagte er dann. »Was meinen Sie aber, das er ausrichten kann?«

»Das weiß ich noch nicht. Aber vielleicht kommt er früh genug, um eine Katastrophe zu verhindern. Sie hätten Herbert sehen sollen. Noch niemals ist mir ein so verzweiflungsvolles Gesicht begegnet.«

»Die Uhr ist schon nach sieben,« sagte Krag, der nach der Uhr gesehen hatte. »Wenn Sir Cyrus sich in London aufhält, wird er jetzt im Besitz des Telegrammes sein.«

»Er mag nirgends anders als in London sein, wenn er sich nicht gerade auf einer Forschungsreise befindet, trennt er sich ungern von seinem Klub.«

»Gut, nehmen wir an, daß das Telegramm jetzt in seinen Händen ist. Aber glauben Sie wirklich, daß er einer anonymen Aufforderung Gewicht beilegt?«

»Das habe ich schon befürchtet,« entgegnete Lizzie. »Ich rechne aber damit, daß Cyrus von der geheimen und wichtigen Mission, die Herbert nach Ostende geführt hat, unterrichtet ist. Eine derartige telegraphische Aufforderung kann er doch unmöglich ignorieren, selbst wenn sie anonym ist. Ich kenne Cyrus; er ist impulsiv. Er handelt sofort.«

»Dann wird er kommen,« sagte Krag, »und wir können ihn noch vor Mitternacht erwarten. Nun müssen wir aber in Erfahrung bringen, was hier wieder gutzumachen ist. Wir werden wahrscheinlich das Rechte treffen, wenn wir annehmen, daß Ihrem Sohn wichtige Dokumente gestohlen worden sind. Übrigens stimmen die Tatsachen nicht ganz. Herbert hat zwei Stunden im Hotel Treviso geschlafen. Der Portier behauptet, er sei betrunken gewesen. Herbert leugnet es ab und beschuldigt das Personal, ihm ein Schlafmittel in den Wein gemischt zu haben. Der Portier behauptet, um zwei Uhr habe er geschlafen. Zwischen eins und halb zwei verließ er den ›Roten Truthahn‹ in animierter Stimmung, aber doch nicht berauscht. Nun, er ist noch jung und unerfahren; möglicherweise hat er noch mehr getrunken. Das ist aber nebensächlich. Wichtiger ist es, daß er zunächst im eigenen Hotel Lärm schlug und Nachforschungen anstellte, und dann erst auf den Gedanken kam, daß der ›Engel‹ und das Hotel Treviso in Betracht kommen könnten. Das deutet darauf hin, daß die von ihm vermißten Sachen in seinem Hotel aufbewahrt gewesen sind; sein Auftreten vor dem Hotel Treviso deutet aber wiederum darauf hin, daß die ihm entwendeten Dokumente sich in seinem persönlichen Besitz befunden haben. Mir scheint, wir haben es mit einer sonderbaren Nichtübereinstimmung zu tun. Ich will mich nun ins Hotel begeben; liegt ein Diebstahl vor, dann muß die Sache der Polizei gemeldet worden sein. Da ich gerade der Ostender Kriminalpolizei gut bekannt bin, wird es mir nicht schwer fallen, den wirklichen Sachverhalt zu erfahren.«

Im Gehen empfahl er Lizzie, sich ruhig in ihrem Zimmer aufzuhalten. »Versuchen Sie, zu schlafen; Sie haben die ganze Nacht hindurch ja keine Ruhe bekommen.«

Sie lächelte nur, und Krag verstand dies Lächeln wohl. Sie kannte ja durchwachte Nächte mit Angst im Herzen. Unter diesen Verhältnissen vermochte sie wohl nicht zu schlafen. Sie versprach ihm aber bestimmt, sich ruhig verhalten zu wollen. Dies Versprechen hielt sie auch.

Nach Verlauf einiger Stunden kehrte Krag zu ihr zurück.

Mit großer Spannung hatte sie ihn erwartet; aber seinem tiefernsten Gesicht sah sie an, daß der Trost, den er ihr bringen konnte, nur gering war.

»Sagen Sie es nur gleich,« rief sie ihm entgegen, während ihre Augen vor Angst und Schreck immer größer wurden. »Ist das Schlimmste geschehen?«

Krag ergriff ihre Hände.

»Nein,« sagte er ernst. »Aber ich bin doch froh darüber, daß Sie an Sir Cyrus telegraphiert haben. Hoffentlich kommt er. Die Sache ist sehr merkwürdig, und

Herberts Auftreten macht sie nicht weniger sonderbar. Die Polizei beschäftigt sich schon mit dieser Angelegenheit; aber zur Verzweiflung der Polizei hüllt sich Herbert ganz in Schweigen.«

»Sind unsere Vermutungen sonst richtig?« fragte Lizzie.

»Leider ja,« entgegnete Krag. »Herbert sind in der vergangenen Nacht äußerst wichtige Dokumente entwendet worden, die ihm zu einem gewissen Zweck von dem britischen Ministerium des Äußeren übergeben worden sind. Er hat jedoch abgelehnt, über diese Papiere nähere Aufschlüsse zu geben, auch hat er der Polizei nicht sagen wollen, warum er mit diesen Papieren gerade nach Ostende gereist ist. Der Beamte, der mit der Untersuchung beauftragt ist, heißt Stronger, und hat einen sehr guten Ruf unter den Kriminalisten Europas. Herbert bestreitet mit Bestimmtheit, im Hotel Treviso berauscht gewesen zu sein. Er behauptet, man habe ihm dort narkotische Mittel verabreicht, und daß er deswegen bewußtlos gewesen sei.«

»Trug er die Dokumente bei sich?« fragte Lizzie wieder.

»Nein,« sagte Krag. »Die Dokumente lagen in einem diebessicheren Tresor in der Wand seines Hotelzimmers. Den Schlüssel zu diesem Fach trug er indessen bei sich. Nach seinem Erwachen aus dem narkotischen Schlaf galt sein erster Gedanke dem Schlüssel. Er war sich nämlich sofort klar darüber, daß er einem Komplott zum Opfer gefallen war. Der Schlüssel war nicht da. Zu Tode erschrocken eilte er ins Hotel. So sahen Sie ihn zuerst, gnädige Frau. Nun begreifen Sie wohl, warum er so blaß war. Aber erst, nachdem er sein Zimmer betreten hatte, erkannte er die Größe seines Unglücks. Der Tresor war leer, die Dokumente gestohlen. Seinen Mißerfolg im Hotel Treviso haben Sie selbst miterlebt.«

»Man muß aber doch dem ›Engel‹ auf die Spur kommen,« wandte Lizzie ein.

Krag zuckte die Achseln.

»Der Portier behauptet bestimmt, daß der ›Engel‹ das Hotel nicht verlassen hat, nachdem sie nachts mit Herbert angekommen ist. Erst heute morgen um vier Uhr sei sie mit dem D-Zug abgereist. Der Hotelwagen brachte sie zum Bahnhof. Unterwegs ist nicht gehalten worden. Die Polizei hat in Erfahrung gebracht, daß sie in Lille ausgestiegen ist. Wo sie sich jetzt aufhält, weiß niemand.«

Verzweiflungsvoll rang Lizzie die Hände.

»Was tun wir nun?« schluchzte sie. »Du lieber Gott, was tun wir nun?«

»Sie haben vorläufig weiter nichts zu tun, als ruhig hier in Ihrem Zimmer zu bleiben. In wenigen Minuten werde ich mit Ihrem Sohn reden.«

XLVIII.

Der Abteilungschef der Ostender Kriminalpolizei, Herr Henri Stronger, stellte dem jungen Herbert Cyrus Holmes Asbjörn Krag vor. Vorher wandte sich Stronger mit folgenden Worten an Krag:

»Ich bezweifle sehr, daß es Ihnen gelingen wird, etwas aus ihm herauszubringen. Diese Engländer sind verflucht eigensinnig. Haben Sie sich etwas in den Kopf gesetzt, bringt keine Macht der Erde sie davon ab. Dieser junge Mensch ist von der verrückten Idee besessen, daß die Kriminalpolizei hier in Ostende seinen Dokumenten ebenso gefährlich ist, wie der Kerl, der sie gestohlen hat.«

Als Krag bei Herbert eintrat, sah er es dem Zimmer an, daß der junge Mann im Begriff war, abzureisen. Die Koffer waren gepackt, zerrissene Briefe lagen auf dem Schreibtisch, alles war zur Abreise bereit. Der junge Holmes entsprach aber nicht mehr der Beschreibung seiner Mutter. Ein scharfer Beobachter konnte ohne weiteres in dem so ernsten Gesicht eine gewisse nervöse Unruhe wahrnehmen, sonst bot er jedoch das Bild eines untadeligen jungen Gentlemans. Schwere Vorhänge hielten das Licht fern, so daß das Zimmer im Halbdunkel lag; daher konnte Krag auch nicht genau feststellen, ob der Engländer überaus blaß war, oder ob er von Natur aus eine graue Gesichtsfarbe hatte.

Herbert begrüßte die Herren mit steifer englischer Höflichkeit. Er hielt Krag für einen belgischen Detektiv; niemandem fiel es ein, diese falsche Annahme zu berichtigen.

»Wir haben den ›Engel‹ gefunden,« sagte Stronger.

»Auch die Dokumente?« fragte der Engländer.

»Nein, die haben wir leider nicht gefunden.«

»Madame Conneau ist doch die Seele des Komplotts. Haben Sie sie, dann müssen Sie auch die Dokumente herbeischaffen können. Ist sie hier in der Stadt?«

»Nein, man hat sie in Lille angehalten.«

»Dann ist sie also mit dem Pariser Zug gereist.«

»Sie war außerordentlich bestürzt und tat sehr beleidigt, als man sie anhielt. Ihr Koffer und ihr ganzes Gepäck ist untersucht worden; von den Dokumenten hat man aber keine Spur gefunden. Sie droht mit einer Schadenersatzklage. Ich persönlich bin auch der Ansicht, daß man zu scharf vorgegangen ist; es liegen doch keine klaren Beweise gegen sie vor.«

Herbert verzog das Gesicht zu einem Lächeln.

»Ich habe der Polizei den Diebstahl angezeigt,« sagte er. »Fürchtet man dort, näher auf die Sache einzugehen, braucht man sich nicht damit zu befassen. Zwingen kann ich die belgische Polizei ja nicht.«

Stronger, der die Ironie der Worte wohl fühlte, sagte:

»Wissen Sie, daß Madame Conneau sich in Lille darüber beklagt hat, daß man sie dafür verantwortlich machen will, was ein englischer Grünschnabel in Ostende im Rausch angerichtet hat?«

»Ihren Worten entnehme ich, daß Sie mit den Tätern sympathisieren,« entgegnete Herbert. »Dann läßt sich eben nichts machen.«

»Sie irren sich,« sagte Stronger. »Sie können aber nicht erwarten, daß wir der Sache auf den Grund kommen, wenn Sie selbst uns nicht die notwendigsten Erklärungen geben. Wüßten wir bloß, welche Art politische Dokumente Ihnen gestohlen sind, dann würde uns sehr geholfen sein. Durch die politische Polizei würden wir sicher auf die rechte Spur gelangen.«

»Derartige Auskünfte kann ich Ihnen nicht geben,« erwiderte der Engländer. »Ich möchte aber noch einmal energisch feststellen, daß ich heute nacht nicht berauscht gewesen bin. Im ›Roten Truthahn‹ habe ich Champagner getrunken; das stimmt. Im Hotel Treviso trank ich abermals Champagner; aber schon nach dem ersten Glas muß ich eingeschlafen sein; von da läßt mich mein Gedächtnis vollkommen im Stich. Man hat mich eingeschläfert.«

»Das Hotel Treviso ist ein kleines, aber sehr angesehenes Hotel. Der Portier, der Mann mit dem grauen Bart, den Sie mit ›Schuft‹ zu bezeichnen belieben, hat ausgesagt, daß Sie sehr viel Champagner getrunken hätten und schließlich total berauscht auf einem der Stühle eingeschlafen wären. Sie kamen allein mit dem ›Engel‹ an?«

»Ein durch und durch solides Hotel,« bemerkte der Engländer spöttisch.

Stronger zog die Achseln.

»Wir sind jetzt in der Hochsaison,« sagte er.

»Man hat Sie in den Restaurationsräumen bedient. Dazu läßt sich gar nichts sagen. Auf diesem Gebiet sind wir keine Heuchler, wie die Engländer es sind. Was den graubärtigen Portier betrifft, da muß ich sagen, daß er ein angesehener Bürger der Stadt ist; er ist sogar Gemeinderatsmitglied.«

»Existiert hier auch das Frauenstimmrecht?«

»Ich verstehe nicht.«

»Nun, ich meine nur, dann müßte der ›Engel‹ auch Sitz und Stimme im Gemeinderat haben.«

»Ich hoffe,« sagte Stronger nach einer Pause, und mit der Absicht, sich zurückzuziehen, »daß es uns noch gelingen wird, Ihre Dokumente zu finden. War es nicht ein blauer Briefumschlag, der die wichtigen Dokumente enthielt? Weitere Auskunft geben Sie ja nicht. Das ist zwar nicht viel; aber wir werden unser möglichstes tun. Wünschen Sie, daß der Presse Mitteilung gemacht wird?«

»Um des Himmels willen! Dann wäre ich ja gänzlich ruiniert.«

»Nun, dann halten wir es geheim.«

Stronger verabschiedete sich und ließ Krag allein mit Herbert.

Was zwischen diesen beiden verhandelt wurde, geht aus dem darauffolgenden Gespräch zwischen Krag und Stronger hervor.

»Er ist sehr unglücklich dran,« sagte Krag, »und ich glaube, daß noch viel mehr als seine Zukunft davon abhängt, ob er diese Papiere wiederbekommt oder nicht. Er hat sich in den Kopf gesetzt, daß der ›Engel‹ die Hauptschuldige ist, und ich glaube, er hat recht.«

»Das ist auch meine Ansicht,« sagte Stronger sehr ernst. »Durch seine Geheimtuerei bindet er uns aber selbst die Hände. Bedenken Sie, offiziell hat er den Diebstahl noch gar nicht angemeldet; er hat uns nur gebeten, ihm unter Wahrung strengster Diskretion bei der Wiederherbeischaffung seiner Papiere behilflich zu sein.«

»Er ist dazu gezwungen, nicht offiziell aufzutreten. Es darf überhaupt nichts darüber verlautbart werden, daß die Papiere auch nur für fünf Minuten aus seinem Besitz gewesen sind. Ich fragte ihn, ob er noch andere als den ›Engel‹ in Verdacht hätte. Er erklärte darauf, daß sich sein Verdacht ›auf die ganze Sippschaft‹ lenkte. Wissen Sie, mit wem er gestern im ›Roten Truthahn‹ zusammengewesen ist?«

»Ja, unter anderen waren Baron Sixten und Herr von Seydlitz in seiner Gesellschaft. Diese beiden Herren stehen zwar auf der Liste verdächtiger Personen; aber sie haben sich bisher nichts zuschulden kommen lassen, so daß gegen sie nicht eingeschritten werden kann. Gerade ihnen gegenüber muß äußerste Vorsicht gewahrt werden, denn erstens fehlt unserem Verdacht jegliche Begründung, zweitens liegt keine direkte Beschwerde vor, und drittens genießen diese Herren den Schutz gewisser Machthaber. Ich darf mich nicht deutlicher ausdrücken. Wir können uns unmöglich ganz zu des jungen Engländers Handlanger erniedrigen. Weder Baron Sixten noch Herr v. Seydlitz sind heute nacht im Hotel Treviso gewesen. Setzen wir nun voraus, daß der Tresorschlüssel ihm während seines Aufenthaltes im Hotel Treviso gestohlen ist – ich vermute das stark –, dann muß der Dieb doch hinterher noch in das Zimmer im Hotel Terminus eingedrungen sein. Wie Sie sehen, ist die Sache sehr rätselhaft.«

»Eins steht fest,« sagte Krag, »der junge Mann muß gerettet werden.«

Stronger betrachtete den Detektiv forschend.

»Gerettet?« fragte er, indem er das Wort eigentümlich betonte.

»Ja, gerettet,« sagte Krag ernst.

»Wir werden alles tun, was in unserer Macht steht. Wie die Sache aber jetzt liegt, ist es meiner Meinung nach das beste, daß sie einem Privatdetektiv übergeben wird. Dadurch wird auch unsere Stellung eine freiere, und wir geben Ihnen gern jede gewünschte Auskunft,« antwortete Stronger.

»Während ich mit Herbert konferierte, wurde ihm eine Depesche überreicht. Der Inhalt der Depesche schien einen außerordentlich tiefen Eindruck auf ihn zu machen. Ich möchte wohl wissen, was in dem Telegramm stand.«

Stronger überlegte eine Weile.

»Als Polizeibeamte sind wir in der Lage, es zu erfahren,« sagte er. »Wollte er es Ihnen denn nicht sagen?«

»Nein.«

Stronger gab einem Schutzmann Bescheid. Wenige Minuten darauf brachte dieser folgende Abschrift vom Telegraphenamt: Bremen, den 24. ... Herbert Cyrus Holmes. Terminus, Ostende. Se. Kaiserliche Hoheit der Großfürst erwartet Sie morgen vormittag um neun Uhr im Grand Hotel Ostende. Makarow.

»Morgen früh um neun Uhr,« wiederholte der Detektiv leise.

»Nun, wir haben noch einen ganzen Tag und eine ganze Nacht vor uns. Verstehen Sie den Sinn des Telegramms?«

»O doch,« entgegnete Stronger. »Morgen früh um neun Uhr müssen die Dokumente dem Großfürsten überreicht werden. Und nun sind sie weg. Ich will Ihnen aber einen Fingerzeig geben, vielleicht ist er Ihnen wertvoll. Baron Sixten reist heute nacht um eins. Er hat eine Fahrkarte nach Köln bestellt.

»Ah, das ist sehr wichtig!«

»Dann möchte ich Sie eines fragen, lieber Herr Krag: Warum halten Sie sich eigentlich in Ostende auf?«

Krag lachte.

»Aus demselben Grunde, wie so viele andre. Ich will mich amüsieren. Es ist der reine Zufall, daß ich in diese Geschichte verwickelt worden bin.«

»Höchst merkwürdig,« sagte Stronger für sich. »Dann kann ich Ihnen die interessante Neuigkeit erzählen, daß man Sie hier heimlich beobachtet,« teilte er Krag flüsternd mit. »Nicht die Polizei, andre Elemente. Über jeden Ihrer Schritte ist man orientiert.«

XLIX.

Diese Mitteilung, daß er selbst unter Beobachtung stand, wie Stronger ihm eben gesagt hatte, traf Asbjörn Krag ganz überraschend. Er ahnte nicht, daß hier in Ostende noch andere Personen ihn kannten als Stronger und Lizzie, höchstens noch Nelson. Strongers Mitteilung ließ jedoch in Krag den Verdacht hochkommen, daß das Komplott, das Herbert umgarnt hatte, seine Aufmerksamkeit auf ihn, vermutlich auch auf Lizzie gerichtet haben könnte; daß ihnen vielleicht aufgegangen sei, daß zwischen Herbert einerseits und Lizzie andererseits eine gewisse Verbindung bestehe.

Stronger rief den Detektiv ans Fenster.

»Sehen Sie den Depeschenboten, der dort in seiner Tasche herumwühlt, um augenscheinlich eine verkramte Depesche zu suchen? Dieser Bursche hat Sie während der letzten Stunden verfolgt. Schon vor zwei Stunden wurde mir von einem Schutzmann die Meldung gemacht, daß ein junger Mensch Depeschenbote spielte, ohne es wirklich zu sein. Die Schutzmannschaft kennt ja alle Beamten, ein fremdes Gesicht fällt ihr sofort auf. Ich gab den Befehl, den Grund dieses merkwürdigen Auftretens zu erforschen. Vor etwa einer Stunde erhielt ich den Bescheid, daß der Depeschenbote und noch einige verkleidete Personen einen unbekannten Herrn verfolgten. Diesen unbekannten Herrn zeigte man mir. Sie waren es.«

Krag betrachtete den Burschen auf dem gegenüberliegenden Trottoir genau. Er kannte ihn nicht; doch war er Stronger für seine Mitteilung sehr dankbar. Er wußte nun, daß er sich in acht nehmen mußte.

Als er das Polizeiamt verlassen hatte, bemerkte er, wie der Depeschenbote ihn verfolgte. Krag ließ ihn laufen, und verriet mit keinem Blick, daß der Verfolger durchschaut war. Lieber wollte er von einem Menschen verfolgt sein, dessen Gesicht er kannte, als zu wissen, daß jemand aus der Menge ihn beobachtete.

Es stellte sich heraus, daß Lizzie die Verabredung nicht ganz innegehalten hatte. Sie hatte sich zwar die ganze Zeit in ihrem Zimmer aufgehalten, durch Bestechung des Stubenmädchens war es ihr jedoch geglückt, eine Verbindung mit dem Hotel Terminus, wo ihr Sohn wohnte, herzustellen.

Als Krag zu ihr ins Zimmer trat, blickte sie ihn einen Moment forschend an und sagte dann:

»Erzählen Sie mir nichts. Ich sehe es Ihnen an, daß Sie mir doch nichts Gutes mitteilen können. Was sagt Herbert?«

»Er macht einen verbitterten Eindruck,« entgegnete Krag. »Er weigert sich, Einzelheiten klarzulegen. Er ist sich ganz klar darüber, daß die rothaarige Dame, die für gewöhnlich ›der Engel‹ genannt wird und der er gestern sehr den Hof machte, an der Spitze des Komplotts steht, das ihn ins Unglück gebracht hat. Ich weiß nun aber, um was es sich handelt. Eine Auskunft des hiesigen Detektivs Stronger hat mir Gewißheit gegeben. Herbert ist mit wichtigen politischen Dokumenten nach Ostende gekommen, die er gleich nach seiner Ankunft Sr. Kaiserlichen Hoheit, dem Großfürsten Sergius von Rußland, der sich gerade zu dieser Zeit hier aufhalten sollte, zu überreichen die Aufgabe hatte. Man hatte damit gerechnet, daß er sofort nach seiner Ankunft mit dem Dampfer dem Großfürsten die Papiere überreichen konnte, daher hatte man keine Bedenken, einem so jungen Attaché die wichtigen Dokumente anzuvertrauen. Diese jungen Engländer, die oftmals direkt vom Sportplatz in das diplomatische Korps eintreten, pflegen handfeste Leute zu sein und haben in der internationalen Diplomatie oft Hervorragendes gelei-

stet, wo die älteren Diplomaten versagten. Wie dem nun auch sein mag; ihm ist die Sache übertragen worden und er hat sich festgerannt. Der glückliche Ausgang seiner ersten Mission ist daran gescheitert, daß der Großfürst um zwei Tage später eintreffen wird. Während dieser Zeit hat Herbert die Dokumente zu verwahren; das haben die Schufte ausgenutzt. Ich weiß nicht, welcher Art diese Dokumente sind; es liegt aber nahe, anzunehmen, daß die Papiere ein Glied der diplomatischen Verhandlungen bilden, die zweifellos zwischen London, Paris und St. Petersburg im Gange sind. Sicherlich wird eine dritte und vierte Nation das größte Interesse an der Kenntnis des Inhalts dieser Papiere haben. Mit diesem Umstand müssen wir rechnen, gnädige Frau. Selbst wenn die Dokumente noch nicht in den Besitz dieser Nation übergegangen sind, so befinden sie sich jedenfalls schon an der Börse, wo diese niederträchtigsten aller Käufe und Verkäufe stattfinden. Vorläufig sind sie uns unerreichbar; damit ist aber nicht gesagt, daß wir sie überhaupt nicht wieder sehen werden. Bis morgen früh um neun Uhr ist uns noch Frist gegeben. Dann müssen sie dem Großfürsten überreicht werden.«

Lizzie hatte den Ausführungen des Detektivs sehr aufmerksam zugehört. Sie vermochte aber nicht zu begreifen, um was es sich im Grunde handelte; das schien ihr aber einzuleuchten, daß Herbert in Gefahr sei. Als von Kauf und Verkauf die Rede war, horchte sie interessiert auf; es schien ihr, hier sei ein Ausweg.

»Wie Sie wissen, besitze ich doch diese fünfundzwanzigtausend Franken. Etwa zwanzigtausend Franken sind außerdem noch mein. Ich glaube, ich werde fünfzigtausend Franken aufbringen können ...«

Krag unterbrach sie.

»Das genügt noch lange nicht,« sagte er. »Handelte es sich um fünfzigtausend oder eine Million Franken, dann würde Herbert sicher in der Lage sein, sie sofort auszuzahlen. Bieten können wir überhaupt nicht, da wir gar nicht einmal wissen, wem wir das Angebot machen sollen. Gesetzt den Fall, wir sagten einem Unbeteiligten, wir bieten soundsoviel für die Herbert entwendeten Dokumente, dann würde die Sache gleich bekannt werden und Herbert wäre kompromittiert. Das ist ja gerade das Verzwickte bei dieser Gelegenheit, daß wir mit größter Verschwiegenheit zu Werke gehen müssen. Es darf überhaupt niemand erfahren, daß Herbert die Dokumente eingebüßt hat. Wir beide verstehen uns ja, gnädige Frau. Zum Teufel mit den Dokumenten! Die Hauptsache ist, ihn zu retten.«

»Ja, ja, das ist die Hauptsache,« sagte sie in erneuter Angst. »Ich gäbe gern mein Leben für ihn hin. Wissen Sie es schon, lieber Freund,« schrie sie fast, wobei sie Krags Hände ergriff, »wissen Sie schon, daß er angefangen hat, Briefe zu schreiben?«

»Briefe?« fragte er erstaunt.

»Ja,« sagte sie. »Ich habe meine Spione. Alles in seinem Zimmer deutet auf Aufbruch. Er schreibt Briefe, die er versiegelt und vor sich auf den Tisch legt. Es macht den Eindruck, als ob er eine weite Reise unternehmen wollte. Oder ... oder ...«

»Ich kann Sie nur dadurch beruhigen,« gab Krag zur Antwort, »daß ich Ihnen meine feste Überzeugung ausspreche, daß ein so lebensmutiger und vernünftiger Mensch wie Herbert bis zur letzten Minute wartet. Er weiß, daß ich die Sache in die Hand genommen habe. Der Sicherheit wegen will ich ihm noch einige Zeilen schreiben, damit er ja keine Dummheit begeht. Auch will ich ihn wissen lassen, daß meine Forschungen zu guten Hoffnungen berechtigen. Außerdem erwarten wir ja im Laufe des Abends seinen Vater. Wenn alle Hoffnungen trügen, muß er die Verantwortung für des Sohnes Schicksal übernehmen.«

Darauf begab sich Krag in das Schreibzimmer, wo er einige beruhigende Zeilen an Herbert schrieb. Er fügte noch hinzu, daß es seinen Plänen sehr förderlich sei, wenn Herbert sich so weit überwinden könnte, mit anscheinend sorgloser Miene zur Promenadenzeit sich dort einzufinden, wo man sich amüsiert.

Krag richtete nun sein Augenmerk auf Baron Sixten. Seinem Gefühl nach lag dort der Schlüssel zum Geheimnis. In Hotels, selbst in den besten, läßt sich mit Geld viel ausrichten. Es gelang ihm durch das Personal des Hotels, wo Sixten sich aufhielt, folgendes in Erfahrung zu bringen: Um fünf Uhr morgens war Baron Sixten nach Hause gekommen. Er hatte sich nicht gleich zur Ruhe begeben, sondern schien sich noch am Schreibtisch mit irgendeiner Arbeit zu beschäftigen. Um acht Uhr hatte er den Hoteldiener herbeigerufen und ihm gesagt, daß er um acht Uhr abends reisen wolle; danach hatte er sich zur Ruhe begeben. Um zwei Uhr habe er sich erhoben und war nach beendeter Toilette fortgegangen. Besuch hatte er nicht empfangen.

Sehr viel hatte Krag ja nicht erfahren; aber es genügte doch, um ihn davon zu überzeugen, daß Sixten immerhin für den Diebstahl in Betracht kommen könnte. Den Umständen nach verhielt es sich ziemlich sicher so.

In seiner darauffolgenden Unterredung mit Lizzie versuchte Krag ihr begreiflich zu machen, daß durch dies Resultat die Erledigung der Angelegenheit nähergerückt sei. Sich selbst gestand er jedoch, daß die Sache noch arg im Dunkel läge. Gerade als er Lizzie verlassen wollte, wurde Besuch angemeldet.

Lizzie fragte, wer es sei.

»Der Herr hat keinen Namen genannt,« entgegnete der Diener. »Er sagte aber, es handele sich um den Sohn der gnädigen Frau.«

Mit Spannung erwarteten Krag und Lizzie die Ankunft des Fremden.

Dieser trat gleich darauf ein; begrüßte Krag sehr formvoll, legte Hut und Stock von sich, ging auf Lizzie zu, ergriff ihre Hände und sagte:

»Lizzie, ich will Ihnen helfen.«

Es war Nelson.

L.

Von dem Augenblick an, wo Asbjörn Krag Nelson wiedererkannt hatte, war dem Detektiv klar, daß er Außerordentliches erleben würde. Er wußte, das Beste, was er tun konnte, war, sich die Einzelheiten dieser sonderbaren Szene genau zu merken. Die letzten Jahre schienen Nelson nicht sehr mitgenommen zu haben; nur die Veränderung war eingetreten, daß seine Erscheinung jetzt genau seinem Alter entsprach – nach Krags Berechnung mußte er etwa 38 Jahre alt sein –, während er früher viel jugendlicher ausgesehen hatte, als er in Wirklichkeit war. Oberhalb der Ohren war sein Haar etwas ergraut, was seiner schlanken, doch kräftigen Erscheinung ein sehr distinguiertes und würdiges Aussehen verlieh. Er schien nicht mehr der Spaßvogel von früher zu sein; er war stiller und ernster geworden. Seine Kleidung war die eines vollkommenen Gentlemans; während sein Äußeres früher einen starken französischen Einschlag aufwies, richtete er sich jetzt mehr nach englischer, oder wohl besser gesagt, nach amerikanischer Mode. Er war ja auch von Amerika gekommen.

Krag hatte erwartet, daß Lizzie durch die plötzliche Erscheinung Nelsons weit heftiger überrascht gewesen wäre. Er dachte nicht, daß diese beiden Menschen während ihres abwechslungsreichen und unsteten Lebens einander öfter begegnet waren. Die behutsame, fast demütige Art und Weise, die Nelson Lizzie gegenüber an den Tag legte, ließ vermuten, daß sie das einzigste Wesen sei, dem dieser merkwürdige Verbrecher alles opfern konnte.

Indem er auf Asbjörn Krag wies, fragte er:

»Ist er Ihr Freund, gnädige Frau?«

»Ja,« antwortete sie.

»Wir drei kennen uns ja,« sagte Nelson. »Wir können also offen miteinander reden.«

»Gewiß, mir ist es sogar lieb, daß wir zu dreien und nicht zu Zweien sind.«

Sich an Nelson wendend, fuhr sie fort:

»Soeben sagten Sie, daß Sie mir helfen wollten. Wissen Sie denn, daß ich in großer Not bin?«

»Ja,« war die Antwort.

Mit einladender Handbewegung nötigte sie ihn, Platz zu nehmen. Er kam ihrer Aufforderung jedoch nicht nach, sondern ging um den angewiesenen Stuhl herum und legte die Hand auf die Rückenlehne.

Diese Reserviertheit schien auf Lizzie einen günstigen Eindruck zu machen; sie wurde dadurch gewissermaßen vertrauensvoller.

»Ich weiß ja aus Erfahrung,« begann sie, »daß Sie sich durch nichts davon abbringen lassen, wenn Sie sich einmal etwas vorgenommen oder eine Entscheidung getroffen haben. Meine Angelegenheit ist jedoch sehr sonderbarer Art. Die Verhältnisse liegen so, daß ein Draufgänger nur zu leicht alles ruinieren kann.«

»Ganz meine Ansicht, gnädige Frau,« bemerkte Krag.

Nelson hatte Lizzie ununterbrochen angeblickt. Nach seinem Gesichtsausdruck zu urteilen, sollte man glauben, daß er Asbjörn Krags Bemerkung gänzlich überhört hätte. Das konnte aber nicht der Fall sein, denn seine Antwort galt auch Krag.

»Ich bin orientiert. Ich sehe die große Gefahr; darum gilt es, schnell zu handeln.«

»Wenn ich doch nur begreifen könnte,« sagte Lizzie mit vor Angst zitternder Stimme, »wie Sie zur Kenntnis meiner traurigen Angelegenheit gelangt sind!«

Nelson lächelte wehmütig; schüttelte dann aber den Kopf.

»Nein!« sagte er.

»Nein?« fragte Lizzie leise, als hätte sie doch verstanden, was er meinte.

»Warum antworten Sie so nichtssagend?« fragte Asbjörn Krag.

»Weil ich wohl verstand, was Lizzie eigentlich mit der Frage meinte. Nein, diesmal stecke ich nicht dahinter.«

»Verzeihen Sie mir,« bat sie.

»Hier ist keine Verzeihung nötig,« sagte Nelson. »Ich kann mich ja auch so ausdrücken: zufälligerweise stecke ich nicht dahinter. Ich bin nämlich immer noch der alte Nelson. Wollen wir nun aber nicht darüber sprechen, wie wir wieder in den Besitz der Dokumente gelangen können?«

»Merkwürdig, Sie wissen alles. Das verstehe ich einfach nicht,« sagte Krag.

»Ich weiß auch, wer der Dieb ist,« sagte Nelson, zu Krag gewandt. »Sie waren auf der rechten Fährte. Baron Sixten ist augenblicklich im Besitz der Dokumente.«

»Darf ich hier bemerken, daß wir Pech gehabt haben,« entgegnete Krag. »Auf irgendeine Weise muß Baron Sixten erfahren haben, daß ich mich für die Sache interessiere; er läßt mich nämlich den ganzen Tag beobachten, unter anderem durch einen Depeschenboten, der mich überallhin verfolgt. Es wäre glänzend gewesen, wenn Sie ihm unbekannt geblieben wären. Nun wird er aber vermutlich schon wissen, daß Sie mit uns in Verbindung stehen, und ist dagegen gewappnet.«

»Da irren Sie,« entgegnete Nelson. »Baron Sixten hat weder von mir noch von Ihnen eine Ahnung. Dazu fühlt er sich viel zu sicher.«

»Können Sie mir dann erklären,« fragte Krag, »warum er mich durch seine Helfer den ganzen Tag beobachten läßt?«

»Das hat er gar nicht veranlaßt,« erwiderte Nelson; » ich habe Sie beobachten lassen. Und damit haben Sie auch die Erklärung dafür, wie es kommt, daß ich von Ihrer Angelegenheit unterrichtet bin. Es ist immer meine Art gewesen, mir Aufschluß zu verschaffen über Dinge, die ich nicht begreifen konnte. Kaum hatte ich mich hier in Ostende niedergelassen, als mir Lizzie begegnete. Ich sah Sie, Lizzie; Sie sahen mich nicht. Wenige Stunden darauf traf ich meinen Freund Asbjörn Krag vor dem Grand Hotel. Daß diese doppelte Begegnung Zufall sein sollte, wollte mir nicht in den Sinn. Ich bin in bestimmter Absicht nach Ostende gekommen, wo eine bestimmte Aufgabe meiner harrte.

Ich wollte mich nicht stören lassen, darum sagte ich mir: Warum sind diese Menschen hier? Was haben sie zu besprechen? Warum sitzen sie halbwegs versteckt im ›Roten Truthahn‹, wo ein junger Engländer Mittelpunkt der lustigsten Gesellschaft ist? Warum treibt sich Lizzie einsam und ruhelos die ganze Nacht vor dem Hotel Terminus herum? Ich kannte die Teilnehmer der lustigen Gesellschaft im ›Roten Truthahn‹. Des ›Engels‹ habe ich mich auch schon bedient. Sie ist frech, aber gut zu gebrauchen; in letzter Zeit ist sie aber in zu schlechte Gesellschaft geraten. Baron Sixten kannte ich gleichfalls; der einzige, den ich nicht kannte, war der junge Engländer. Als ich aber später seinen Namen erfuhr, wurde mir manches klar, das mir bisher rätselhaft gewesen war. Kurz gesagt, ich stellte Nachforschungen an. Meine Spione haben gut gearbeitet. Ich weiß alles.

Von nun an lasse ich Sie nicht mehr beobachten,« schloß er, indem er sich an Krag wandte. »Meine Leute haben andere Spuren zu verfolgen. Wir sind in der günstigen Lage, daß Sixten, der mit Hilfe des ›Engels‹ sich die Dokumente angeeignet hat, absolut nichts davon ahnt, daß er verfolgt wird. Er lebt, wie er immer gelebt hat. Das ist für uns sehr günstig, dann ist die Verfolgung nicht so schwierig. Mir ist bekannt, daß er heute abend um acht Uhr reist; er hat nämlich Fahrkarten nach Berlin bestellt. Das heißt mit anderen Worten, daß er und seine Helfershelfer, solange sie sich hier aufhalten, keinen Unbeteiligten in ihre Angelegenheit einweihen. Ich glaube daher, annehmen zu können, daß die Dokumente im Besitze des Barons vollkommen sicher sind.«

Krag lächelte.

»Das ist eine sehr kühne Behauptung,« meinte er. »Wie wollen Sie aber die Abreise des Barons heute abend um acht Uhr verhindern.«

»Die will ich gar nicht verhindern.«

»Dann sind die Dokumente verloren.«

»Keineswegs,« entgegnete Nelson. »Baron Sixten mag abreisen; aber ich glaube nicht, daß er die Papiere mitnimmt. Ich will in ihren Besitz gelangen.«

»Das wollen wir auch,« sagte Krag. »Wenn man Sie so reden hört, sollte man glauben, daß es eine Kleinigkeit für Sie wäre, die Dokumente herbeizuschaffen. Ich bin begierig, wie Sie die Sache anstellen wollen.«

»Das ist gar nicht so schwer. Nur eine Schwierigkeit ist zu überwinden, nämlich in dem Augenblick, wo man gegen Sixten als strafende Gerechtigkeit auftreten soll. Ich habe mir die Sache auch noch anders überlegt.

Sie kennen mich ja; es ließe sich doch auch so machen, daß der eine Dieb den andern übertrumpft.«

»Meinen Sie, daß Ihr Plan gelingen wird?« fragte Lizzie mit ängstlich zitternder Stimme.

»Lizzie, Lizzie,« erwiderte Nelson, »hätte ich gewußt, was auf dem Spiele steht, dann wäre ich schon früher bei Ihnen gewesen. Von dem Augenblick an, wo ich erfuhr, in welcher verzweifelten Lage Sie waren, war ich dem Schicksal dankbar, daß mir Gelegenheit geboten wurde, Ihnen helfen zu können. Ich eilte zu Ihnen. Wenn mein Werk getan ist, werde ich wieder verschwinden. Sie werden begreifen, daß es für mich keinen anderen Ausweg gibt.«

»Ach, wenn man ihm doch Glauben schenken dürfte?« rief Lizzie, von neuer Hoffnung erfüllt.

»Ich glaube,« antwortete Krag.

LI.

»Bevor ich von Ihnen gehe, möchte ich noch über eine Sache Aufklärung haben, die mir bisher rätselhaft vorgekommen ist. Heute morgen um halb sechs eilten Sie in größter Erregung nach dem Telegraphenamt und sandten eine Depesche ab. An wen war das Telegramm?«

»An Herberts Vater,« sagte Lizzie zögernd. »Ich wußte nicht, was ich tun sollte.«

Nelson überlegte eine Weile.

»Ich nehme an, daß das Telegramm beunruhigenden Inhalts war. Falls Sir Holmes sofort abreist, kann er etwa um halb neun hier sein; aber auch nicht früher. Ich verlasse Ostende schon um neun; so wird eine Begegnung zwischen uns vermieden.«

»Reisen Sie schon um neun?« fragte Krag erstaunt. »Warum nur?«

»Vergessen Sie nicht, daß das Spiel schon um acht gewonnen ist.«

»Kann ich Ihnen helfen?« fragte Krag nun. »Die Sicherheit, womit Sie auftreten, zeugt davon, daß Ihr Plan schon fix und fertig ist. Haben Sie eine Rolle für mich?«

»Nein,« entgegnete Nelson, »aber ich möchte Sie doch bitten, einige Minuten vor Abgang des Berliner Zuges auf dem Bahnhof zu sein. Erwarten Sie mich am großen Verkaufsstand links.«

Als Nelson Miene machte, das Zimmer zu verlassen, streckte Lizzie ihm die Hand entgegen und sagte:

»Ich danke Ihnen.«

Nelson ergriff die Hand und neigte sich darüber.

Krag ahnte, daß dies nach langer Trennung der erste Händedruck war.

Dann ging Nelson.

Mittlerweile war es fünf Uhr geworden. Drei Stunden waren Lizzie und Krag auf geduldiges Warten angewiesen. Krag überlegte die Chancen. Entweder glaubte er an Nelsons Glück, dann mußte er sich untätig verhalten, oder er glaubte nicht daran, dann war es seine Pflicht, auf eigene Faust seine Arbeit fortzusetzen. Wie die Dinge aber jetzt lagen, mußte er gestehen, daß Nelson der Stärkere war, und daß man nur riskierte, ihm im Wege zu sein, wenn man sich jetzt in die Sache hineinmischte. Er beschloß daher, sich vollständig passiv zu halten. Es kam ihm der Gedanke, sich auf die Promenade zu begeben, um zu sehen, ob Herbert seine Aufforderung, sich dem Publikum gegenüber recht sorglos zu zeigen, nachgekommen sei; als er aber Lizzies Erregtheit bemerkte, zog er es doch vor, in ihrer Nähe zu bleiben.

Geheimnisvolle Ahnungen schienen Lizzies Nervosität dauernd zu steigern. Ihr mütterlicher Instinkt ließ die Qualen ihres Sohnes miterleiden. Schien sie doch zu wissen, daß Herbert gerade in diesen Stunden voller Verzweiflung vor seinem Schreibtisch im Hotel Terminus saß. Die hoffnungsvolle Vertrauensseligkeit der Jugend hatte ihn verlassen; an ein Wunder glaubte er jetzt nicht mehr. Von rätselhaften Freunden hatte er zwar Mitteilung bekommen, aber diese Mitteilungen ließen ihn doch nicht recht hoffen. Er konnte sich nicht überwinden, mit fröhlichem Gesicht unter fröhlichen Menschen zu promenieren. Er war in seinem Zimmer geblieben und hatte bis acht Uhr die Arbeit erledigt, die nach seinem Willen der Entscheidung vorausgehen sollte. Vor ihm auf dem Schreibtisch lagen vier versiegelte Briefe.

Er trat ans Fenster, wo er eine Weile in die abendliche Dämmerung hinabblickte, die sich über den Park gesenkt hatte. Der Lärm der Menschenmenge tönte nur leise zu ihm herauf, und der betäubende Duft der vielen Blumen im Garten erfüllte das Zimmer. Behutsam schloß er das Fenster und zog die Vorhänge vor. Dann drehte er das elektrische Licht an und setzte sich wieder an den Schreibtisch.

Zehn Minuten vor acht stand Asbjörn Krag auf dem Bahnhof mitten unter den Reisenden, die sich noch mit Reiselektüre versehen wollten. Er kaufte einige illustrierte französische Zeitschriften, deren Illustrationen er, nachdem er aus dem Gedränge heraus war, mit Muße zu betrachten schien; in Wirklichkeit war seine ganze Aufmerksamkeit jedoch auf die Personen gerichtet, die an ihm vorübergingen. Trotz aller Kaltblütigkeit, die er sich im Laufe der Zeit erworben hatte, war ihm doch seltsam zumute, als er in der Menge Baron Sixten entdeckte, der ruhig durch die Halle dem Bahnsteig zuschritt. Im Vorübergehen gab Sixten dem Hoteldiener noch irgendeine Anweisung. Außergewöhnliches war nicht an ihm zu merken. Er war im Reiseanzug und trug eine kleine braune Tasche. Krag blickte nach Nelson aus; konnte ihn aber nirgends entdecken. Er beruhigte sich jedoch damit, daß Nelson mit Rücksicht auf Verkleidung ja seinesgleichen suchte; der geniale Verbrecher würde ihm sicher schon auf den Fersen sein.

Der Zeitpunkt, an dem der Zug abfahren sollte, rückte indessen immer näher heran. Krag, den das vollkommen beherrschte Auftreten des Barons beunruhigte, mußte sich sagen, daß die größte Wahrscheinlichkeit bestand, daß bis jetzt noch nichts geschehen sei. Noch drei Minuten, dann fuhr der Zug ab. Eine nervöse Angst überfiel ihn. Mitten im Menschengedränge, wo nichts Außergewöhnliches vorzugehen schien, und er zur Untätigkeit verurteilt war, kam ihm ganz plötzlich und überwältigend seine eigene Ohnmacht zum Bewußtsein.

Da kam unvermutet ein schwarzgekleideter Herr sehr schnell auf ihn zu. Es war Nelson. Er war diesmal nicht verkleidet. Nach seinem leicht angestaubten Überzieher und dem Koffer, den er in der Hand trug, zu urteilen, mußte er soeben von einer Reise zurückgekehrt sein.

Nelson gab Krag die Hand und sagte so laut, daß die Umstehenden es hören konnten:

»Es ist sehr liebenswürdig von Ihnen, lieber Freund, daß Sie mich hier erwarten. Lassen Sie uns gehen.«

Hastig verließen die beiden die Halle und winkten vor dem Bahnhof einen Wagen herbei. Dem Kutscher gab er die Adresse des Hotels auf, worin Lizzie wohnte; dann lehnte er sich in die Polster zurück, zündete eine Zigarette an und sagte:

»Wie das beruhigt! Ich habe wirklich in großer Spannung gelebt.«

Krag wußte, was er damit meinte. Erleichtert atmete er auf.

»Haben Sie auch eine Zigarette für mich?« fragte Krag.

»Bitte.«

Indem Krag auf den Koffer wies, den Nelson vor sich hingestellt hatte, fragte er:

»Waren Sie verreist?«

»Nein, ich habe nur getan, als ob ich auf Reisen gewesen wäre.«

Ein heiteres Lächeln erhellte sein Gesicht.

»Ihre Stimme klingt gar nicht so ängstlich,« sagte er. »Sie sind Ihrer Sache schon sicher. Ja, ich habe die Dokumente.«

Er zeigte aus den Koffer.

»Dort liegen sie.«

Starr vor Staunen blickte Krag den gut verschlossenen Koffer, der außerdem noch mit Lederriemen verschnürt war, an. Dann sagte er:

»Vor drei Minuten ging Baron Sixten vergnügt und zufrieden wie immer durch die Bahnhofshalle. Sein ganzes Auftreten deutete nicht darauf hin, daß ihm etwas Unangenehmes passiert sei. Er muß ein tadelloser Schauspieler sein.«

»Sind es wirklich nur drei Minuten her?« rief Nelson mit gekünsteltem Erstaunen aus. »Ja, lieber Freund, vor drei Minuten war ihm auch noch nichts Unangenehmes widerfahren; denn als er an Ihnen vorüberging, war er noch im Besitz der Dokumente. Nun aber liegen sie wohlverwahrt in meinem Koffer. Ist es nicht merkwürdig, wieviel man in einer verhältnismäßig kurzen Zeit ausrichten kann?«

Krag freute sich über den scherzhaften Ton des andern. Er erinnerte ihn an vergangene Zeiten, an jene tragischen Tage in Kristiania und an Nelsons sorgloses Spiel vor dem Revolver des finsteren Engländers im Bois de Boulogne.

»Ich begreife nicht, wie alles zugegangen ist,« sagte er.

»Wirklich nicht?« fragte Nelson erstaunt. »Nun, Sie müssen mir schon gestatten, daß ich Ihre Geduld noch etwas auf die Probe stelle, etwa noch drei Minuten. So, nun sind wir angelangt. Ich denke mir, daß auch Lizzie erfahren möchte, wie alles sich abgespielt hat. Ich mag die Geschichte aber nicht zweimal erzählen.«

Der Wagen hielt vor dem Hotel; die Uhr war präzis acht.

»Nun fährt der Berliner Zug ab,« sagte Nelson, als er aus dem Wagen stieg.

LII.

Krag stürzte die Treppen hinauf und dann weiter in Lizzies Zimmer hinein.

»Ich bringe gute Nachricht!« rief er aus.

Nelson kam sofort hinter ihm her. Den Koffer stellte er auf einen Stuhl. Er wollte etwas sagen, kam aber nicht dazu; denn Lizzie preßte vor Ungeduld seine Hände und fragte leise:

»Haben Sie die Dokumente wirklich gefunden?« Darf ich sie ihm selbst bringen?«

»Ja,« kam Nelson endlich zu Wort. »Dort im Koffer liegen die Papiere. Bringen Sie sie Ihrem Sohn. Aber,« fügte er hinzu, indem er mit der Hand das Schloß des Koffers verdeckte, »ich habe Herrn Krag versprochen, ihm zu erzählen, wie alles zugegangen ist. Also ...«

Lizzies Antlitz zitterte vor Erregung. Nelson begriff, daß ihr jetzt alles andere gleichgültig wäre, wenn sie nur in den Besitz der Dokumente kam.

»Ich mache den Vorschlag,« sagte Krag, »daß Sie uns erst nachher die näheren Umstände mitteilen.«

»Jede Stunde erhöht meine entsetzliche Angst,« sagte Lizzie und sah dabei Nelson mit bittenden Augen an.

Dann streckte sie die Hand aus und befahl: »Geben Sie sie mir!«

Nelson öffnete den Koffer. Zunächst schnallte er die Riemen auf, öffnete dann umständlich das Schloß und klappte die Tasche auseinander. Es schien aber, daß der Koffer noch ein besonderes abschließbares Fach besaß, denn Nelson bearbeitete noch ziemlich lange eine weiteres Schloß, das schließlich etwas geräuschvoll aufsprang. Während dieser Arbeit hatte er den anderen den Rücken gekehrt. Krag konnte von dem Inhalt des Koffers nichts erblicken; es schien ihm aber unverständlich, wie Nelson in so kurzer Zeit die Dokumente hatte stehlen und darauf so sorgfältig in seinem eigenen Koffer hatte verwahren können.

Endlich schien Nelson das Gesuchte gefunden zu haben. Er entnahm dem Koffer eine kleine schwarze Brieftasche, worauf er ihn wieder verschloß. Erst als er damit fertig war, reichte er Lizzie die Brieftasche, Krag bemerkte auf derselben ein großes rotes, unterbrochenes Siegel.

Langsam, fast ängstlich, ergriff Lizzie das Kleinod. Sie schien an diesen glücklichen Ausgang nicht recht glauben zu wollen. Sie starrte das rote Siegel an und las den Namen des britischen Ministeriums des Äußeren Erst jetzt begriff sie, daß sie im Besitz des Schatzes sei, womit sie ihren Sohn retten konnte. Gleichzeitig mit dieser Erkenntnis überfiel sie wieder eine entsetzliche Angst. Sie konnte es kaum abwarten, zu ihrem Sohn zu eilen und ihn an ihr Herz zu drücken.

»Begleiten Sie Lizzie in das Hotel ihres Sohnes, Herr Krag,« schlug Nelson vor. »Baron Sixten und seine Leute werden ein lautes Wutgeschrei erheben, wenn sie den Verlust entdecken. Diese Menschen sind imstande, einen neuen Schurkenstreich zu begehen.«

Krag sah die Richtigkeit dieser Ausführungen ein. Zur Sicherheit wollte er die Brieftasche an sich nehmen; das wollte Lizzie aber unter keinen Umständen zugeben. Sie barg die Mappe in ihrem schwarzen Mantel und eilte dann die Treppe so schnell hinunter, daß der Detektiv ihr kaum folgen konnte. Beim Anblick dieses sonderbaren Aufzuges wich das Hotelpersonal verwundert beiseite.

Nelsons Sorge war unnötig; niemand belästigte sie unterwegs. Vor Herberts Hotel befahl Krag dem Kutscher zu warten; dann begleitete er Lizzie bis vor die Tür ihres Sohnes. Ehe sie eintrat, hielt sie einen Augenblick inne, um ihre Gedanken zu sammeln. Krag begriff die große Erregung; an die Dokumente dachte sie jetzt sicher nicht. Ein einziges Gefühl erfüllte sie ganz; die ungeheure Erwartung und eine tiefe Dankbarkeit, daß sie, die Mutter, wieder mit ihrem Kind zusammentreffen durfte. Trotzdem sie aber als Helferin und Trösterin kam, trat sie doch sonderbar verzagt und mutlos zu ihrem Sohn ins Zimmer.

Krag schlich still davon. Er hatte genug dieser Dramen gesehen.

Als er die Treppe hinunterging, stellte er sich vor, was wohl nun hinter jener Tür, wo Lizzie und er gestanden, sich abspielte. Was dort aber geschah, war von dem, wie er sich ausmalte, ganz verschieden. Das Leben birgt viel Jammer, aber auch große Freuden. Mit Lizzie hatte es das Schicksal gut gemeint; sie war gerade in dem Augenblick gekommen, als Herbert der tiefsten Verzweiflung nahe war. Als er aber die Dokumente in Händen hatte, die ihm die Gewißheit gaben, daß Tage des Glückes ihm noch bevorstanden, fühlte er sich wie neugeboren. Eine überwältigende Freude über das Wiedersehen mit der Mutter nahm ganz von ihm Besitz. Ein tiefes Glücksgefühl erfaßte ihn, denn eine langgehegte Sehnsucht war ihm erfüllt worden; die jahrelange Sehnsucht nach der Mutter, vor deren Bild er oft in stillen Stunden gestanden und die Erinnerung an seine unvergeßliche Jugend zurückgerufen hatte. Dann aber gewann das Gefühl die Überhand, die verzagte und vom Schicksal so hart betroffene Mutter gegen weitere Schicksalsschläge zu schützen.

So geschah es denn, daß, als etwa nach Verlauf einer Stunde ein schon ergrauter, aber dennoch elastischer Herr, ruhig und doch voller Angst, das Zimmer betrat, um Herbert zur Rechenschaft zu ziehen, Mutter und Sohn glückstrahlend vorfand. Diesem Anblick hielt Sir Cyrus Holmes nicht stand; zu lange hatte er die Liebe derjenigen entbehrt, die seine Nächsten waren, und der Gram darüber hatte ihn Jahre hindurch verfolgt. Dieser Abend hatte drei glückliche Menschen wieder zu Glück und Freude vereinigt.

Mittlerweile war Asbjörn Krag wieder zu Nelson zurückgekehrt. Dieser hatte ihn schon erwartet; er brannte darauf, dem berühmten Detektiv zu schildern, wie er in den Besitz der Dokumente gekommen war.

»Sie wollen wissen,« begann er, »was ich in den drei Minuten ausgeführt habe. Ich will es Ihnen sagen. Ich konnte bei Lösung dieser Aufgabe mit großer Sicherheit auftreten, weil ich mich vorher gut unterrichtet hatte. Baron von Sixten ahnte nicht, daß ich ihm auf der Spur war. Seine Sorglosigkeit war sein Ruin. Meine Spione verfolgten ihn auf Schritt und Tritt; ich erfuhr, daß er die Dokumente in einer Handtasche verwahrte, die er auf der Reise selbst tragen wollte. Diesen Umstand legte ich meinem Angriffsplan zugrunde. Sollte dieser jedoch mißglücken, hatte ich für alle Fälle noch andere Pläne in Aussicht genommen. Ich erwartete ihn am Bahnhof und wartete den Augenblick ab, wo er die Tasche aus der Hand setzen würde, um sein übriges Gepäck aufzugeben. In dem Moment war ich auf dem Posten. Ich kenne alle Kniffe, und einen der allereinfachsten, der jedem andern auch bekannt ist, wandte ich an. Sehen Sie her ...«

»Ich verstehe schon,« sagte Krag, indem er Nelsons Koffer umwarf. Der Koffer hatte keinen Boden; aber zwischen zwei inwendig angebrachten Klammern saß eine kleine Tasche. Dies war die Handtasche, die Krag den Baron Sixten hatte tragen sehen. Nelson hatte nur seinen Koffer über die Tasche des andern zu setzen brauchen, damit war die Tasche des Barons auf rätselhafte Weise verschwunden. Niemand kam auf den Gedanken, den eleganten Herrn, der bald darauf den Bahnhof mit einem wohlverschnürten Koffer verließ, für den Dieb zu halten.

Wenige Minuten später verließ Nelson Ostende. Krag brachte ihn zum Zug.

Als er auf dem Trittbrett stand, fragte er den Detektiv: »Hat Lizzie Ihnen alles gesagt?«

»Ja, sie hat mir gesagt, daß Sie doch der Gentlemandieb sind.«

»Wie sind Sie denn zufrieden mit der endlichen Lösung der Rätsel von Kristiania?« fragte er.

»Ich bin zufrieden,« entgegnete Krag. »Die alten Geschichten sind nun begraben. Heute abend hat die Gerechtigkeit gesiegt, und zwar ohne polizeiliche Hilfe. – Aber sagen Sie mir, wo reisen Sie jetzt hin?«

Nelson lächelte müde: »Ich bin auf der Fahrt nach neuen Abenteuern; das ist nun einmal mein Schicksal,« sagte er ernst.

Krag sah ihm nach, bis seine Gestalt sich im Dampf der Lokomotive verlor.

Tags darauf speiste Krag mit der Familie Cyrus Holmes. Nach dem Essen zog ihn der Forscher in eine Ecke des Zimmers.

»Ist er fort?« fragte er.

»Ja,« erwiderte Krag.

»Werden Sie ihm wieder begegnen?«

»Vielleicht!«

»Dann grüßen Sie ihn von mir.« Seine Worte klangen weich.

»Ich werde den Gruß bestellen und ihm sagen, daß die Drohung aus dem Bois de Boulogne nicht mehr besteht.«

Sir Cyrus nickte.

»Haben Sie ihn gesucht?«

»Zwei Jahre lang habe ich ihn gesucht, um ihn zu töten,« sagte Cyrus Holmes. »Aber vergebens, wissen Sie, was das sagen will? ... So ein Mensch hat das Recht zu leben.«

- Ende -

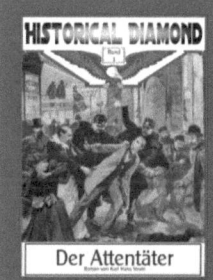

HISTORICAL DIAMOND Band 1

Der Attentäter
Roman von Karl Hans Strobl

HISTORICAL DIAMOND Band 2

Die Seelenverkäufer
Abenteuerroman von Kurt Faber

HISTORICAL DIAMOND Band 3

Jenseits des Äquators
Abenteuerroman von Ferdinand Emmerich

HISTORICAL DIAMOND Band 4

Der Feind aus dem Dunkel
Kriminalroman von Annie Hruschka

HISTORICAL DIAMOND Band 5

Der Tag der Vergeltung
Kriminalroman von Anna Katharine Green

HISTORICAL DIAMOND Band 6

Die Yacht der sieben Sünden
Kriminalroman von Paul Rosenhayn

HISTORICAL DIAMOND Band 7

Das Rätsel von Ravensbrok
Kriminalroman von Hans Hyan

HISTORICAL DIAMOND Band 8

Spreemann und Co
Historischer Berlin-Roman von Alice Berend

HISTORICAL DIAMOND Band 9

Die verlorene Welt
Abenteuerroman von Conan Doyle

HISTORICAL DIAMOND Band 10

Allan Quatermain und der
Zauberer im Zululand
Abenteuerroman von Henry Rider Haggard

HISTORICAL DIAMOND Band 11

Attila - König der Hunnen
Historischer Roman von Felix Dahn

HISTORICAL DIAMOND Band 12

Lizzie Holmes und die
Kristiana-Affäre
Kriminalroman von Sven Elvestadt

HISTORICAL DIAMOND Band 13

Der Chinese
Ein Wachtmeister Studer - Krimi von Friedrich Glauser

HISTORICAL DIAMOND Band 14

Allan Quatermain
und die heilige Blume
Abenteuerroman von Henry Rider Haggard

HISTORICAL DIAMOND Band 15

Bomben auf Monte Carlo
Roman von Fritz Reck-Malleczewen

HISTORICAL DIAMOND Band 16

Das Elfenbeinkind
Ein Allan Quatermain Abenteuerroman von Henry Rider Haggard

Naturwissenschaft, Physik und Astronomie

– **Äquivalenz von Information und Energie.** Von: K.-D. Sedlacek

– **Das Gesetz im Zufall:** Wie sich verborgene Gesetzlichkeit manifestiert. Von: Moritz Cantor u. K.-D. Sedlacek (Hrsg.)

– **Der Widerhall des Urknalls:** Spuren einer allumfassenden transzendenten Realität jenseits von Raum und Zeit. Von: K.-D. Sedlacek

– **Einsteins Relativitätstheorie ganz ohne Mathematik.** Spezielle und allgemeine Relativitätstheorie. Von: Prof. Dr. Paul Kirchberger u. K.-D. Sedlacek (Hrsg.)

– **Freizeitvergnügen Sternenhimmel mit bloßem Auge:** Wie man Sternbilder auffindet ohne Instrumente. Von: Prof. Dr. Paul Kirchberger u. K.-D. Sedlacek (Hrsg.)

– **Phänomen Naturgesetze:** Das Geheimnis hinter den Erscheinungen der Welt. Von: K.-D. Sedlacek

– **Supervereinigung:** Wie aus nichts alles entsteht. Von: K.-D. Sedlacek

– **Die Natur psycho-physikalischer Phänomene.** Erforschung telekinetischer Vorgänge. Von: Schrenck-Notzing, A. u. Klaus D Sedlacek (Hrsg.)

– **Giganten der Physik.** Die Top10-Physiker der Menschheitsgeschichte. Von: Klaus-Dieter Sedlacek (Hrsg.)

– **Der allmächtige Informatiker:** Das Mysterium des Universums. Von Sir James Jeans u. K.-D. Sedlacek (Hrsg.)

– **Der verborgene Mechanismus des Weltgeschehens:** Neue Erkenntnisse über die Gestalten biotechnischer Systeme der Welt. Von: Dr. h. c. Raoul Francé u. K.-D. Sedlacek

– **Der erdgeschichtliche Klimawandel:** Den wahren Ursachen von Klimaschwankungen auf der Spur. Von Wilhelm Bölsche u. K.-D. Sedlacek (Hrsg.)

– **Wege zur physikalischen Erkenntnis.** Meine wissenschaftlichen Selbstbiographie, Reden und Vorträge. Von **Max Planck** u. K.-D. Sedlacek (Hrsg.)

Chemie

– **Der Stein der Weisen:** Wie die Alchemie zur Chemie wurde. Von: Wilhelm Ostwald et. al. u. K.-D. Sedlacek (Hrsg.)

– **Durchblick Chemie:** Praktische Grundlagen und Einführung in die anorganische, organische und Biochemie. Von: Prof. Dr. Lassar-Cohn, Prof. Dr. W. Löb, K.-D. Sedlacek

Natur- und Philosophie

– **Die letzten Ursachen.** Das Buch der Naturerkenntnis. Von: K.-D. Sedlacek

– **Gebundener Wille:** Wie frei ist menschlicher Wille tatsächlich? Von: K.-D. Sedlacek, G.F. Lipps et. al.

– **Jenseits der Erscheinungen:** Erkennbarkeit und Realität der Quantennatur. Von: Prof. Dr. M. Schlick u. K.-D. Sedlacek (Hrsg.)

– **Kleines Wörterbuch der Natur-Philosophie:** 1200 Begriffe, die man kennen sollte, kurz und prägnant. Von: K.-D. Sedlacek

– **Naturphilosophie:** Das Wesen von Naturgesetzen und die Erklärung des Lebens. Von: Prof. Dr. M. Schlick u. K.-D. Sedlacek (Hrsg.)

– **Vereinbarkeit von Religion und Naturwissenschaft.** Von: Kurd Laßwitz u. K.-D. Sedlacek (Hrsg.)

– **Das Konzept des Guten.** Sinnliches Empfinden – Der Ursprung unserer Wertvorstellungen. Von: Klaus-Dieter Sedlacek (Hrsg.)

– **Ist echte Erkenntnis möglich?** Einführung in die Erkenntnistheorie. Von: Prof. Dr. Erich Becher u. K.-D. Sedlacek (Hrsg.)

– **Das individuelle Ich**: Was ist der Kern des Selbstbewusstseins? Von: Th. Lipps u. K.-D. Sedlacek (Hrsg.).

– **Persönlichkeit und Unsterblichkeit:** In welcher Form existiert ein Weiterleben nach dem zeitlichen Ende? Von: Wilhelm Ostwald u. K.-D. Sedlacek (Hrsg.)

– **Die idealistischen Grundwerte unserer Kultur.** Von Johannes M. Verweyen u. K.-D. Sedlacek (Hrsg.)

Bewusstsein

– **Leben nach dem Leben:** Befreiung des Bewusstseins von den Fesseln der Zeit. Von: K.-D. Sedlacek

– **Quantenbewusstsein.** Von: N. Wrobel u. K.-D. Sedlacek

– **Synthetisches Bewusstsein.** Von: K.-D. Sedlacek

– **Unsterbliches Bewusstsein:** Raumzeit-Phänomene, Beweise und Visionen. Von: K.-D. Sedlacek

Leben und Medizin

– **Leben aus Quantenstaub.** Von: N. Wrobel u. K.-D. Sedlacek,

– **Was ist Krankheit?** Von: N. Wrobel u. K.-D. Sedlacek

– **Bewusstsein und Unsterblichkeit.** Von: C. L. Schleich u. K.-D. Sedlacek (Hrsg.)

– **Die Lebenskraft:** Wie Enzyme, Bewusstsein und quantenbiologische Effekte das Leben regulieren. Von: K.-D. Sedlacek u. N. Wrobel,

– **Die verborgene Ordnung des Weltsystems.** Neue Erkenntnisse über die schöpferischen Kräfte der Natur. Von: Dr. h. c. Raoul Francé u. K.-D. Sedlacek (Hrsg.)

– **Homöopathie und Praxis:** Naturheilkundliche alternative Medizin für den mündigen Patienten. Von: Dr. med. J. Voorhoeve u. K.-D. Sedlacek (Hrsg.)
– **Eine andere Sicht auf die Entstehung der sporadischen Form der Alzheimerkrankheit.** Von Norbert Wrobel u. K.-D. Sedlacek (Hrsg.)

PSYCHOLOGIE

– **Gestalt-Psychologie:** Einführung in die neue Psychologie vom Begründer der Gestaltpsychologie. Von: Prof. Dr. Kurt Koffka u. K.-D. Sedlacek (Hrsg.)
– **Die ersten Spuren psychischer Erscheinungen:** Das psychische Leben von Mikroorganismen – Eine Studie in experimenteller Psychologie. Von Alfred Binet u. K.-D. Sedlacek (Übers.)
– **Allgemeine moderne Psychologie:** Systematische Einführung in die Wissenschaft psychischer Prozesse. Von August Messer u. K.-D. Sedlacek (Hrsg.).
– **Strahlende Kräfte durch positives Denken:** Die Wurzeln des Erfolgs und Wege zum Glück. Von Emil Peters u. K.-D. Sedlacek (Hrsg.)

BIOLOGIE

– **Wie intelligent sind Pflanzen?** Sensationelle Einblicke in die geheime Seite des pflanzlichen Wesens. Von Prof. Dr. phil. Adolf Wagner u. K.-D. Sedlacek

– **Über Menschenaffen, Tierseele und Menschenseele:** Intelligenzprüfungen an Hominiden. Von Wilhelm Bölsche et. al. und K.-D. Sedlacek (Hrsg.)

GESCHICHTE, VOR- U. FRÜHGESCHICHTE

– **Die geheimnisvolle Kultur der alten Kelten.** Von Druiden, Fürstensitzen und der Lebensart unserer frühgeschichtlichen Vorfahren. Von Georg Grupp u. K.-D. Sedlacek (Hrsg.)
– **Der Alchemist Leonhard Thurneysser:** Die Lebensgeschichte des Goldmachers von Berlin. Von Klaus-Dieter Sedlacek (Hrsg.)
– **Es begann mit Feuerskraft.** Das Werden des Menschen und seiner Kultur. Von Carl W. Neumann u. K.-D. Sedlacek (Hrsg.)
– **Gefangen zwischen Eisschollen:** Die dramatische Entdeckungsgeschichte der Antarktis. Von Klaus-Dieter Sedlacek (Hrsg.)

RATGEBER FREIZEIT U. REISE

– **Kultur erleben mit den Wohnmobil in Frankreich:** Vierzig kulturelle Highlights, Park- und Übernachtungspätze sowie Navigationskoordinaten. Von Klaus-Dieter Sedlacek
– **Kochbuch für ganze Kerle:** Kräftige und Feinschmeckergerichte für Freizeit und Camping. Von K.-D. Sedlacek (Hrsg.)

FORSCHUNGSREISEN U. ABENTEUER

– **Meine erste Weltumseglung:** Tagebuch einer epochalen Expedition. Von James Cook u. K.-D. Sedlacek (Hrsg.)
– **Exotische Reise durch Persien:** Abenteuerlicher Bericht aus einer fremdartigen Welt des 19ten Jahrhunderts. Von Pierre Loti u. K.-D. Sedlacek (Hrsg.)
– **Mit der Beagle um die Welt:** Bericht meiner Forschungsreise zum Galapagos-Archipel. Von Charles Darwin u. K.-D. Sedlacek (Hrsg.)
– **Peking-Paris im Automobil:** Die legendäre 16.000 km – Rallye 1907. Von Luigi Barzini u. K.-D. Sedlacek (Hrsg.)
– **Mein Leben im Tropenparadies:** Fünfundzwanzig Jahre in Ceylon – Erlebnisse und Abenteuer. Von John Hagenbeck u. K.-D. Sedlacek (Hrsg.)